Christian Hofbauer ist als Autor, Audio Engineer und Musiker tätig. Er wurde 1990 in Weinheim an der Bergstraße geboren. Der gebürtige Weinheimer stammt aus einer bayrischen Familie und verbrachte viel Zeit bei seinen Großeltern in Bayern. Das ist wohl auch der Grund, weshalb er seine bayrischen Wurzeln nie abgelegt hat und immer noch einen starken Bezug zur Sprache und Kultur pflegt. Als Musiker konnte er bereits vier Deutsche Rock und Pop Preise gewinnen. Doch anhand der Corona Pandemie und Veränderungen im Musikgeschäft, erfüllte sich Christian Hofbauer einen Kindheitstraum und schrieb seine erste Krimikomödie. Hierbei entdeckte er nicht nur sein sprachliches Talent, sondern auch seine wahre Leidenschaft. Seit 2023 tritt der Autor mit Lesungen und Kabaretteinlagen öffentlich auf. Weitere Buchprojekte folgen.

CHRISTIANHOFBAUER_AUTOR

CHRISTIAN HOFBAUER

DIE INSELCOPS

ZWEI AUF NORDERNEY

EIN NORDSEE-KRIMI

Erstausgabe Juli 2023

Copyright © 2023 dp Verlag, ein Imprint der
dp DIGITAL PUBLISHERS GmbH
Made in Stuttgart with ♥
Alle Rechte vorbehalten

Zwei auf Norderney

ISBN 978-3-98778-508-5
E-Book-ISBN 978-3-98778-482-8

Covergestaltung: ARTC.ore Design Wildly & Slow Photography
Umschlaggestaltung: ARTC.ore Design
Unter Verwendung von Abbildungen von
shutterstock.com: © karamysh, © Oliver Hoffmann, © Michael
Thaler, © GUDKOV ANDREY, © mitchFOTO
Lektorat: Daniela Pusch
Satz: dp DIGITAL PUBLISHERS GmbH
Druck und Bindung: Books on Demand GmbH, Norderstedt

Gewidmet:
† Erika Kovacs 1964 – 2023

Prolog

Die ersten Strahlen der Sonne erreichten Norderney, für die Nacht war es an der Zeit, dem Morgen zu weichen. Ein sanftes Meeresrauschen bettete den Weststrand in eine himmlische Ruhe. Leise wehte eine laue Brise vom menschenleeren Strand in Richtung des Nobelviertels.

Flott öffnete sich die Haustür der ersten Villa in der Straße. Der Hausherr verließ wie jeden Morgen sehr früh sein Anwesen, um eine Runde am nahegelegenen Strand zu joggen. Er kniff ein Auge zu, als ihn die ersten Sonnenstrahlen blendeten. Langsam bildeten sich feine Schweißtropfen auf seiner erst kürzlich frisch nachrasierten Glatze und rannen ihm über das freundliche Gesicht.

Er hatte kaum zweihundert Meter bis zum Strand. Hier konnte er seine Seele baumeln und seinen Geist schweifen lassen. Dies war die Route, welche er täglich wählte. Er liebte die Ruhe und Einsamkeit, bevor der hektische Betrieb an den Stränden Norderneys eintrat. Zwischen dem Strand und der Brandung fand er immer die Kraft, die ihn durch seinen anstrengenden Tag brachte. Er liebte es, bei Tagesanbruch als Erster seine Spuren in den frisch ausgewaschenen

Sand zu setzen. Denn schlussendlich war er derjenige, der vorangehen musste. Es war schon eine große Verantwortung, mit welcher er Tag für Tag zurechtkommen musste. Ihm war es einfach wichtig, immer alle Interessen zu vertreten, und somit einen angemessenen Mittelweg zu finden.

Er erhöhte seine Geschwindigkeit, während seine Gedanken tief um eine komplizierte Angelegenheit kreisten. Wie sollte er dieser Lage nur Herr werden? Langsam sammelten sich dicke Schweißtropfen auf seiner hohen Stirn und zogen ihre feuchten Bahnen über seine Wangen.

Was ihn jedoch am meisten störte, war, dass sein bester Freund aus Kindestagen, und gleichzeitig auch ein Kind der Insel genau wie er, zum ersten Mal nicht auf seiner Seite stand. Obwohl sie sich einst gegenseitig geschworen hatten, immer im Sinne ihrer Philosophie zu handeln.

Seine Füße versanken angenehm im Sand, mit flotten Schritten war er kurz vor seinem täglichen Etappenziel: einem alten, fast schon morschen Fischersteg. Den weiß lackierten, angerosteten Anlegepoller des Stegs klatschte er stets ab und kehrte danach um, den ganzen Weg zurück nach Hause joggend. Anschließend ging es sofort unter die Dusche. Erfrischt weckte er dann seine Familie. Sobald dies erledigt war, gab es das Frühstück. Dann ging es ab in die Arbeit. Das machte er jeden Tag so, egal bei welchem Wetter. Doch heute sollte ein anderes Schicksal auf ihn warten.

Ein Mann, schmächtig, keine ein Meter achtzig groß, saß wartend auf dem weißen Anlegepoller. Ein dunkler Pullover verbarg seinen Oberkörper, die aufgezogene Kapuze verdeckte sein Gesicht. Seine Hände steckten lässig in die Bauchtasche gestemmt. Schon von Weitem sah der Jogger die Gestalt auf dem Poller sitzen. Eigentlich wäre er dieser mysteriösen, dunklen Gestalt lieber ausgewichen. Aber sein Ehrgeiz, den Poller wie jeden Morgen abzuklatschen, war groß. Daher schlug er wie gewohnt den Weg zum Steg ein, steuerte zielstrebig auf den weißen Poller und den Mann zu. Seine Gedanken kreisten immer noch um die aktuellen Probleme seiner Projekte. Der alte Steg knarzte wie gewohnt, als seine flotten Schritte das Holz in Schwingung versetzten. Kurz vor dem Ziel blickte er in das im Dunkeln verborgene Gesicht, konnte jedoch nur grobe Konturen erkennen. Die fremde Gestalt sagte auf einmal seinen Namen mit einer so markanten Stimme, dass ihn der Schreck umgehend aus seiner Gedankenwelt riss. Ihm kam die Stimme bekannt vor, doch wusste er nicht, wie er jene zuordnen sollte. Seine Augen vermochten sich nicht auf das verborgene, dunkle Gesicht einzustellen, und seine Reaktion kam zu spät. Blitzschnell zog der Fremde eine Waffe aus der Bauchtasche seines Pullovers. Es gab nur einen gedämpften Knall, nur einen Schuss, eine Kugel, aber diese schlug ihm direkt in die Brust ein.

Alles ging so schnell. Als er den Knall hörte, sah er etwas Rotes aus seiner Brust spritzen, spürte einen Stich wie noch nie zuvor in seinem Leben, bevor die Dunkelheit ihn in der Sekundenschnelle eines Gedankens aus dem Leben riss.

Der Schütze ergriff sofort die Flucht, als er sah, dass er genau das Herz getroffen hatte.

So lauteten die Regeln.

Kein Leiden, keine aufwendige Sauerei. Einfach seriös, ohne großes Reden, eine Kugel ins Herz. Denn der feine Herr wusste ganz genau, wofür seine Strafe war.

Kapitel 1

Sieben Tage zuvor

Seit Generationen war die kleine Gemeinde Prutting im idyllischen Voralpenland von der Familie Pampelhuber beschützt worden. Prutting befand sich zwischen dem Simssee und Rosenheim, aus polizeilicher Sicht gehörte die Pruttinger Wache jedoch in einen anderen Verwaltungsbezirk. Zum Glück, denn die Polizeibehörde in Rosenheim hatte es mit härteren Delikten zu tun als die kleine, putzige Pruttinger Wache. Der letzte Fall, der je durch die Pruttinger Medien gezogen war, war ein Falschparker vor der Metzgerei Dimpelmoser gewesen, unerhört.

Irgendwann, es musste um 1870 gewesen sein, da startete Prutting eine Serie an Kommissaren, welche einst von dem ersten Ordnungshüter der Gemeinde, Xaver Pampelhuber, aufgestellt worden war. Sein Porträt zierte immer noch den urigen Gastraum im Wirtshaus „Zur alten Post", gleich hinten rechts, zwischen Kachelofen und Hirschgeweih. Dass diese Erfolgsserie einmal ihr fulminantes Ende finden würde, konnte sich niemand vorstellen. Warum auch? Alles zog über Jahre und Generationen seine geregelten Bahnen. Doch die Zeiten sollten sich ändern. Selbst das kleine, überschaubare Prutting blieb von Veränderungen nicht verschont. Früher war es eine ganz andere Gesellschaft gewesen, jeder kannte jeden und egal, welches Problem entstand, man fand immer eine gemeinsame Lösung. Es regierten Respekt und Rücksicht aufeinander, stets geregelt von einem Ordnungshüter der Familie Pampelhuber.

Georg Pampelhuber hatte es schon immer schwer im Leben gehabt. Er fühlte sich eingesperrt in einer Tradition, die er nicht brechen wollte, aber am liebsten auch nicht weitergeführt hätte. Georg war nicht der erste Pampelhuber, der nicht nur stämmig, sondern sogar übergewichtig war. Mit seiner langen, braunen, gelockten Dauerwellenfrisur und dem braunen Vollbart ähnelte er seinem viel zu früh verstorbenen Großvater Franz Pampelhuber, welcher im Dienst auf tragische Weise sein Leben gelassen hatte. Als Todesursache war „ertrunken" im Totenschein vermerkt worden. Siebzehn Maß waren wohl doch eins zu viel gewesen. Jedoch immer noch ein eiserner Rekord auf dem Pruttinger Volksfest. Sein damaliger Partner musste nicht lange warten, ehe er die nächste Generation Pampelhuber von der Polizeischule an seine Seite gestellt bekam, Karl-Heinz Pampelhuber, Georgs Vater.

Lange musste Karl-Heinz kämpfen, um mithilfe zahlreicher Ausnahmeregelungen fünfunddreißig Jahre später seinen Sohn Georg in die Ausbildung zu bekommen. Zumal ja eigentlich schon dessen Augen viel zu schlecht waren. Das alleine wäre ja nicht schlimm gewesen, wenn er sich nicht so gegen eine Brille gewehrt hätte. Aber das waren bei Weitem nicht alle Probleme. Auch menschlich passte seine Art nicht auf viele Berufsfelder. Aber irgendwie hatte es doch funktioniert: Georg schaffte mit Hängen und Würgen seine Ausbildung und bekam eine Anstellung im Polizeirevier Prutting. Er war zwar nicht sofort Revierleiter, wie einst sein Vater es gewesen war, doch immerhin bekam er einen Posten in der Wache.

Georg bedauerte es sehr, dass er nie zusammen mit seinem Vater auf Streife gegangen war. Rein theoretisch war es möglich gewesen, da es bis zur Pensionierung seines Vaters noch ein paar gemeinsame Jahre gab. Doch irgendwie verlängerte sich seine Ausbildung auf mysteriöse Weise stetig. Mal konnten die Lehrer einfach die vielen Inhalte nicht vermitteln, manches müssten sie selbst erst noch begreifen, doch manchmal war es auch Zeit, die den Lehrkräften fehlte, mal die Technik, die für Probleme sorgte, und manchmal kam überraschend Schlechtwetter. Einmal schneite es sogar und der Lehrer schaute lieber aus dem Fenster. Zudem sollte alles, was sonst so die Welt störte, Einfluss auf dessen Ausreden finden.

Doch nun war es soweit und seine ersten Tage auf dem Revier zeugten von der absoluten „Fähigkeit in Person", wie ihn sein Chef, Revierleiter Braun, nannte. Denn noch nie hatte ein Polizist an seinem ersten Arbeitstag, nach einem Anruf eines Kindes, tatsächlich in wenigen Minuten ein Team aus Spurensicherung der Kreisstadt Rosenheim, dem Mordkommissariat aus München und dem Sondereinsatzkommando aus Stuttgart zusammengestellt, da ein Leichenfund auf dem Waldfriedhof gemeldet worden war. Ohne vorab den Hinweis des Kindes persönlich zu überprüfen. Es waren am Ende sogar zwei Helikopter des SEK gelandet, insgesamt waren fünfundneunzig Personen im Einsatz, sogar ein Fernsehteam vom Bayrischen Fernsehen rückte an, während Georg Gang für Gang den Waldfriedhof mit gezogener Waffe absuchte.

Als die ersten Einsatzkräfte abzogen, merkte Georg seinen Fauxpas. Er wusste, diesen Fehler würde man ihm so schnell nicht vergessen.

Natürlich war der Außendienst erst mal für ihn gestrichen. So jemand sollte nie wieder mit Uniform in der Öffentlichkeit gesehen werden, sagte Revierleiter Braun. Georgs tägliche Aufgabe bestand fürs Erste aus Innendienst. Telefondienst war jedoch keine gute Idee, hier durfte er nur als Pausenvertretung eingeteilt werden. Beim Sortieren der Akten ... Tja, da haperte es leider mit der alphabetischen Ordnung. Die Hauspost klappte meistens jedoch ganz gut. Die ersten Arbeitstage konnten somit für Georg sehr lang werden. Er kämpfte sich mühselig durch seine erste Woche ins Wochenende. Er wusste, dass es so nicht weitergehen konnte. Deshalb machte er sich selbstverständlich seine Gedanken. Sein Ansporn war es, in den Außendienst zu kommen. Frisch ausgeruht und hoch motiviert machte er sich also in der neuen Woche ans Werk. Es sollte an einem dieser Montage geschehen, welche das Zeug zur Legende hatten. Georg fühlte sich bereit. Die Kirchturmglocken schlugen zwölf Uhr. Das war sein Signal, Mittagspause der Kollegen, alle gingen sie glücklich und ausgelassen zu Stadelmeiers Grillbude. Das Schicksal Pruttings lag nun für dreißig Minuten ganz allein in seinen Händen. Nervös betrachtete er das Telefon. Schweiß tropfte von seiner Stirn. Die Tropfen mehrten sich sekündlich, rannen hinab über seine Wangen. Er spürte, es würde passieren, das Blatt würde sich wenden, er würde eine Chance auf ein echtes Verbrechen erleben. In seinen Gedanken sah er, wie eine Menschenmenge ihn als Held feierte. „Georg, Georg …", skandierten sie, ehe es zu „Schorsch, Schorsch, Schorsch" wechselte. Zahlreiche junge Blondinen feierten ihn wie Groupies, so wie er nun mal war: nämlich zum Helden geboren.

Plötzlich passierte es, das Telefon klingelte. Prutting brauchte ihn!

Ein Schlag, welcher wie ein Schuss klang, war das Erste, was der Anrufer zu hören bekam. Georg glitt das schnurlose Telefon prompt aus den verschwitzten Fingern und fiel natürlich so geschickt zwischen Schreibtisch und Heizung, dass es erst mal einen Moment dauerte, ehe er es mit seinen eleganten, jedoch viel zu kurzen Wurstfingern herausgefriemelt bekam. Diese Aktion war eine große Kraftanstrengung für Georg. Die Gegenseite hörte nach dem lauten Knall nur ein Stöhnen und Keuchen. Insgesamt sollte es drei Versuche dauern, bis er den Hörer erfolgreich am Ohr hielt. Selbstbewusst meldete er sich als Kommissar Pampelhuber. Ganz genau wie seine größten Vorbilder. Wobei ihm dieser Titel selbstverständlich noch nicht zustand.

Am Ende der Leitung vernahm der Kommissar nun ein ängstliches Wimmern von einer sehr hohen, piepsenden Kinderstimme. Angeblich die Kleine von den Grubers, sie sei bei der Oma im Schrank versteckt, da zwei Herren in einer fremden Sprache schrien und handgreiflich gegen die Oma seien.

„Jo freilich, und mein Name ist Hase", erwiderte der Kommissar. Und legte einfach auf.

Er ließ sich doch nicht wieder von einem Kind verarschen. Garantiert fiel er nicht auf solch eine Göre rein, dachte er sich.

Dumm nur, dass der Fall diesmal echt war. Tatsächlich gab es auf dem Hof der Grubers Probleme mit zwei entlassenen Erntehelfern. Diese verloren nach ihrer Entlassung komplett die Beherrschung. Erst schlugen sie wie im Rausch die arme, alte Bäuerin grün und blau. Anschließend erbeuteten sie das gesamte Ersparte. Die kleine Enkelin, welche gerade die Sommerferien auf dem Bauernhof der Großeltern verbrachte, erlebte einen Schock fürs Leben. Das Kind musste nach dem Vorfall in psychologische Betreuung.

Dieser Vorfall war es dann auch für Georg. Er wurde suspendiert und in den tiefsten Innendienst verfrachtet. Also was nun? Was sollte als Nächstes folgen? Etwa ein Telefonverbot und Hausmeistertätigkeiten? Ginge das mit der Karriereleiter nicht andersherum? Welch eine Schmach, er konnte sich zu Hause nicht mehr blicken lassen. Vielleicht war es an der Zeit, etwas eigenständiger zu werden und von zu Hause auszuziehen? Immerhin war er schon zweiunddreißig, dachte er sich.

Seinem Vater konnte er nach den aktuellen Vorkommnissen nicht mehr in die Augen sehen. Er spürte die Zurückweisung und Enttäuschung. So hart hatte sein Vater gekämpft, um seinen Sohn in den Dienst zu bekommen. Und nun? Nur eine Woche nachdem der Junior seinen Einstand feierte, sollte er alles verlieren. Sogar ein Ermittlungsverfahren wegen unterlassener

Hilfeleistung bekam der glücklose Sohnemann an die Backe geheftet.

„I soll was?", überschlug sich die Stimme von Georg Pampelhuber, welche aus dem Chefbüro glasklar durch die ganze Wache zu hören war. Danach ein lauter Knall von einer zugeschlagenen Tür und Georg rannte mit verzogener Miene aus der Wache. Er fühlte sich müde und abgeschlagen. Georg wusste, dass er in einem großen Schlamassel saß. Doch der Spruch von Revierleiter Braun hatte ihm das Genick gebrochen. Er könne *froh sein, wenn er die Wache in Zukunft überhaupt noch betreten dürfe.* Also war es entschiedene Sache. Seine Karriere sollte jetzt schon komplett enden. Er könne sich eine neue Tätigkeit suchen, Prutting brauche ihn nicht.

In einem Anfall von Wut und Verzweiflung irrte Georg durch den Ort, um schließlich im Gasthaus „Zur alten Post" zu landen. Wo er mit einem Maßkrug Spezi am Tresen saß. Es dauerte nicht lange, bis Resi, die Wirtin des Gasthofes, seine Traurigkeit erblickte. Resi konnte genetisch bedingt bei so einer Situation nicht wegsehen. Egal ob Liebeskummer oder Skandal, die Gastwirtin hatte immer einen flotten Spruch auf den Lippen.

„Mensch, Spatzl, was ist denn los bei dir?" Georg zuckte kurz zusammen. Er war so in seinen Gedanken verloren, dass er die gute Seele des Hauses nicht bemerkt hatte. Wie sie dort lauerte, einsam hinter dem Tresen wartend auf den neuesten Tratsch.

„Der alte Braun hat mi rausgeschmisse!", wimmerte er weinerlich entgegen. Doch im nächsten Augenblick änderte er seine Körperhaltung. Schlagartig richtete er sich auf und hob den Kopf an. Als ob Resi einen Schalter gefunden und umgelegt hätte. Mit Selbstsicherheit in der Stimme legte Georg los und schimpfte wie ein Rohrspatz: „Dieser alte Drecksack ..., den mach i rund. Weißt du, einen Pampelhuber, den wird man nicht so einfach los ... Prutting ohne einen Pampelhuber ... ja ist der Papst katholisch? Nicht mit mir, Resi, das lass i mir nicht bieten, weißt du, dem Arsch zeig i es." Georg haute mit der Faust auf den Tresen, sodass sein Krug klirrte, und sprach weiter, „Aber sofort, i starte ne Pete ..., ne Pede ..., na so a Peda ... Mensch, das Unterschriftsding halt. Ja, und am Ende, ja da schmeißen die den raus ... und weißt du mit was? Mit Recht!"

Gesagt, getan, Georg borgte sich für einen Augenblick das Smartphone von Resi. Er selbst lehnte die Technik ja schon immer ab. Dennoch fand er sich auf dem Gerät sehr schnell zurecht und formulierte den Skandal für die sozialen Netzwerke. Die Wirtin lieferte ihm zum Glück sofort einen Zugang für alle gängigen Plattformen. Da ihre Accounts, gerade aber die von der „Alten Post", gut geführt waren, bot sie ihm eine beachtliche Reichweite. So konnte Georg auf Anhieb den ganzen Ort erreichen. Das war für seinen spontanen Plan absolut wichtig. Er startete einen Aufruf und bat die Gemeinschaft um Hilfe. Er konnte ja nicht ahnen, was für ein Shitstorm sich bereits wenige Minuten nach seiner Meldung zusammenbraute.

„Geht's jetzt besser?", fragte Resi.

„Jo Mei", sagte Georg und ließ die Faust sanft auf den Tresen fallen, „manchmal, da muss der Pampi eben machen, was der Pampi eben machen muss." Resi beugte sich daraufhin etwas näher zu ihm und sprach mit ihrer ruhigen und einfühlsamen Art: „Du Georg, ich denke, du siehst das alles viel zu verbissen."

Georg traute seinen Ohren nicht und runzelte die Stirn, ehe er „Wie meinst du das?" über seine Lippen brachte.

„Ich seh doch, wenn du hier hereinkommst. Das Erste, was du machst, ist eine kleine Verbeugung vor dem Porträt vom Xaver, dem ersten Ordnungshüter Pruttings. So etwas hat dein Vater nie gemacht."

Georg drehte sich leicht zur Seite und nahm das Porträt in den Augenschein. Er starrte regelrecht auf das Bild, ehe er Resi fragte: „Weiß er das ..., äh dass das Bild hier hängt?"

„Na sag bloß, meinst du, dein Vater hat des nicht mitbekommen?"

Georg wirkte nachdenklich und erwiderte, „Hast ja recht! Aber i verstehe immer noch nicht, was du mit dem zu verbissen gemeint hast?"

„Spatzl, seitdem ich dich kenne, heißt es Pampelhuber hier, Pampelhuber da, Ordnungshüter, Tradition, bla bla bla ..." Resi schüttelte den Kopf, ihre blonden Haare flogen von einer zur anderen Seite.

„Jo, aber die Leut!", wollte Georg gerade erwidern, als ihm Resi ins Wort fiel. „Die Leut haben sich verändert, Prutting hat sich verändert, die Zeit hat sich verändert. Verstehst du das? Ich denke, Tradition ist die kollektive Angst vor Veränderungen. Natürlich gibt es schöne Traditionen, wie das Volksfest. Aber soll es das gewesen sein? Warum machen wir nicht mal was Neues?"

Georg konnte ihr nicht so ganz folgen. Zögerlich begann er: „Willst du mir also sagen, dass i mich in etwas reinknie, mir den Arsch für nichts aufreiße? I glaub, da hast du dich geschnitten, Resi!"

Einen Moment fehlten ihr die Worte, es schien, als hätte sie den Faden verloren. Doch dann richtete sie sich etwas auf, beugte den Kopf leicht zur Seite und sagte. „Ich will dir erklären, dass es in Prutting eine Polizei-Wache gibt und den Leuten es scheißegal ist, wer da drin sitzt. Wenn jeden zweiten Donnerstag der Sandmann Nachtdienst schiebt, juckt das keine Sau, solange alles läuft und Bürger ihre Ruhe haben. Verstehst du das?"

Georg griff nach Resis Handy und sah eine rote +99 bei dem Nachrichtensymbol aufleuchten. „Ha, siehst du Resi, die Leute reagieren!" Georgs selbstsicheres Lächeln sollte jedoch im Keim ersticken. Die Wirtin schüttelte abwartend den Kopf und zapfte ein frisches Weißbier, als sie ihn aufforderte. „Ja dann lese mal vor, was Prutting zu sagen hat."

Georg atmete tief ein, startete die App und begann laut und selbstbewusst vorzulesen. „Die erste Nachricht: *Geh doch sterben du Honk!* Oh, ich glaub, das war nicht für mich. Ach, hier unten gehen die Kommentare weiter." Georg las nun erst einmal leise für sich weiter. „Seit wann dürfen Behinderte zur Polizei?", fragte jemand, während jemand anderes sich beschwerte, dass der Kommentator ein Spast sei, weil er das Wort behindert nicht sagen solle, da dies rassistisch sei. Jemand anderes wiederum wies darauf hin, dass alle nicht ganz knusper seien, da Spast von spastisch abstamme, weshalb dies ebenfalls eine Beleidigung gegenüber Behinderten sei. Jemand ganz anderes fühlte sich mit dem Hashtag #meetoo berufen ein paar Worte zu verfassen und so nahm das Übel seinen Lauf.

Gefrustet trank Georg sein Spezi aus, bezahlte und verabschiedete sich von Resi. Er musste sich wohl oder übel seinem Schicksal stellen. Schneller als gedacht erreichte er sein Ziel. Doch er konnte nicht glauben, was er auf dem Hof der Wache sah. Der alte, blaue, verrostete Ford seines Vaters stand mitten auf dem Parkplatz. Seitdem sein Vater pensioniert war, hatte er die Wache nicht mehr betreten. Warum auch? Hoffentlich war nichts zu Hause passiert, dachte Georg und betrat mit flotten Schritten die Büroräume. Es war mittlerweile später Nachmittag. Der Empfang war schon nicht mehr besetzt, denn Beate, die Sekretärin der Wache, hatte längst Feierabend. Alle anderen ehemaligen Kollegen mussten wohl gerade auf Streife sein, da nur noch zwei Fahrzeuge auf dem Parkplatz standen. Georg folgte den gedämpften Geräuschen aus dem Konferenzraum. Er hörte das kernige, kräftige Organ seines Chefs und seinen Vater scherzen und lachen. Georg öffnete ohne zu klopfen die Tür und betrat den Raum.

„Was ist denn hier los?“, japste Georg. Die Anstrengung der flotten Schritte durch den langen Gang hatten ihm den letzten Atem geraubt. Rechthaberisch blickte sein Vater ihn an und forderte ihn auf, sich zu setzen. Georg fühlte, wie langsam Zorn in ihm aufstieg. Vor allem die Haltung, die ihm sein Vater entgegenbrachte. So wie er dasaß, mit seinem rot karierten Hemd über dem neuerdings, seit seiner Pensionierung, gut erkennbaren Bierbauchansatz. Straff spannten die Hosenträger seiner blauen Jeans. Karl-Heinz zeigte mit dem Zeigefinger auf den Stuhl direkt gegenüber. Nicht dass an dem großen, länglichen Konferenztisch noch acht weitere unbenutzte Stühle stünden. Nein, genau gegenüber von ihm sollte er sich setzen.

Von der Stirnseite des großen Tisches strahlte ihm Revierleiter Braun mit einer Erleichterung entgegen, als hätte er alle Probleme der Erde gelöst, während er ihm selbstsicher Folgendes verkündete: „Wir haben eine Lösung gefunden!"

Der Adrenalinstoß fühlte sich eher wie ein Stich ins Herz an. Georg wusste nicht, was er sagen sollte. Was um alles in der Welt passierte hier? Der neumodische, silbergraue Laptop seines Chefs stand aufgeklappt auf dem Tisch, das Display so geneigt, dass beide Herren mühelos hineinschauen konnten. Im Papierfach des Druckers, der rechts auf dem Sideboard stand, lagen frische Ausdrucke. Er erkannte, dass es sich um Zugtickets handelte. Die Verbindungsdaten konnte er aber nicht erkennen. Sein Blutdruck stieg ins Unermessliche. Wieder bemerkte er das Hämmern an seinen Schläfen.

„Was für ein Spiel wird hier gespielt?", fragte Georg mit einer kleinlauten, zittrigen Stimme. Verunsichert zog er den Stuhl zurück. Seine Augen machten die Runde durch den Raum. Er atmete noch einmal tief ein. Mit seinen Augen fixierte er seinen Chef. Alles hatte Georg in diesen wenigen Augenblicken analysiert, wirklich alles, außer wo jetzt genau der kleine schmale Stuhl stand. So sollte sein geschmeidiges Gesäß so talentiert auf den Stuhlrand des modernen Designerstuhls von 1985 auftreffen, dass dieser sofort unter Georgs Gewicht in die Knie ging und mit einem flotten Knarzen zusammenbrach. Versuch Nummer zwei sollte auf Anhieb gelingen. Die drei Herren saßen alle am großen Konferenztisch und blickten sich wortlos in die Augen. Keiner wollte oder konnte die Geschehnisse der letzten Sekunden kommentieren, jedoch war es noch zu früh, um einfach anzufangen zu sprechen. Stille hüllte den Raum vollends ein und wob ihn in eine gewisse Mystik. Nichts außer leisen Atemgeräuschen waren eine Zeit lang zu hören, bis schließlich Revierleiter Braun mit folgenden Worten die Stille brach: „Lieber Georg, ich hatte heute vorgehabt, dich aus dem Polizeidienst der Wache Prutting auszuschließen und dich bis Abschluss des laufenden Ermittlungsverfahrens wegen unterlassener Hilfeleistung zu suspendieren. Doch dein Vater hat mich auf eine bessere Idee gebracht."

Verschlagen lächelte Karl-Heinz zu seinem Sohn, ehe er aufstand und zum Fenster ging. Er zog die Gardine etwas zur Seite und begann mit einem Monolog, als befände er sich in einer billigen Seifenoper. „Georg ich weiß, wie wichtig dir die Tradition ist. Ich weiß auch, wie schwer es war, dich überhaupt in den Dienst zu bekommen. Jedoch denke ich, das alles ist eine Nummer zu groß für dich ..." Karl-Heinz drehte sich vom Fenster weg und stiefelte durch den Raum. Vor und zurück, immer und immer wieder, während er ununterbrochen seinen Worten folgte, als hätte er sie vor langer Zeit auswendig gelernt. „Ich wurde Polizist, weil ich es werden wollte. Nicht weil ich es werden musste! Ich war jahrelang mit Felix auf Streife, bevor ich ihn zu meinem Nachfolger als Revierleiter gemacht habe. Du bist einfach noch nicht soweit. Ich kann dir nicht mehr helfen, du musst dich dringend verändern. Du bist überhaupt nicht teamfähig! Du hörst auf niemanden. Aber vor allem kann es dir keiner rechtmachen. Du lebst immer noch in deinem Kinderzimmer! Du machst überhaupt nichts im Haushalt ...“

„Hal ... Halt“, Georg hatte keinen Hauch einer Chance.

Sein Versuch, sich zu rechtfertigen, wurde sofort abgewürgt. „Ach, ich vergaß, du hast ja deiner Mutter großkotzig ein orthopädisches Attest an den Kühlschrank getackert!“ Karl-Heinz brodelte vor Zorn, sein rechtes Auge zuckte, als wäre Karneval in Rio. „Ich hab Felix überzeugt, dich zu versetzen, raus aus Prutting, raus aus Bayern, um dir eine allerletzte Chance als Polizist zu geben. Und wir meinen das ernst, Georg! Keine Widerrede, verstanden?“ Georgs Miene wirkte wie versteinert.

„Wir haben heute“, sagte Felix Braun, „schon alles eingefädelt, während du sonstwo warst!“

Für Georg brach in diesem Moment eine Welt zusammen. Vielleicht war er zu selbstverständlich, ja vielleicht auch etwas zu arrogant an die Sache herangegangen. Aber solch eine harte Entscheidung wollte Georg einfach nicht akzeptieren.

Trotz der feuchten, gläsernen Augen fand Revierleiter Braun, es sei der richtige Augenblick, um mit den harten Fakten zu beginnen. Er teilte Georg freudig mit, dass er mit einem alten Bekannten, der jetzt Polizeipräsident in Niedersachsen war, telefoniert hatte. Er habe ihm den aktuellen Fall geschildert und jener wusste sofort Bescheid, welcher Job nach Georgs Fähigkeiten rief. Das Land Niedersachsen hatte eine Budgetänderung im Haushaltsbuch durchsetzen können und baute als Pilotprojekt eine kleine Polizeistation auf der Nordseeinsel Norderney auf. Weitere Inseln könnten ebenfalls ihre eigenen Polizeibehörden bekommen, wenn dieses Projekt erfolgreich verlief. Georg sollte einen einheimischen Kollegen bei dem Aufbau der Wache Norderney unterstützen. Gemeinsam mit ihm solle er eine Tagesroutine erarbeiten, da er in diesem Projekt als All-in-One-Cop, für Fälle aller Art zuständig sein werde. Zusätzlich sollte eine Zusammenarbeit mit der Küstenwache organisiert und optimiert werden. Die Dauer des Pilotprojektes werde zwei Jahre betragen. Das Verfahren wegen unterlassener Hilfeleistung würde, wenn er das Pilotprojekt annahm, mit einer kleinen Geldstrafe, sowie ein paar läppischen Sozialstunden eingestellt werden.

Das war wirklich etwas zu viel für Georgs Gemüt. Er kämpfte, seine Tränen zu verbergen. Natürlich war es sein großes Ziel, Polizist zu bleiben, aber eben hier in Prutting. Eine Versetzung spielte in seiner Planung absolut keine Rolle.

„Weißt du, was das Beste ist?" Herr Braun zeigte zu dem Drucker auf dem Sideboard. Leicht stöhnte der ältere Herr auf, als er sich von seinem Stuhl erhob. Anscheinend zwickte der Rücken, denn er lief die wenigen Schritte zum Papierauswurf wirklich nicht rund.

Sekunden später lagen alle wichtigen Unterlagen vor Georg. Egal ob Unterkunft, Zugtickets oder eine geeignete Fährverbindung, alles war bereits auf seinen Namen ausgestellt.

Stolz grinsten die beiden Herren ihn an. Georg wusste nicht, was er sagen sollte. „Bis wann muss i dir Bescheid geben?"

Felix Braun schaute für einen Moment, als sei Georg nicht ganz zurechnungsfähig, ehe er mit einer ernsten Miene fortfuhr: „Du brauchst dir nicht groß den Kopf zerbrechen: Morgen geht es schon los."

Erschrocken hob Georg den Kopf und schaute zu seinem Vater. „A... Aber was ist mit Mutter?"

„Aber was ist mit Mutter...", äffte Karl-Heinz ihn nach, „Mutter freut sich, sie packt schon deine Koffer!"

Rums! Das saß. Georg merkte schnell, dass es keine Chance mehr für ihn gab. Die Schicksalsfäden waren gebündelt und gewebt.

Kapitel 2

Insel Baltrum – am selben Tag

Was für ein schönes Wetter, die Sonne präsentierte ihr schönstes, strahlendes Lächeln zur Mittagsstunde, weit und breit war keine Wolke in Sicht. Hin und wieder wehte eine sanfte, erfrischende Brise vom Meer durch den kleinen Kiefernwald. Es war wieder soweit, Matthis Jüllich hatte seine Vormittagsrunde beendet. Nun begann der schönste Teil seiner Arbeit. Einsam bezog er wie jeden Tag Stellung auf der Bank am Wegesrand. Vorsichtig griff er mit seiner Hand den Nacken. Er spürte den vertrauten Schmerz, dank des schweren Bollerwagens, welchen er kilometerweit hinter sich hergezogen hatte. Nachdem der etwa einen Meter achtzig große, schlaksige Jungpolizist seine Verspannung fürs Erste gelöst hatte, widmete er sich seiner fast antiken Fracht. Mühsam baute er ein altes, rostiges Monstrum von einem Blitzer auf. Wie immer richtete er die Radarfalle auf die Kreuzung Westdorf-Ostdorf aus. Er fragte sich oft, ob das alte Gerät im Falle eines Verstoßes überhaupt noch reagieren würde. Doch für seine Zwecke sollte es absolut reichen. Erleichtert rieb Matthis die Spuren von Rost an seiner Hose ab. Danach setzte sich der Polizist auf die Holzbank. Langsam ließ er seinen Blick über den Waldrand schweifen, ehe er aus seiner Jackentasche den neusten Kriminalroman seines Lieblingsautoren zog. Heute mangelte es ihm jedoch an Konzentration. Immer wieder legte er sein Buch zur Seite.

Er wusste, dass er diesen Job nicht ewig machen konnte, dafür waren seine schulischen Leistungen einfach viel zu gut. Matthis hatte die Polizeiausbildung als landesweit Bester absolviert. Doch irgendetwas bremste ihn aus. Manchmal hatte er einfach Angst, sein Schneckenhaus zu verlassen. Dabei war er es ja selbst, oder vielmehr die Stimme tief in seinem Inneren, welche ihn nach Perfektion auf der Karriereleiter streben ließ. Daher hatte er sich vor Kurzem bei dem Polizeipräsidenten Herrn Flensburger für die Leitung und den Aufbau der neuen Inselwache auf Norderney beworben. Gerne dachte er an jenen verregneten Morgen auf der Fähre nach Baltrum zurück. Das Schiff hatte kaum abgelegt, um ihn wie jeden Morgen zur Arbeit zu bringen, als plötzlich sein Handy ihm eine neue E-Mail im Posteingang signalisiert hatte. Aufgeregt hatte er seinen Blick auf das Display fallen lassen, und schreckte sofort auf, als er endlich die langersehnte Nachricht vom Polizeipräsidenten erkannte: Er bekam den Job! Er hatte wohl einen guten Eindruck hinterlassen, mit seinem gepflegten Erscheinungsbild, den kurzen, blonden Haaren und den guten Noten.

Matthis versuchte erneut, einen Einstieg in seinen Roman zu finden. Doch wieder sollte es ihm heute nicht gelingen. Sein Blick verharrte bei dem alten Blitzer. Das war schon eine witzige Zeit hier auf Baltrum gewesen. Vor allem die lustigen Gespräche mit den Urlaubern würden ihm fehlen. Matthis umgab ein weinendes und ein lachendes Auge, heute an seinem letzten Arbeitstag auf der autofreien Ferieninsel Baltrum. Matthis legte erneut sein Buch zur Seite, stand auf und schaute zu dem Kinderspielplatz um die Ecke. Heute war kein großer Betrieb bei den Rutschen. Er erinnerte sich, wie oft er den Kindern seine Arbeit hatte erklären müssen. Diese dachten nämlich, er sei wohl etwas zu doof und wüsste nicht, dass hier keine Autos fuhren. Aber hier ginge es doch nicht um Autos, hörte er sich tausende Male sagen. Ehe er der Jugend erklärte, dass es in Deutschland einen Richtwert gab. Dieser besagte, dass es in jedem Gebiet der Bundesrepublik zu gleichen Teilen einer Verkehrsüberwachung bedarf. Das hatten hochstudierte Menschen einmal so nebenbei zwischen Kaffee und Sitzungen in Berlin beschlossen. Das war eben wie bei den Landschaftsgärtnern der Stadt Norden, die mussten schließlich auch bei Regen Blumengießen, wenn das auf ihrem Tagesplan stand. Klimafreundlichkeit und deutsche Bürokratie, das funktionierte in diesem Land noch nie!

Matthis setzte sich erneut auf die Bank. Diesmal sollten seine Gedanken ihm eine Pause gönnen, somit konnte er sich dem Kriminalroman widmen. Eine stärkere, kühle Brise streifte ihn. Er schaute auf und stellte fest, dass die Sonne hinter dem Wäldchen verschwunden war. Die Bäume warfen lange Schatten. Nun war es an der Zeit, sich von diesem Ort zu verabschieden. Er musste sich mit dem Abbau des Blitzers noch einmal richtig sputen, wenn er die letzte Fähre ans Festland noch erreichen wollte.

Kapitel 3

Insel Norderney – am selben Tag

Fiete Jensen saß in seinem Büro und kämpfte sich durch den anstehenden Aktenberg, als er über einen Änderungsantrag von seinem Stellvertreter stolperte. Stutzig zog er das Standardformular E38 aus dem Stoß der zu genehmigenden Formulare. Irgendetwas konnte doch hier nicht stimmen, dachte der Bürgermeister von Norderney. Mittlerweile durfte er schon über acht Jahre dieses Amt bekleiden. Doch sowas hatte er noch nie erlebt. Wie hinterhältig war es bitte, ihm ein E38 in den Aktenberg der zu genehmigenden Maßnahmen unterzujubeln? Unterstellte man ihm etwa, dass er seine Arbeit nicht gewissenhaft erledigte? Gerade er, ein Mann von der Insel, für die Insel. Hatte sein Stellvertreter etwa vergessen, dass es die absolute Zuverlässigkeit war, weshalb ihm seine treue Wählerschaft seit Jahren folgte und unterstützte? Natürlich war dies nicht alles. Sein charismatisches Aussehen unterstrich er stets mit seiner ordentlichen Kleiderwahl. So sah man ihn meistens mit dunkler Stoffhose und weißem Hemd bei der Arbeit. Im Gesicht immer glattrasiert, auf dem Haupt eine polierte Glatze.

Diese Dreistigkeit ging ihm aber definitiv zu weit. Er versuchte, trotz alledem wie immer sachlich zu bleiben, und sich mit einem kurzen Blick auf das Foto an seinem Schreibtisch abzulenken. Normalerweise klappte dies auch immer. Jedes Mal, wenn er auf das idyllische Familienglück sah, spürte er, weshalb er diesen Beruf ergriffen hatte. Welch ein schönes Bild doch manchmal so spontan entstehen konnte. Die Augen seiner Ehefrau schienen fast zu funkeln, während seine Tochter Lucy Lou mit dem kleinen Tim seine erste Sandburg am naheliegenden Strand baute. Auch wenn dieses Bild schon einige Jahre auf den Buckel hatte, seine Tochter mit zehn Jahren gerade in eine etwas komplizierte Phase überging, und der kleine Tim mit acht Jahren auch Sandburgen eher als öde bezeichnete, schätzte er diese Momentaufnahme der Zeit umso mehr.

Doch heute brachte ihn der Anblick nicht wirklich zur Ruhe. Er fühlte sich einfach hintergangen und das von seinem besten Freund seit Kindertagen. So entschied er, der Angelegenheit nachzugehen.

Seine Sekretärin staunte nicht schlecht über den stürmischen Gang, welchen der sonst eher friedvolle Bürgermeister an den Tag legte. Wenige Augenblicke später erreichte er sein Ziel. Ungebremst schoss er in das Büro seines Stellvertreters Freddy Bartsch.

Dieser staunte ebenfalls nicht schlecht und legte den Telefonhörer hektisch zurück auf das Telefon.

„Stör ich?", raunzte der Bürgermeister ihn an.

„Mensch, Fiete, was ist denn los?", fragte Freddy scheinheilig. Doch Fiete konnte er nichts vormachen. Irgendetwas hatte seinen besten Freund verändern lassen. Denn seit Neuestem wirkte er auf Fiete wie ein Fremder. Das freundliche und ehrliche Lächeln war verschwunden. Sein warmherziges Erscheinungsbild wich einer eher schmierigen Version. Mit seinen neuerdings kürzeren, dunklen, stark gegelten Haaren unterstrich er seine neuen Charakterzüge optimal. Der gepflegte Dreitagebart war verschwunden und der eher stämmige Körperbau wich einer drahtigen Figur.

„Was soll das A38 auf meinem Schreibtisch?", fragte der Bürgermeister. Seine Stimme zitterte vor Zorn.

„Ach, darum geht es", winkte Freddy erleichtert ab. „Ich hatte gehofft, dass du keine große Szene daraus machst und die Maßnahme einfach blind mit bewilligst. Das ist doch keine große Sache, oder?"

„Keine große Sache?", Fietes Stimme überschlug sich fast. „Warum sollte ich das bitteschön so bewilligen? Du hast ja nicht einmal einen plausiblen Grund eingetragen."

„Vertrau mir einfach! Es geht hierbei um etwas, das so viel größer ist als ich oder du oder auch Norderney. Weißt du, wir können mehr haben als all das hier. Ich verspreche dir so viel mehr. Ich glaube, uns kann die Welt gehören."

„Ich glaube, irgendwas läuft hier gewaltig schief. Ich kann dir in dieser Angelegenheit nicht blind vertrauen. Ich kann mir auch nicht vorstellen, dass die Menschen das dulden würden."

„Hier gibt es nichts zu dulden, mein Lieber, denn es hat bereits begonnen. Denk doch einmal im Leben an dich, an Lucy Lou oder Tim. Was könntest du ihnen als Vater alles bieten? Vergiss die Menschen hier. Denk an Karla. Ihr könntet die Welt bereisen, so wie sie immer wollte. Vertraue mir und ich hole dich mit ins Boot."

„Du hast doch Wahnvorstellungen! Wenn du dieses Formular durchsetzen möchtest, dann gehe den offiziellen Weg und lege es dem Stadtrat zur Abstimmung vor. Meine Stimme bekommst du ohne plausiblen Grund auf keinen Fall."

„Vielleicht brauche ich diese auch nicht!"

„Was soll das heißen? Willst du mir drohen?"

„Nein, nein, keine Sorge. Aber im Stadtrat gibt es mehr Stimmen als deine. Wäre doch schade, wenn du der Einzige wärst, der verliert, oder?"

„Ich garantiere dir, dass du die anderen niemals davon überzeugen wirst. Sie werden dieselben Fragen stellen und dir niemals blindlinks folgen."

„Lass das unsere Sorge sein! Ich denke, Argumente werden wir liefern können."

„Unsere Sorge? Wer steckt da noch mit drin?"

„Komm, sei auf unserer Seite. Es wird an der Zeit, endlich aus dem Schatten zu treten."

„Was? Aus dem Schatten? Du hast sie doch nicht mehr alle!", schallte es lautstark durch das kleine Büro, bevor der Bürgermeister sich umdrehte und den Raum verließ.

Kapitel 4

„Warum Vater?", waren die ersten Worte, welche Georg später auf dem Parkplatz zu seinem Vater sprach. „Warum nicht?", erwiderte er forsch. „Das wird dir sicherlich guttun. Dich hält hier ja nichts, du hast keine Freunde, keine Freundin, also lass deine Reise beginnen!"

„I hätte meine Probleme auch alleine lösen können!", polterte Georg ihm entgegen. „Mensch, Vater, i hatte einen Plan!"

„Ach ja? Einen Speiseplan vielleicht, oder was?" Karl-Heinz setzte sich auf den Fahrersitz, Georg stieg ebenfalls in den alten, blauen, verrosteten Ford ein. Die Beifahrertür war noch nicht zu, schon giftete Karl-Heinz erneut gegen ihn. „Erzähl mir mal deinen Plan, ach oder war das der Shitstorm?" Sprachlos nahm sein Sohn die Worte entgegen. Der Wagen machte sich langsam und holpernd auf den Weg. Die ersten Kilometer verbrachten sie schweigend. Doch Georg konnte das alles nicht auf sich sitzen lassen. „I hät meine Probleme auch selber lösen können!"

„Nein, das glaub ich nicht", antwortete ihm sein Vater. „Mensch, warum bist du so ein Sturkopf wie dein Opa? Warum könnt ihr euch nicht einmal helfen lassen, wenn es ausweglos ist."

„Vater, langsam gehst du zu weit!", gab Georg mit ungewohnt ruhiger und erwachsener Stimme von sich. Das konnte Karl-Heinz so nicht auf sich sitzen lassen. „Deine Spinnereien bin ich leid! Deine Fantasien und das ganze Blablabla, kannst du Mutter erzählen, aber nicht mir, ist das klar!?"

Die Stimmung konnte nicht aufgeheizter sein als bei jenem Abendmahl. Georgs letztes Abendmahl! Seine Mutter Elfriede, die gute Seele des Hauses, richtete alles für die Brotzeit her, ob Essiggurken oder Radi, Meerrettich, Knoblauch oder Zwiebeln. Es lag alles bereit, Brot und Brezeln, Wurst oder Käse, alles fand seinen Platz auf der weiß-blau-gestreiften Tischdecke. Jedoch die Falten und Mienen, die der Abend in die Gesichter zeichnete, sollten eine andere Geschichte erzählen. Schluss mit der ausgewogenen Harmonie, Schluss mit der heilen Welt und vor allem Schluss mit der langen, für Georg nahezu heiligen, Familientradition.

„Vielen Dank für mein letztes Abendmahl, Mutter", dröhnte Georg, er konnte nicht so schnell reagieren, da bekam er die zusammengerollte Abendzeitung von seinem Vater auf die Stirn geklatscht.

„Karl-Heinz!", schrie Elfriede erschrocken auf.

„Der Junge kann sich nicht immer über alles und jeden stellen, letztes Abendmahl, ich glaub, ich spinn!"

„Hoppla, stimmt, der Judas sitzt ja mit am Tisch!", klatsch, klatsch, klatsch, die Zeitung traf Georg mit jedem Schlag fester und fester.

„Ist das alles, was du kannst, alter Mann?", warf Georg spöttisch seinem Vater an den Kopf, als dieser von ihm abließ. Georg applaudierte und es ging noch einmal von vorn los, diesmal war sein Vater jedoch nicht mehr so zielsicher, wie bei der ersten Runde und traf neben der Stirn zusätzlich Auge und Nase.

Elfriede hatte große Mühe, die Situation zu entspannen, doch schließlich sollte es ihr gelingen, die Wogen zu glätten. Schweigsam konnte die Brotzeit zu Ende gebracht werden.

Verlassen und einsam fühlte sich Georg ein wenig später in seiner Kinderstube. Melancholie färbte seine Miene in eine tiefe Traurigkeit. Andrea Bocelli und Sarah Brightman sollten jenen Augenblick füllen. *„Time to say goodbye"*, sang der Tenor. Seine Stimme strahlte eine unglaubliche Ruhe von der alten Schallplatte aus. Georg schaute auf zwei große Rollkoffer und einen Seesack vor seinem leeren Kleiderschrank. Das alles hatte seine Mutter in Windeseile für ihn eingepackt. Sein Blick schweifte immer wieder durch sein Zimmer. Ein letztes Mal, so sagten seine Gedanken, legte er sich auf sein geliebtes Bett. Schon morgen wird seine Reise beginnen, 08:40 Uhr am S-Bahnhof. Georg überflog noch sporadisch seine Reiseunterlagen, welche ihm Beate Hübner liebevoll kurz vor Feierabend zusammengeschludert hatte. Hätte er gewusst, welche Odyssee vor ihm lag, so wären ihm sicherlich nicht einfach so die Augen zugefallen.

Kapitel 5

Prutting

Der Wecker hätte eigentlich nicht klingeln müssen, denn Georg hatte ohnehin fast kein Auge zubekommen. Seine Sorgen und Ängste waren einfach zu groß. Mürrisch schlug er den Alarm aus und blieb noch ein paar Minuten liegen. Schlussendlich gab er sich einen Ruck. Es blieb ihm ja nichts anderes übrig, er musste sich seinem Schicksal beugen. Auf nach Norderney!

Während er die letzten Kleidungsstücke, welche seine Mutter nicht eingepackt hatte, zusammensuchte, brummte er vor sich hin. Auf eine dunkle Jeans folgten ein weißes T-Shirt und darüber seine geliebte, alte, hellbraune Lederjacke. Seine Sorgenfalten und das blaue Auge verbarg er mit einer großzügigen Pilotensonnenbrille.

Nach erfolgreichem Abschluss seiner Morgenroutine kämpfte er sich polternd und fluchend mit seinen drei viel zu großen Gepäckstücken hinab durch das schmale Treppenhaus. Es war ein Aufwand, bis er endlich unten die gute Stube erreichte. Seine Eltern warteten schon auf ihn, sie wollten ihn bis zum Bahnhof begleiten. Na gut, um ehrlich zu sein, das mit dem Begleiten, das wollte Elfriede, seine Mutter. Sein Vater wollte eher auf Nummer Sicher gehen, dass die Versetzung auch wirklich klappte.

„Auf Junge, du brauchst nicht meinen, noch groß zu frühstücken. Schau mal auf die Uhr!", schnauzte ihm sein Vater zur Begrüßung entgegen. „Ebenfalls einen guten Morgen", erwiderte Georg grantig. Elfriede war von dem Moment schwer gezeichnet. Ihren kleinen Jungen musste sie fortschicken. Raus in die weite, weite Welt. Auch wenn Georg zweiunddreißig war und mittlerweile Vollbart trug, so war er für sie doch immer noch ihr kleiner Tollpatsch. Die richtige Überschrift für ihre Verabschiedung war *Ein Schicksalsschlag, den so nur das Leben schreibt.* Karl-Heinz hatte Puls, blickte ständig nervös auf seine Armbanduhr und signalisierte mit jeder Geste und jedem Atemzug, dass es nun an der Zeit war.

Wenig später standen sie alle am Gleis, um Georg zu verabschieden. Die tosende Meute bestand aus seinen Eltern, Revierleiter Braun mit seiner Sekretärin, sowie Resi vom Wirtshaus. Der große Moment war gekommen, auf Gleis zwei fuhr der Zug nach Rosenheim ein. Es sollte seine erste Etappe sein. Georg verabschiedete sich bei Resi mit einer herzlichen Umarmung, danach ein grimmiger Blick zu Revierleiter Braun. Leise konnte man ein Geflüstertes, „Adios, Drecksack!", von dessen Lippen vernehmen. Schlussendlich wandte er sich erneut seiner Mutter zu. Lang lebe das Drama. „Leb wohl, Mutter! Ich habe das alles nie gewollt, Mutter. Pass gut auf dich auf, Mutter."

Doch nun sollte seine große Show beginnen. Er hatte sich als Letztes seinen Vater vorgenommen.

Der Zug fuhr ein, die Waggontür öffnete mit einem lauten Zischen direkt vor Georg. Er packte sein Gepäck, huschte die Stufe hoch und drehte sich um. Nun schaute er seinem Vater in die Augen. Vor allen Beteiligten nahm er die Sonnenbrille ab und sprach: „Danke für alles, Rocky!" Ein Raunen machte die Runde. Das Timing passte, die Tür ging zu, der Zug fuhr los. Georg ließ einige geschockte Gesichter zurück. Zufrieden setzte er sich und blickte aus dem Fenster. Ach, wenn Engel reisen, da scheint die Sonne, dachte er, während er die schöne Landschaft wehmütig betrachtete. Ihm war es sehr wichtig, zum Abschied noch etwas zurückzulassen. Denn so einfach ließe er sich nicht die Heimat nehmen. Auch wenn sein Vater nun gewonnen hatte und er jetzt nach Norderney fuhr. Er wird zurückkehren und sich seiner Tradition und Aufgabe in der Wache Prutting stellen. Doch langsam kam es Georg in den Sinn: Warum zum Teufel fuhr er eigentlich mit der S-Bahn nach Rosenheim? Rosenheim war doch südlicher als Prutting. Musste er für Norderney nicht Richtung Norden?

Er konnte es sich gerade richtig gut vorstellen wie Beate Hübner, oder besser gesagt, die Eule mit ihren riesigen, dicken Brillengläsern, ihm lustlos kurz vor Feierabend die Unterlagen zusammenstellte. Sie hatte sicherlich eine dieser Webseiten verwendet, bei denen man sich immer die klimafreundlichsten Verbindungen anzeigen lassen kann. Anschließend wird sie ohne Überprüfung auf Buchen gedrückt haben und in den Feierabend gegangen sein. Das konnte nur so gewesen sein. Sie hatte nämlich absoluten Mist gebucht.

Von Prutting ging es also nach Rosenheim, um anschließend von Rosenheim über Prutting nach München zu gelangen.

Was für ein Anblick, als er eine halbe Stunde später am Gleis eins wieder in Prutting einfuhr. Frustriert schaute er aus dem Fenster. Er spielte mit dem Gedanken, einfach auszusteigen. Die Reise einfach zu beenden. Doch er entschied sich dagegen. Er war viel zu stolz, um nach diesem Abgang wieder nach Hause zu gehen. Somit sollte dies sein letzter Blick auf die Heimat sein. Er musterte den alten Bahnhof. Der alte Süßwarenautomat war immer noch gut bestückt. Am Ende des Bahnsteigs erkannte er Kemals Hähnchen & Kebapgrill. Der Imbiss hatte schon geöffnet. Da standen sogar ein paar Leute an den Stehtischen. Es schien, als würden sie feiern. Wahnsinn, hatten die Leute heutzutage nichts mehr zu tun, dachte er voller Wehmut. Doch dann, als sich der Zug langsam in Bewegung setzte und er sich somit der Bude näherte, erkannte er, dass dies seine Abschiedsgesellschaft war, und sein Vater machte den Hampelmann. Alle lachten sich freudestrahlend kaputt. Und das nach seiner großen Abschiedsshow? Zeigte sie etwa keine Wirkung?

Georg schlug zwar im letzten Moment mit seiner Faust gegen die Scheibe, doch keiner nahm von ihm Notiz.

Für Georg ging es dann weiter nach München. Von München nach Heidelberg. Hier musste er umsteigen nach Mannheim. Eine Stunde später durfte er dann mit dem Schnellzug von Mannheim zurück nach Heidelberg. Hier erlitt er einen kurzen Wutanfall. Mütter hielten ihren Kindern die Ohren zu. Er schrie wie ein Bekloppter über den gesamten Bahnhof. Anschließend gab es eine wüste Schlägerei mit einem alten Süßwarenautomaten, nicht mal Schokolade sollte ihm heute vergönnt sein.

Schon bald ging es weiter. Das neue Ziel war Köln. Doch der Anschlusszug sollte erst in vier Stunden kommen. War das nun eine Ruhepause? Oder was sollte dies für einen Aufenthalt darstellen?

„VIVA COLONIA", schallte es aus einem der Lautsprecher am Bahnhofsgrill. Wenigstens hatte er jetzt Zeit, etwas Warmes zu essen. Georg erinnerte sich plötzlich an das Fährticket. Hatte er nicht gestern Abend gelesen, als er die Unterlagen sporadisch gemustert hatte, dass seine Fähre mittags startete? Er hatte sich dann doch etwas beruhigen können, weil Norderney dann ja überhaupt nicht so weit weg war. Tatsache, die Uhrzeit sollte stimmen, aber das Datum nicht! Die Fähre war erst für morgen gebucht. Für morgen?! Wirklich nahtlos mit der letzten Zugverbindung. Es ging also die ganze Nacht so weiter.

Ihn ereilte Wutanfall Nummer 2 direkt im Bahnhofsgrill, Hausverbot!

Warum eigentlich nicht?, dachte er später, wohlgenährt auf einer Bank am Gleis. Eine Reise, die in unter acht Stunden zu schaffen war, bekam er von Beate als entschleunigte Odyssee gebucht. Insgesamt siebenundzwanzig Stunden und dreißig Minuten Reisedauer! Doch er schaffte es einfach nicht, sich zu beruhigen. Je länger er wartete, umso wütender wurde er auf die Sekretärin.

Der erste Reisetag fand am Herforder Hauptbahnhof nachts um zwei Uhr sein überraschendes Ende. Um fünf Uhr sollte es für ihn weitergehen. Diesmal aber nicht in Herford, sondern in Bielefeld. Taxis waren keine mehr am Bahnhof. Ein Handy besaß er nicht. Solch einen neumodischen Scheiß hatte er schon immer abgelehnt. Eine Telefonzelle hatte er freudestrahlend gefunden. Doch das Telefon war weg, stattdessen hatte irgendjemand Bücher dort eingeräumt. Also ging es für ihn zu Fuß mit fünfundsiebzig Kilo Gepäck die sechzehn Kilometer durch die Nacht nach Bielefeld.

Die letzten acht Teilstrecken saß Georg gefühlt auf einer Arschbacke ab. Die Bahnreise sollte ihr Ende finden. Endlich erblickten seine müden Augen das Schild Norddeich, dies war seine Endstation!

Georg rieb sich die Augen und gähnte, als er in der Warteschlange vor der Fähre stand. Das Schiff war noch nicht zu sehen. Der Druck auf seiner Blase war mittlerweile unerträglich. Er schwankte von einem Fuß auf den anderen, zudem brannten seine Fußsohlen von der Nachtwanderung. Das Schiff kam und kam nicht. Vor ihm stand ein komischer Typ, völlig in ein Buch vertieft, doch ständig drehte er sich um und gaffte ihn an, als ob er etwas verbrochen hätte. Gut, er wusste selbst, dass nach der Reise seine Körperhygiene nicht mehr optimal war, aber trotzdem. So etwas konnte man nach Beates Amokreise durch Deutschland und ein bisschen Holland gerade noch gebrauchen. So ein Neunmalkluger, der ihn sicherlich belehren wollte, dass man so verwahrlost nicht auf die Fähre durfte. Doch Georg konnte nicht mehr länger auf das Schiff warten. Er wollte eigentlich seinen guten Platz in der Warteschlange nicht verlieren, doch das Schiff war immer noch nicht zu sehen. So brach er ab und eilte zu den öffentlichen Toiletten.

Kapitel 6

Norderney

„Kinder, beeilt euch! Wenn wir pünktlich in den Wellenpark wollen, sollten wir die erste Fähre bekommen!", rief Fiete Jensen wiederholt durch das Treppenhaus.

Doch außer dem alltäglichen Gemurmel und Gepolter aus den Kinderzimmern war nichts zu hören. So entschloss sich das Familienoberhaupt, nach oben zu gehen.

Als er den oberen Stock seines Hauses erreichte, hörte er deutlich das Geräusch einer zugeschlagenen Autotür. Danach das charakteristische Quietschen seines leicht angerosteten Briefkastendeckels.

Er drehte sich um, schaute neugierig aus dem Fenster seines Treppenhauses und erkannte prompt den wuchtigen Wagen seines Stellvertreters in seiner Auffahrt.

Was um alles in der Welt machte Freddy heute hier?, dachte er, während er sein eigentliches Ziel aus den Augen verlor. Angetrieben von seinem unermüdlichen Wissensdurst stürmte der Bürgermeister die Treppe runter. Blind griff er neben der Eingangstür zum Schlüsselbrett und zog den Bund mit dem Briefkastenschlüssel ab. Das alles dauerte nur wenige Sekunden und trotzdem reichte es nicht mehr, um Freddy zur

Rede zu stellen. Außer dem pulsierenden Rücklicht am Ende der Kreuzung gab es von Freddy keine Spur mehr.

Was war so wichtig, dass er es heute einwerfen musste?, rätselte Fiete, während er den Briefkasten öffnete und ein großes Kuvert herausholte. Auf dem braunen Umschlag stand nichts geschrieben.

Fiete grinste, er musste an die für heute genehmigte Demo denken. Dass er so weit ginge und die Öffentlichkeit mit ins Boot holte, hätten Freddy und sein ominöser Partner wohl nicht gedacht. Also wie ging der unsaubere Rosenkrieg jetzt weiter?

Gespannt funkelten seine Augen im Antlitz der neuen Informationen. Noch bevor Fiete seine Frau und seine Kinder an der Haustür entdeckte, riss er gierig den Umschlag auf. Die folgenden Unterlagen überflog er sporadisch, bis er im Rausch des Moments so langsam eine Ahnung bekam, was hier eigentlich los war.

„War das eben Freddy?", fragte seine Frau Karla, während sie einen fertiggepackten Rucksack vor die Tür hievte.

„Ja", bestätigte Fiete wortkarg. „Ich muss ihn unbedingt heute Abend anrufen."

„Wieso, was ist denn?"

„Ach, mach dir keine Sorgen. Heute wird nicht gearbeitet. Jetzt ist Familienzeit!"

„Und warum machst du dann so einen Stress wegen der ersten Fähre?"

„Ich will einfach weg, bevor am Hafen zu viel los ist."

„Heute? Am Hafen? Zu viel los?", fragte Karla nichts ahnend. Doch Fiete blockte wie immer in seiner Freizeit ab. „Ich glaube, ein paar Stunden Festland tun uns gut. Können wir jetzt los?“

Die mittlerweile vollzählig versammelte Meute nickte und brach auf zur ersten Fähre.

Kapitel 7

Norddeich Hafen

Mit einer deutlichen Verspätung sollte die Fähre den Hafen erreichen. Noch dachte sich Georg nichts dabei. Vielmehr freute er sich, nach der stundenlangen Zugfahrt endlich die letzte Etappe seiner Reise anzutreten.

Er betrat das Schiff wohlüberlegt mit dem rechten Fuß zuerst. Er war zwar noch nicht einmal auf Norderney angekommen, doch eines stand für ihn bereits fest: Er wollte so schnell wie möglich als Polizist nach Prutting zurückkehren. Da er doch zum Aberglauben neigte, hoffte er, auf diesem Weg seine Pechsträhne zu beenden.

Die Fähre wirkte wie ein Ausflugsschiff. Georg folgte dem grünglänzenden Boden zum Sonnendeck. Auf diesem Weg entdeckte er ein kleines Kioskfenster. Seine Wahl fiel auf ein Eis.

So lehnte er sich ein wenig später gegen die Reling am Sonnendeck. Genüsslich schleckte er sein Wassereis, während das Kreischen der Möwen in weite Ferne rückte. Das Schiff legte zügig ab und so ging es für Georg immer weiter aufs offene Meer hinaus. Die Insel war noch nicht in Sicht. Aus seiner Position sah er nichts weiter als den Horizont. Die hohe See war heute besonders ruhig. Er bemerkte den Seegang fast überhaupt nicht. Vielmehr schien es, als schneide das

Schiff mit dem großen, schweren Bug das Wasser wie einen Teppich. Der leichte Fahrtwind auf seiner Haut ließ ihn die stickige Hitze vergessen. Doch mit der Zeit bildeten sich die ersten Schweißtropfen auf seiner Stirn. Insgesamt fühlte er sich etwas unwohl. Je mehr er gerade zur Ruhe kam, desto mehr fühlte er, dass er komplett übernächtigt war. Ihm wurde es zu warm, zusätzlich bemerkte er ein leichtes Schwindelgefühl in sich aufsteigen.

So nahm er all seine Habseligkeiten in die Hand und machte sich auf die Suche nach einem schattigen Sitzplatz. Etwas Besseres als Halbschatten sollte er nicht mehr finden. Als er sich setzte, bemerkte er diesen unsympathischen Strebertypen von vorhin aus der Warteschlange direkt neben sich. Dieser steckte immer noch seinen Kopf in ein Buch. Georg bemerkte, dass der Fremde neben ihm beim Lesen mehrfach arrogant seine Nase rümpfte. Daraufhin folgten abwertende Blicke gegen ihn über die Buchkante hinweg. Jetzt reichte es Georg. Bei solchen Situationen konnte er einfach nicht anders. Da war er einfach viel zu stolz. So drehte er sich zu dem Fremden und fragte, ob es ein Problem gebe und ob bei ihm nicht mehr alles knusper sei.

„Bitte was?", erwiderte daraufhin der Fremde.

„Ja, gaff mi halt nicht so an, sonst ..."

„Sonst was?", unterbrach ihn der Fremde mit ernster Miene.

„Das wirst du früh genug mitbekommen!", drohte Georg weiter.

„Also, von einem stinkenden Obdachlosen lasse ich mir schon mal nicht drohen, Freundchen!"

„I geb dir gleich, Obdachloser", brüllte Georg wie ein Wahnsinniger. Durch seine Lautstärke hatten sie nun die volle Aufmerksamkeit der anwesenden Passagiere. Dem Fremden reichte es, er baute sich vor Georg auf.

Georg erwiderte die Geste. „Na, dann zeig mal, was du kannst, oder traust di jetzt nicht mehr?", stichelte Georg. Doch dann sollte es sehr schnell gehen. Der Fremde machte eine flinke Bewegung mit seinem Fuß, riss dabei Georgs Beine um, packte seine Arme im Fall und drehte ihn dabei gekonnt auf den Bauch. Das alles war ein unfassbar gut einstudierter Bewegungsablauf, und es ging noch weiter. Der Fremde kniete sich sofort auf Georg und fixierte seine Handgelenke mit Kabelbinder, welche er ziemlich schnell zur Hand hatte. Das ganze Schauspiel dauerte keine zehn Sekunden und wurde mit Applaus der zuschauenden Meute gewürdigt. Der Fremde nutzte die Gelegenheit. Er stand auf und verbeugte sich kurz vor den Applaudierenden, so als wäre er ein Schauspieler. „Keine Sorge", beruhigte er die Anwesenden. „Ich habe die Situation im Griff. Ich bin Polizist. Mein Name ist Jüllich und ich leite die neue Wache Norderney."

Die Menge zeigte sich weiterhin begeistert, während zu seinen Füßen ein Raunen von Georg zu vernehmen war. „Ohhh, Flaff miff fos", nuschelte er mit dem Gesicht auf dem Boden. Es war schon unfassbar, wie hilflos man in so einer Situation war, wenn man seine Hände nicht verwenden konnte. Georg schaffte es nicht einmal, seinen Kopf zur Seite zu drehen. Dieser Jüllich ging auf seine kümmerlichen Befreiungsversuche nicht ein. Stattdessen wollte er sich präsentieren und profilieren, und sprach übertrieben laut. „Dann schauen wir mal, wer hier Stunk macht." Daraufhin durchsuchte er vor den Augen aller Anwesenden Georgs Hosentaschen. Er fand zügig den Geldbeutel und hob ihn hoch, sodass ihn jeder sehen konnte. Vorsichtig spähte er hinein, als wäre der Inhalt hochexplosiv. Er zog eine Plastikkarte heraus. „Dieser ungepflegte und unfreundliche Herr ist …" Matthis Jüllich stoppte abrupt, während er den Polizeiausweis erkannte. Kleinlaut vollendete er seinen Satz. „Mein Kollege?"

Matthis half Georg mit einem Ruck zurück auf die Beine und fragte dabei: „Du bist nicht mein Partner, oder?"

„I bin Kommissar Pampelhuber von der neuen Wache Hawaii … äh Norderney."

„Oh nein!", antwortete Matthis. „Warum haben die mir nicht einfach einen Dackel geschickt?"

„Bitte was?", Georg traute seinen Ohren nicht.

„Warum läufst du so stinkend und vergammelt durch die Gegend?"

„So sieht man halt aus, wenn man eine Anreise von siebenundzwanzig Stunden und dreißig Minuten mit der Bahn hinter sich hat."

„Was ist denn das für eine Ausrede? Von wo kommst du denn her … Kamerun oder was?"

„Nein, Prutting …", erwiderte Georg scharf. Matthis schaute ihn ratlos an. Deshalb wurde Georg genauer: „Das ist nicht weit weg von Rosenheim."

„Soso, ein Rosenheim-Cop also", antwortete Matthis, ehe er die Erkennungsmelodie der bekannten Fernsehserie zu pfeifen begann. Damit konnte man Georg schon immer zur Weißglut bringen. Doch heute schluckte er es runter, denn am Boden war er ja schlussendlich ja schon.

Es dauerte nicht mehr lange, ehe die ersten Urlauber auf der Fähre freudig, „Land in Sicht!“, ausriefen. Doch je näher sie dem Hafen kamen, umso lauter und deutlicher hörten sie Pfiffe und lautes Geschrei. So klang auf keinen Fall eine ruhige Kur- und Urlaubsinsel.

Kapitel 8

Norderney

„Ich verstehe nicht, warum wir das hier für ihn stehlen sollen", sagte der stämmige Herr im Maßanzug zu seinem schweigsamen Kollegen.

Für die beiden war es ein Leichtes, sich Zutritt zum Zielobjekt zu verschaffen. Praktischerweise rumpelten sie auf Anhieb ins richtige Zimmer. In dem stilvoll aber kalt eingerichteten Wohnraum war es ein Kinderspiel, den Auftrag zu erledigen. Zumal das Objekt der Begierde wie auf dem Präsentierteller vor ihnen auf dem Couchtisch lag.

„Vertraue dem Boss, du weißt, dass er immer einen ausgeklügelten Plan im Kopf hat. Oder hat jemals etwas nicht geklappt?"

„Bis jetzt gab es aber nie ein Aufsehen um sein Spiel. Wir hatten noch nie Zivilbevölkerung so nah am Lagerplatz. Denk doch mal an Südamerika oder Afghanistan. Wie viele Kilometer hatten wir nur die Wildnis um uns herum?"

„Stimmt, aber dafür ging es auch noch nie um so eine Riesensumme."

„Hast recht. Wenn das hier durch ist, können wir für Jahre von der Bildfläche verschwinden."

„Oh ja! Sollen wir hier noch Unordnung schaffen? Somit könnten wir die Drohung konkreter werden lassen, oder?"

„Bist du verrückt? Ich bin froh, dass wir so einfach hier reinkamen. Niemand hat uns bemerkt. Der Auftrag lautet, wir sollen die Gunst der Stunde nutzen und das hier besorgen", der Große rieb seinem kleinen Kollegen das Zielobjekt buchstäblich unter die Nase. „Während die ganze Insel sich am Hafen versammelt, um gegen die Sperrung zu demonstrieren, sollen wir hier schnell rein und raus und keine Spuren hinterlassen. Hast du mich verstanden?"

„Jaja", grummelte sein Kollege.

„Also pass auf, wo du hintrittst! Ich schwöre dir, ich lass dich putzen wie das Hausmädchen, wenn du hier herumtrampelst."

Sein Gegenüber winkte ab und die beiden verschwanden laut- und spurlos auf dem gleichen Weg, wie sie hereingekommen waren.

Kapitel 9

Norderney Hafen

Die Fähre hatte wegen einer Menschenmasse große Probleme beim Anlegen. Es wirkte, als sei die ganze Insel auf den Beinen. Lauthals demonstrierte die eingeschworene Gemeinschaft der Inselbewohner. Doch warum waren die Bürger so aufgebracht und blockierten den gesamten Hafen?

Die neuen Inselpolizisten Matthis und Georg kämpften sich mühselig mit ihrem Gepäck durch die Menschenansammlung.

Für Georg war es ein beängstigendes Gefühl, nach all den Jahren in einer Kleinstadt wie Prutting so viele Leute auf einem Fleck zu sehen. Schritt für Schritt wuchs in ihm die Unsicherheit. Ein beklemmendes Gefühl stellte sich ein, als ob jemand ihm den Hals zuschnüren wollte. Deshalb wählte Georg auch zügig den direkten Weg, raus aus dem Trubel. Matthis bemerkte dies natürlich und forderte ihn umgehend auf, hierzubleiben. Doch seine Worte blieben ungehört.

Georg umging die Demonstranten und schaute lieber mit Abstand auf die Menschenmenge. Er versuchte, die hochgehaltenen Pappschilder zu lesen. *„Nein zur Sperrung!"* oder, *„Wir wollen unsere Insel zurück!"*

Matthis tauchte mitten ins Geschehen rund um den Hafen ab. Als neuer Polizeichef von Norderney war es ihm ein Anliegen, den Dialog mit den Einwohnern zu suchen. So fragte er den Erstbesten, was hier los sei, und stellte sich als zukünftiger Revierleiter der Wache Norderney vor. Der aufgebrachte Demonstrant machte eigentlich einen sehr friedvollen Eindruck auf Matthis. Doch laut der deutlichen Worte seines Schildes bedrohe eine Sperrung seine Existenz. Deshalb fielen auch die Worte, die er Matthis zur Begrüßung entgegenpfefferte, sehr ruppig aus. Matthis ließ sich jedoch nicht entmutigen und fragte weitere Personen in seiner Nähe. Aber auch hier bekam er keine richtige Antwort zu hören. Ihm fehlte einfach das Vertrauen vonseiten der aufgebrachten Bewohner.

Stellte er sich als Polizist vor, bekam er maximal Beschimpfungen oder Rechtfertigungen, dass diese Demonstration ihr Recht sei. Gab er sich als Tourist aus, wurde er ebenfalls sofort weitergeschickt.

Als Matthis die Menge hinter sich ließ, erkannte er den ratlos blickenden Kommissar Pampelhuber an der schmalen Einfahrt des Hafens. Dieser begrüßte Matthis umgehend mit der Frage, „Was is denn hier los?"

„Ich habe keine Ahnung! Die Leute haben mich nur angemeckert. Und warum hast du dich gleich verpisst?", fragte ihn Matthis.

„Da war mir einfach zu viel los. I kann das mitten in so einer Menge einfach nicht haben. I muss mir da immer erstmal einen Überblick von außen verschaffen."

„Jaja, so Leute wie dich kenne ich gut. Lieber die anderen auflaufen lassen, als selbst die Hände schmutzig zu machen."

„Du kennst an Scheiß!", schnauzte Georg ihn an. Matthis zögerte keine Sekunde und fragte, „Willst du nochmal den Boden knutschen?" Georg schüttelte den Kopf und ging instinktiv einen Schritt zurück. „Nein Danke, ist schon gut, Herr Jüllich!"

Matthis grinste breit. „Für dich bin ich Revierleiter Jüllich, ist das klar?"

Die beiden überblickten noch ein paar Minuten die Demonstration. Es war für sie jedoch unmöglich, den Grund des Protests zu verstehen. Deshalb entschied sich Matthis, zunächst die neue Wache aufzusuchen.

Laut Adresse sollte das Gebäude in unmittelbarer Nähe sein. Es gab nur eine Straße, die aus dem Hafen führte, und diese war glücklicherweise auch die, in welcher sich auch die neue Wache befinden sollte.

So zogen sie gemeinsam weiter. Der Weg führte sie an Lagerhallen und typischen Hafengebäuden parallel zum Meer vorbei, immer weiter an idyllischen Cafés und Restaurants, ehe sie an einer unbebauten Wiese eine Neunziggradkurve zur Innenstadt einschlugen.

Laut Matthis Unterlagen, und der freundlichen Stimme der laufenden Navigationsapp seines Handys, hatten sie genau an jener Wiese ihr Ziel erreicht. Das rechteckige Grundstück war zwar ein absoluter Traum auf dem Immobilienmarkt. Sogar ein kleiner Holzsteg gehörte zu dem Grundstück, welches zwischen dem Fischgeschäft und dem weiten, offenen Meer lag. Aber die Wiese war unbebaut. Also konnte das mit der Wache ja eigentlich nicht stimmen.

Ratlos schauten die beiden sich um, ehe Georg die Stille brach. „Du, laut meiner Unterlagen beginnt mein Dienst offiziell erst morgen. I bin hundemüde, die Demo ist mir heut scheißegal. I brauch eine Dusche und ein Bett. Deshalb geh i jetzt zu meiner Unterkunft. Die Adresse hab i!"

„Also, die Adresse der Wache stimmt. Das muss hier sein. Aber du hast recht, lass uns erstmal unser Gepäck in die Unterkunft bringen und dann sehen wir weiter."

„Alles klar, dann bis morgen Revierleiter Jüllich!" Georg drehte sich um und zog unbeirrt von dannen, doch Matthis rief ihm hinterher.

„Mei, was is denn jetzt noch?", maulte der grantische Bayer.

„Wir haben doch denselben Weg", antwortete Matthis in demselben ruppigen Tonfall. Georg verdrehte die Augen, atmete laut und deutlich durch die Nase aus, und fragte: „Ja woher soll i das wissen, dass du in meiner Nachbarschaft wohnst."

„Hast du die Unterlagen nicht gelesen? Dienst-WG steht doch drin", sagte Matthis.

„Natürlich steht auf meinen Unterlagen a Dienstwohnung. Also wo liegt jetzt dei Problem?"

„WG! Das steht für Wohngemeinschaft!", erklärte Matthis ihm. „Wir wohnen die nächsten zwei Jahre zusammen."

Kapitel 10

Der ältere Herr nahm den Cowboyhut ab, während er aus sicherer Entfernung von einem Café unweit des Hafens das Treiben beobachtete.

In was für eine Situation hatte seine Quelle ihn nur manövriert? Ganz dezent und ohne Aufsehen zu erregen werde er die Genehmigung besorgen, hatte er gesagt. Er war ja ein Mann an der Quelle, hatte er ihn vor wenigen Tagen dreist ins Gesicht gegrinst. Dieser schmierige Schwätzer. Aber was sollte es?, dachte er sich. Dieses Geschäft war es allemal wert, und irgendwie würde er die Lage auch wieder unter Kontrolle bringen. In diesem Moment schlich sich ein verwegenes Lächeln in seine Miene, da er den nächsten Spielzug ja im Kopf und die ersten Vorbereitungen eingeleitet hatte. Denn wie bekämpfte man am besten einen Großbrand? Nicht mit Wasser. Am effektivsten legte man einfach ein Gegenfeuer. Nur so konnte man dem Großbrand die Nahrung nehmen.

Die Menschenansammlung am Hafen wuchs immer mehr an. Die Stimmen waren laut und deutlich bis zu dem Café zu hören.

Während der schier endlos wirkenden Wartezeit zogen sich immer tiefere Falten in sein Gesicht. Hoffentlich schaffte es der wütende Mob nicht weiter als in die Regionalnachrichten. Nicht auszumalen, was er tun müsste, wenn diese Demos ausufern und landesweit in den Medien zerkaut werden würden.

Doch schlagartig sollte die Warterei ihr Ende finden. Erleichtert entdeckte er, dass seine Handlanger sich dem Café näherten. Endlich war er wieder an der Reihe mit seinem nächsten Spielzug.

„Habt ihr es gefunden?"

„Natürlich!", antwortete der größere der beiden Herren in den stylishen Maßanzügen und überreichte ihm das heiß ersehnte Zielobjekt.

Der Boss überprüfte ausgiebig das Gerät. „Dann schauen wir mal, welches Gegenfeuer wir legen können." Seine Fingerbewegungen wurden immer schneller. Seinem Gesicht entwich auf einmal die Farbe, entsetzt starrte er seine Handlanger an. „Das ist das falsche Handy!", zischte er sie an, bevor ihn ein Geistesblitz ereilte und er seine Meinung schlagartig änderte. „Ich denke aber, dieser Spielball ist ein besserer und viel wertvoller." Der ältere Herr lachte verwegen und zeigte auf ein Profilbild, bevor er sich seinen Cowboyhut wieder aufsetzte. Danach klemmte er einen Geldschein unter seinen Kaffeeteller und stand auf. „Ich schau mal, ob er sich so ködern lässt, und vielleicht, wer weiß ... Wenn er mitspielt und an die Medien geht, können wir so einen schönen, großen Skandal zur Ablenkung inszenieren."

„Ablenkung wäre gut", antwortete der kleinere Herr im Maßanzug wortkarg.

„Ich gehe zurück in mein Hotelzimmer. Ich muss diese neue Idee vorbereiten und ich brauche dafür absolute Ruhe", sagte der Drahtzieher und machte sich auf den Weg.

Kapitel 11

„Das wird ja immer besser!", moserte Georg empört, ehe er die Lage zusammenfasste: „Also Polizeistation, da ist nichts da, bei der besagten Adresse, außer ein kleines Stück Wiese. Zwar direkt am Meer, sogar am Hafen, aber unbebaut. So eine Immobilie is halt nicht gerade beliebt bei jedem Wetter. Und jetzt is mei Wohnung a WG? Die Bürger san wegen irgendetwas gehörig angepisst ... Eine einfache Kündigung wäre meinem Boss wohl doch zu lieb gewesen!"

Während Georg sich immer mehr ärgerte und vor sich hin schimpfte wie ein Rohrspatz, ging Matthis mit seinem Handy in der Hand voraus. Er folgte der vertrauten Stimme, die ihn schon zur unbebauten Wiese geführt hatte. Wieder erklangen die Fanfaren, welche die Ankunft des Zieles signalisierten. Doch diesmal schien die Adresse zu stimmen. Sie blickten auf einen großen, rechteckigen Wohn-Klotz mit zwei Stockwerken. Insgesamt umfasste das Haus sechs Parteien.

Die obere Wohnung in der Mitte des Hauses war frei. Das signalisierten nicht nur die fehlenden Vorhänge an den Fenstern, auch der Balkon wirkte sehr trostlos im Vergleich zu den anderen, denn hier waren keine Blumen und auch keine Markisen zu sehen. Ein älteres Paar saß in ihrem kleinen Vorgarten im Erdgeschoss und schaute kritisch in ihre Richtung. Die Dame lugte neugierig auf die Neuankömmlinge.

„Hallo, ich bin Matthis Jüllich, wir sind die neuen Mieter", stellte sich Matthis der Dame vor.

Daraufhin erhob sie sich und kam auf die beiden zu. Die groß gewachsene Dame mit langen, grauen Haaren und einer großen, runden Brille auf der Nase stellte sich als Helga Rumskob vor. Helga und ihr Mann, Hans-Dieter, offenbarten sich als die Eigentümer des Gebäudes. Georgs Laune konnte nicht einmal wegen der tollen Lage, des äußerlich top gepflegten Zustands oder des Meerblicks, den die Südseite des Hauses und somit auch ihr Balkon bot, aus dem Keller klettern. So versank er immer mehr in seiner eigenen Unzufriedenheit.

Helga freute sich riesig über die netten neuen Mieter und rief nach ihrem Mann. Hans-Dieter hatte sich zwar die Begrüßung fest als Tagesprojekt eingeplant, doch im Augenblick schien es ihm nicht zu passen. Viel zu vertieft hing er über seiner Sportzeitung. Doch Helga forderte ihren Gatten erneut auf, endlich herzukommen. Mühselig und lustlos legte der zerknirscht wirkende Hausbesitzer die Zeitschrift zur Seite. Hans-Dieter lief die fünfzehn Meter bis zum Gartenzaun in einem Tempo, bei dem selbst Schnecken vor Neid ihren Hut ziehen würden. Bis er die heitere Gesprächsrunde erreichte, hatte seine Frau schon die halbe Hausordnung heruntergepredigt. Alles Weitere übernahm der Hausherr. Es folgten alle Informationen zur Wohnung sowie sämtliche Fakten zur richtigen Müllentsorgung auf Norderney. Am Ende seines Vortrages überreichte der Vermieter feierlich die Schlüssel und wünschte ihnen eine angenehme Zeit. Die Wohnung sei vollständig möbliert. Die Vorhänge seien aber noch in der Reinigung, da ihr Vormieter ein Kettenraucher gewesen sei. Der abscheuliche Gestank der leider gelblich verfärbten Gardinen wäre nicht zumutbar gewesen. So plärrte es jedenfalls Helga vom Vorgarten aus nach oben. Matthis und Georg besichtigten derweil ihre neue Bleibe.

Die Wohnung war merkwürdig eingerichtet. Schon der Gang hinter der schweren Haustür wirkte eher wie ein Portal in eine andere Zeit als eine moderne Dienstwohnung. Der erste Raum, den sie besichtigten, stellte sich als das Badezimmer heraus. Die Nasszelle begeisterte mit lindgrünen Fliesen an der Wand. Ausgestattet mit einer großen, länglichen Eisenbadewanne, einem Klo mit rosa Deckel und Spülkasten. Dieser befand sich jedoch nicht hinter der Toilette, sondern elegant obendrüber, auszulösen mit einer putzigen, kleinen Eisenkette.

Wenn einem also beim Geschäft mal nicht die Kette ins Gesicht baumelte, konnte man sich über eine andere Fehlplanung freuen. Denn exakt gegenüber vom Thron stand eine Waschmaschine ohne sichtbare Trommel. Bei dieser Maschine musste die Wäsche noch von oben eingeschoben werden. Der Platz war nur so halb durchdacht, weil beim Sitzen auf dem stillen Örtchen die Kniescheiben gut gegen das Gehäuse drückten. Seitlich von der Toilette, also zwischen Klo und Badewanne, war in dem länglichen Raum noch ein Boiler für warmes Wasser drapiert. Gegenüber sollte das Waschbecken einen weiteren Engpass bilden. Ob der braune Farbton die Originalfarbe des Waschbeckens war, sollte vorerst in den Sternen stehen. Das nächste Relikt einer längst vergangenen Zeit war die Küche. Diese war gefühlt schon vor dem 2. Weltkrieg aktiv gewesen. Die hellgrünen Einbauschränke sprangen einem sofort ins Auge. In der Mitte der L-förmigen Küche stand ein kleiner, runder Tisch mit zwei alten, klapprigen, französisch wirkenden, weißen Bistrostühlen.

Das absolute Highlight war jedoch das Wohnzimmer mit einem mächtigen Röhrenfernseher, einem Schaukelstuhl am Fenster, einem Sessel, sowie einer kleinen durchgesessenen Zweisitzer-Couch. Neben dem Sessel schlummerte ein Schallplattenspieler auf einem kleinen Holztisch, daneben ein kleines Regal mit einigen vergessenen Schallplatten. Sogar ein randvolles Bücherregal mit etlichen alten, staubigen, nicht mehr ganz aktuellen Werken war bereits in der Wohnung.

Als Nächstes entdeckten die zwei das Schlafzimmer. In dem großzügig geschnittenen Raum standen zwei Einzelbetten, mittig im Raum zu einem Doppelbett zusammengeschoben. Rechts und links an der Wand flankiert von zwei alten, rustikalen Holzkleiderschränken.

Der letzte Raum schien eine kleine Rumpelkammer zu sein. Das Loch war länglich und schmal wie eine Zelle in einem Kloster. Vor Klaustrophobie schützte ein kleines Fenster mit Blick auf die Straße. Ein großer Sekretär, der wirkte, als ob alle großen Seemänner der Geschichte auf ihm Seekarten studiert hatten, ehe sie aufbrachen und neue Welten entdeckten, nahm allen Platz in Anspruch. Ach, wenn dieser sein Erlebtes erzählen könnte.

„Das wäre dann wohl dein Reich!", sagte Matthis zu seinem neuen Kollegen. Dieser war natürlich überhaupt nicht begeistert und polterte sofort los. „Ja, i glaub, i spinn! Das ist eine Rumpelkammer. Denkst du, i penn hier auf dem Boden?"

„Das hat keiner gesagt. Du kannst dir ein Bett, einen Nachttisch und einen Kleiderschrank aus meinem Zimmer aussuchen."

„Das ist aber gnädig ... Und wie soll ich das alles hier reinbekommen?"

„Mensch, dann tu halt den alten Sekretär raus, dann kann längs vor dem Fenster das Bett. Daneben schiebst du dir den Nachttisch hin und den Kleiderschrank schiebst du durch die Tür und stellst ihn dir vors Bett und wenn du Glück hast, bekommst du die Tür auch noch zu."

„Und wenn nicht?", erwiderte Georg.

„Dann bleibt sie halt auf. Das ist ja nicht mein Problem."

„Nein, i meinte, was, wenn i die Kammer nicht nehme?"

„Ich bin der Revierleiter. Also dein Boss. Ich entscheide. Wenn du das Zimmer nicht nimmst ... Tja, dann wirst du schon sehen, was du davon hast."

Mit einem lauten Murren willigte Georg ein. Matthis ließ ihn allein zurück. Georg ging zu dem alten Sekretär und zog mit all seiner Kraft, um das alte Monstrum aus dem kleinen Raum zu bekommen. Er erkämpfte sich Millimeter um Millimeter, bis er endlich den alten Sekretär in der gegenüberliegenden Küche hatte.

Matthis hatte gerade seine Zimmertür hinter sich geschlossen. So setzte sich Georg in den hellbraunen Ledersessel im Wohnzimmer direkt neben dem alten Plattenspieler. Er studierte die kleine Sammlung und legte prompt die erste Platte auf den Teller. Der Tonarm landete sanft auf der Scheibe. Gespannt lauschte Georg, während die zwei angeschlossenen Lautsprecher zu knistern begannen. Langsam bildete sich das warme, analoge Rauschen. Die Wahl war auf das legendäre Album der Band „Wham!" gefallen.

Matthis kam gerade aus seinem Zimmer gestiefelt als die ersten Töne des weltberühmten Saxophonsolos von „Careless Whisper" aus den Boxen erklangen. Er schüttelte den Kopf, zog die Augenbrauen hoch und wandte sich Georg zu. „Du kannst dir dein Bett aussuchen. Ich helfe dir auch beim rüber tragen."

Gemeinsam ging es dann auch wirklich recht schnell. Als alles an seinem Platz stand, musste nur noch etwas mit dem Sekretär mitten in der Küche passieren. Denn das Monstrum stand einfach nur im Weg.

Georg wollte den Sekretär vorerst auf den überdachten Balkon schieben. Matthis erwiderte wohlwollend, „Das ist eine gute Idee. Dann können wir morgen die Eigentümer fragen, ob sie den zurückhaben möchten oder ob dieser in einen Kellerraum soll, oder was weiß ich." So wandte sich Georg dem alten Monstrum zu, während Matthis vorausging, um den Weg freizuräumen. Als das erledigt war, nutzte er sofort die Chance, eine andere Schallplatte auf den Teller zu legen.

Georg schob währenddessen den Sekretär in der Küche schnurstracks zu der offenen Balkontür. Doch irgendetwas hatte sich verhakt. „Hepp, ... HEPP, ... HEPP ...", stöhnte er immer lauter auf. „HA, SAG MAL, WAS KLEMMT DENN DA ..." Er nahm Anlauf, gab alles, was aus seinem wuchtigen Körper herauszuholen war, während er laut aufschrie: „HEIIIJAAA!!!“

RUMS ... BATSCH ... KLIRR ...!

„Sag mal Georg, spinnst du?“, schrie Matthis aus dem Wohnzimmer. Doch Georg verstand in diesem Moment die Welt nicht mehr. „Alter, warum ist da kein Balkon mehr?!“

„Der ist im Wohnzimmer, du Depp!“

„Seit wann?“, grummelte es aus der Küche.

„Woher soll ich das denn wissen? Ich denke mal, seitdem die Hütte hier steht! Das ist kein Wanderbalkon, du Volltrottel.“

„Warum ist dann hier die Balkontür, du Neunmalklug?“

Matthis kam aus dem Wohnzimmer angerannt. „Kollege! Du hast das Holzgeländer vom französischen Balkon in der Küche“, Georg starrte regungslos seinen neuen Kollegen an. Er konnte ihm nicht folgen. Matthis bemerkte dies und wurde immer deutlicher. „Küche, falscher Raum verstehst du? Du hast das Geländer rausgedrückt und den Sekretär runtergeschmissen.“

Georgs Miene verzog sich, als er Matthis kleinlaut fragte: „Denkst du, dass man das gehört hat?“

„Frag doch mal die Schaulustigen da unten“, erwiderte Matthis trocken.

Georg schaute aus dem zerdepperten, französischen Balkon. Alle ihre neuen Nachbarn waren auf ihren Balkonen oder an ihren Gartenzäunen versammelt. Georg blieb nichts anderes übrig, als jenes zu tun, was er schon als Kind für angebracht gehalten hatte. Nämlich lächeln und winken.

Helga war sofort an der Unfallstelle. Passenderweise hatte Georg ihr den alten Sekretär ja genau in den Vorgarten gepfeffert. Frau Rumskob konnte es nicht fassen, was sich da gerade abgespielt hatte: Ihr schöner, alter Sekretär lag in tausenden Einzelteilen vor ihren Füßen.

Während „Keep On Moving" von Bob Marley aus der Anlage erklang streckte auch Matthis vorsichtig hinter Georg seinen Kopf aus dem zerstörten, offenen, französischen Balkon. So präsentierte sich den Anwesenden Nachbarn ein Bild von zwei fremden Herren, welche lächelnd, klatschnass verschwitzt, winkend aus einem vollständig zerstörten, französischen Balkon schauten. Unter ihnen ein Meer aus Scherben und gesplittertem Holz. Die Worte von Bob Marley in der Luft und die untergehende Sonne über der Nordsee passten perfekt zusammen. Ein Moment, der zu einer Legende werden sollte.

Kapitel 12

Am nächsten Morgen in der WG

Die Sonne tauchte aus den Tiefen des Meeres auf. Möwen kreisten weit oben über den Wellen durch die Luft. Matthis beobachtete sie, während er mit einer Kaffeetasse in der Hand auf dem Balkon stand. Die ersten Sonnenstrahlen demonstrierten die ganze Kraft der Sonne. Unermüdlich brutzelte sie schon seit Tagen vom Himmel. Auch heute stand ihnen wieder ein heißer Tag bevor.

Sieben Uhr, selbst hier, so weit entfernt vom deutschen Festland, erklangen irgendwo in der Ferne die Glocken eines Kirchturmes. Von Georg gab es noch keine Spur. Nicht einmal Geräusche waren aus seiner Kammer zu vernehmen. Deshalb klopfte Matthis beherzt an Georgs Tür, bis er ein Murren vom grantigen Bayer vernahm. Matthis machte sich fertig, zog seine Uniform an. An seinen Gürtel steckte er die Dienstwaffe sowie ein Funkgerät, Pfefferspray, den Schlagstock und die Stabtaschenlampe.

Danach klopfte er erneut an Georgs Tür.

„Was ist?", motzte Georg.

Matthis öffnete die Tür und konnte seinen Augen nicht trauen. Der werte Herr Kollege lag immer noch gemütlich im Bett. Während Matthis die Tür öffnete, erlebte er sogar, wie Georg sich noch tiefer in seine Bettdecke eindrehen wollte.

Die folgenden Geschehnisse spielten sich in einem Bruchteil von Sekunden ab. Wurde Matthis laut? Oh ja, aber nur kurz. Keine fünf Minuten später war Georg fertig angezogen. Er musste zwar noch kurz sein komplettes Bettzeug auf der Straße einsammeln, aber dann konnte der Tag auch für ihn beginnen.

Keine zehn Minuten dauerte der Fußmarsch ins Hafengebiet. Wieder liefen sie der vertrauten Stimme aus Matthis Handy hinterher. Wieder führte die Navigation sie zu der unbebauten Wiese.

„Seltsam, die Adresse scheint zu stimmen“, stellte Matthis fest.

„Vielleicht meinten die das mit dem Aufbau ja wörtlich“, sagte Georg, während er sich umsah.

Die Straße führte exakt an der Wiese vorbei, ehe sie eine Kurve zu den Bootsanlegern des Hafens machte. Neben der Wiese ragte ein kleiner schmaler Holzsteg in das Meer. Hier konnten sicherlich Boote anlegen. Das Wasser wirkte tief genug dafür. Das letzte Haus vor der Wiese war ein altes, großes, hohes Backsteinhaus. Die untere Etage war ein Fischladen, die zwei Stockwerke obendrüber sahen nach Wohnungen aus. Dieses Gebäude kam also schon mal nicht infrage.

„Tja, schade, hat halt nicht sollen sein“, sagte Georg. „Da kann man halt nichts machen. I würd mich dann auf den Rückweg nach Prutting machen. Der Wille war ja da, vielleicht sieht mein Revierleiter zu Hause die Situation nun mit anderen Augen.“

„Was? Nein, das würde dir so passen. Du bleibst schön hier, deine Versetzung ist auch mit Auflagen verbunden."

„Was sollen wir dann machen, Herr Revierleiter Jüllich?", fragte Georg mit einem leichten Sarkasmus.

„Warten wir halt mal", erwiderte dieser.

„Hahaha", lachte Georg übermütig auf. „Ach, die Jugend von heute, auf was willst du denn warten?"

Matthis passte es überhaupt nicht, dass sein Kollege versuchte, seine Autorität zu untergraben. Deshalb versuchte er prompt, von seiner Ratlosigkeit abzulenken, und fragte Georg: „Sag mal, wie siehst du denn heute eigentlich aus?" Georg war tatsächlich nicht gekleidet wie ein Polizist. Eher wirkte er wie ein 80er-Jahre-Los-Angeles-Cop. Er trug Jeans mit Flicken und Rissen, eine gleichfarbige Jeansjacke, sogar seine Sneakers hatten ein hellblaues Jeansmuster. Überheblich grinste er unter seiner Pilotensonnenbrille hervor und Matthis somit frech ins Gesicht. An Georg fehlte eigentlich nur der klassische Schnauzbart, diesen konnte er mit seinem Vollbart nicht bieten.

„Das ist halt mei Look. Hast du damit etwa Probleme?", konterte Georg.

„Erstens ja und zweitens: Wo ist deine Uniform?"

„Ach, das Gewand passt mir nicht", versuchte Georg sich zu rechtfertigen.

„Bitte was?", lachte Matthis auf. „Und wo trägst du dann deine Dienstwaffe?"

Georg verzog keine Miene und antwortete trocken: „Gesäßtasche."

„Das ist nicht dein Ernst? Weißt du, was da alles passieren kann?"

Georg winkte arrogant ab. „Alles nur Geschwätz, sag i dir. Die ist mir bestimmt schon zwölfmal runtergefallen, wobei sich nicht einmal an Schuss löste. Also, wo is jetzt dein Problem?" Noch bevor Matthis seinen Kollegen zurechtweisen konnte, legte ein Schiff an ihrem Steg an. Es war wie ein kleines Fischerboot. Der Kapitän kam auf sie zugelaufen und grüßte mit einem schwer verständlichen Akzent. Der Mann stellte sich als ein Mitarbeiter der Spedition vor, er faselte etwas von *Gartenhütte Carlsson*. Er sei aber nicht der Aufbauservice. Danach verwies er auf die Ladefläche seines Bootes. Schon aus der Ferne konnte man Hunderte gestapelte Kartons sehen. Der Kapitän signalisierte prompt, dass er nur der Schiffsführer sei, für das Abladen seien sie selbst verantwortlich. Ohne groß nachzudenken, watschelte Georg dem Kapitän hinterher. „Oh leck mi doch", rief Georg aus, als er die schätzungsweise achthundert Kartons in allen Größen und Formen aus der Nähe erblickte.

Matthis hatte währenddessen selbst alle Hände voll zu tun, da eine örtliche Baufirma zur selben Zeit ein Dixiklo lieferte. Die verzweifelten Schreie von Georg verpufften somit kläglich. Mühselig hievte Matthis mit den zwei Bauarbeitern das Dixiklo von der Ladefläche des Lkws. Es war so ein kleines, hellblaues, wie es an jeder Baustelle steht. Dies sollte also ihre Sanitäranlage werden?

Lustlos pfefferte der LA-Cop die Kartons ohne Ordnung und Verstand auf die Wiese. Kleine Pakete warf er mit so einer Wucht, dass sich Matthis fragte, ob der werte Herr Kollege auch nur einmal nachdachte, was in den Boxen drin sein könnte.

Matthis wies ihn lautstark zurecht. Danach gesellte er sich zu seinem Kollegen, um vernünftig das Boot auszuräumen. Es dauerte eine gute Stunde, bis die zwei endlich den letzten Karton packten und ihn auf die Wiese trugen.

„Was nun?", fragte Georg vor dem Berg von Kartons.

„Abwarten", erwiderte Matthis und lief zurück zum Schiff, um den Kapitän aus seiner Kajüte zu holen. Dieser überreichte Matthis eine kleine, rote Mappe mit allen weiteren Informationen. Bei der Lieferung handelte es sich um eine großzügige Gartenhütte, welche als neues Revier dienen sollte. Die Hütte werde von einem der Spedition angeschlossenen Aufbauservice aufgebaut. Sie müssen also nichts weiter tun, als zu warten. Das taten sie dann auch. Das Speditionsschiff legte wieder ab und war genauso schnell verschwunden, wie es angekommen war.

Matthis sah weiter die Unterlagen der Spedition durch, dabei setzte er sich auf einen großen Karton.

Aus der Mappe des Aufbauservices entnahm er, dass jener heute Nachmittag zwischen vierzehn und sechzehn Uhr eintreffen sollte.

„Ach Herr Jüllich, wir müssen doch eigentlich nicht zusammen die Kartons bewachen, oder? Wie wäre es, wenn ich i mich derweil ein bisschen mit dem neuen Bezirk vertrautmache und mich hier umschaue und einlebe. Vielleicht find i auch etwas wegen dieser Demonstration von gestern heraus. So in einer Stunde komme i zurück und dann können wir doch wechseln."

Matthis hatte überhaupt keine Zeit zu antworten, da stiefelte der Kollege schon in Richtung Stadtmitte davon.

Kapitel 13

Rathaus Norderney

Als Kind hätte Fiete Jensen es sich nie träumen lassen, einmal als Chef in dem langen, weißen Gebäude mit seinen zahlreichen Säulen, welche das elegante Vordach des riesigen Komplexes stützten, zu sitzen. Doch aktuell war einfach der Wurm drin. Die aktuellen Ärgernisse, die ihm sein Stellvertreter bescherte, ließen ihn nicht mehr in Ruhe. Er wusste, dass er kurz davor war, den Drahtzieher hinter der ganzen Scharade zu ermitteln. Für den Fall seines Erfolges hatte er sich schon die richtigen Kontakte und Maßnahmen ausgedacht. Solch eine Story musste schleunigst an die Öffentlichkeit.

Fiete war ohnehin ein Mann, der in allen wichtigen Entscheidungen die Bevölkerung beratend mit ins Boot nahm. Seinen Führungsstil konnte man mit einem heutzutage sehr seltenen Wort beschreiben, nämlich ehrlich. Bei ihm gab es keine Skandale. Es gab einfach nichts, was sein makelloses Image trüben konnte. Er war bekennender Veganer, lebte umweltbewusst und versuchte, so gut es ging, klimaneutral zu handeln. Das nicht nur privat, sondern auch mit Norderney. Zusätzlich war Fiete ein Mensch, der nicht nur große Reden schwang, sondern seinen Worten auch Taten folgen ließ. Wo fand man denn heute noch so einen Politiker? Selbst für die grünen Parteien wäre Fiete der Parteilose, etwas zu ehrlich und zu gründenkend.

„Frau Brunner, bitte", sprach der Bürgermeister in seine Gegensprechanlage auf dem Schreibtisch.

„Ja bitte", schallte es ihm leicht verrauscht entgegen.

„Wann bekommen wir diese kleine Zwei-Mann-Polizeiwache am Hafen?", fragte er seine Sekretärin.

„Ab heute, Herr Jensen!"

„Ach gut, dass ich frage ... Dann schau ich dort später mal vorbei. Haben Sie mir schon das Schild mit den Öffnungszeiten bestellt?"

„Für die Wache? Ich dachte, ich soll ihnen die Kontaktdaten von Redakteuren der landesweiten Tageszeitungen zusammentragen?" Frau Brunners Irritation war sogar durch die Gegensprechanlage zu vernehmen.

„Das kann noch warten. Mir fehlt bei diesem Anliegen noch ein Name, dann wird das eine große Story. Das Schild ist aber jetzt wichtiger, denn es sind nur zwei Beamte in der neuen Wache. Die Arbeitszeiten und Pausenzeiten müssen deshalb klar geregelt sein."

Frau Brunner machte sich sofort an die Arbeit und rief ihre Kollegin von der Zulassungsstelle an. Noch immer merklich verwirrt über die Worte ihres Chefs, bat sie um ein Schild mit den Öffnungszeiten. Sie hatte Glück und ihre Kollegin konnte ihr umgehend weiterhelfen und tauchte ebenfalls prompt in die ausgiebigen Spekulationen ein. Was für einer Story könnte der Bürgermeister nur auf der Spur sein?

Kapitel 14

Georg lief in die Innenstadt. Doch der Trubel aus Touristen und Verkehrslärm war nicht das, was er suchte. Er brauchte einen Ort, um in Ruhe über die Gesamtsituation nachzudenken. Norderney war nicht das, was er sich wünschte. Am liebsten würde er umgehend seine Koffer packen und sich auf den Rückweg nach Prutting machen. Doch wie um alles in der Welt könnte er das anstellen? Während seine Gedanken kreisten, entdeckte er ein Schild, welches den Fußweg zum Strand ankündigte. Er entschloss sich, dem Weg zu folgen. Trotz des schönen, warmen Wetters herrschte am Strand nicht viel Betrieb. Hier fand er die gesuchte Ruhe. Doch Georgs Gedanken waren so von seinen Vorurteilen zerfressen, dass er überhaupt nicht zur Kenntnis nahm, in welch ein Paradies er eigentlich versetzt worden war. Immer wieder dachte er nur an die alte Tradition und an seinen Heimatort Prutting. Nach einem kleinen Strandspaziergang setzte er sich in eine Kuhle zwischen zwei kleinen Stranddünen. Seine Mimik wirkte sehr verzweifelt, während seine leeren Blicke der Brandung folgten. In der Ferne waren kleine Fischerboote am Horizont zu erkennen. Vom Meer wehte ein unglaublich angenehmer, erfrischender Wind an die Küste. Die raue, salzige Seeluft schonte seine verschleimten Bronchien und ließ ihn durchatmen. Doch Georg kombinierte und kombinierte einen Fluchtplan nach dem anderen.

Matthis stand dumm herum, wie bestellt und nicht abgeholt. Doch dann entdeckte er keine hundert Meter entfernt, direkt neben einem kleinen, freundlichen Hafencafé, ein öffentliches Bücherregal. Er konnte nicht widerstehen, es folgte ein Blick nach rechts, dann einer nach links, niemand war zu sehen. Er konnte sicherlich die Kartons für einen Augenblick unbeaufsichtigt lassen. Der Revierleiter verließ seinen Posten, um ein paar Minuten später mit einem neuen Kriminalroman in der Hand zurückzukehren.

Er baute sich eine gemütliche Sitzgelegenheit aus ein paar stabilen Kartons und tauchte in die Welt der Literatur ein.

Ein leises Jammern und Schniefen aus der Nähe holte Georg aus seinen Gedanken. Erst jetzt als er versuchte, die Geräuschquelle zu lokalisieren, bemerkte er, welch herrliches Panorama Norderney ihm zu den Füßen legte. Er entdeckte einen schönen, modernen Badesteg, keine hundert Meter von ihm entfernt. Der Holzsteg musste erst vor Kurzem gebaut worden sein, denn er glänzte in frischaufgetragener Lasur. Der Steg reichte gute dreißig Meter in die Nordsee. Ganz vorn am Ende erkannte Georg eine zierliche Person sitzen. Die Füße der fremden Frau baumelten elegant über dem Wasser.

Georgs Neugier war geweckt. Je näher er kam, umso mehr Details konnte er erkennen. Bei der zierlichen Person handelte es sich um eine junge Dame mit langem, schwarzem Haar. Ihr Körper wirkte von hinten grazil und zerbrechlich. Georg näherte sich mit sanften Schritten. Das Mädchen erschrak und drehte sich um. Georg erblickte ein wunderschönes Gesicht und war sofort sprachlos. Solch schöne, volle Lippen, in Kombination mit einer kurzen Stupsnase und hellen, grünen Augen hatte Georg noch nie gesehen. Wie schnell kann sich das Leben ändern?, dachte Georg in diesem scheinbar unendlich wirkenden Augenblick. Gerade hatte er diese Insel um alles auf der Welt verlassen wollen und nun, keine zwei Minuten später, hatte er sein Herz auf dieser Insel verloren. Bis ihn ein paar Sekunden später die junge Schönheit ordentlich anfauchte, was ihm einfiele sich hier so anzuschleichen. Georg war schlagartig wieder bei Sinnen. Er stellte sich als Kommissar Pampelhuber von der neuen Wache Norderney vor und fragte, was ihr auf dem Herzen lag. Die junge Dame genierte sich und versuchte, den merkwürdig gekleideten Herrn zu vertreiben. Doch Georg blieb hartnäckig.

„Also gut", sagte die junge Dame. „Wenn ich Sie anders nicht loswerde. Mir wurde gestern Nachmittag auf der Demonstration gegen die Sperrung mein Handy gestohlen. Ich habe es erst heute Morgen gemerkt, als ich meinen Freund anrufen wollte. Ich dachte, vielleicht habe ich es ja einfach nur verloren und es liegt noch irgendwo auf dem Fußweg zum Hafen. Ich habe alles abgesucht, aber ich kann es nicht finden. Da sind alle meine Kontakte und Fotos der letzten acht Jahre drauf. Ich weiß nicht eine einzige Telefonnummer auswendig."

Georg bemerkte, dass der jungen Dame erneut Tränen über die Wangen liefen. So gab er sich einen

Ruck. „I werd Ihnen helfen. I mach alles, um das Gerät zu finden." Danach drehte sich der Kommissar um und stiefelte hoch motiviert zurück in Richtung Hafen.

Matthis schaute gerade von seinem Buch auf, als er den werten Herrn Kollegen über eineinhalb Stunden später anwatscheln sah.

„Aha, Kommissar Plattfuß gibt sich auch mal wieder die Ehre?", pflaumte Matthis.

„Ja, I hab einen Fall! I kann nicht einfach den ganzen, lieben, langen Tag auf Kartons aufpassen."

„Wir hatten eine Stunde vereinbart. Das geht so nicht."

Georg drückte seine Arme in die Hüften. „Wieso, ist doch nicht viel passiert? Das konntest du doch alleine bewältigen. Du hast dir ja sogar ein Buch geholt. Während i, der Kommissar, den ersten Fall angenommen hab."

Matthis legte das Buch zur Seite und stand auf. „Dann erzähl mir mal von deinem Fall. Ich habe vorhin bei dem Handwerker angerufen. Sein Büro teilte mir mit, dass sie aktuell Personalmangel haben, aber alles versuchen, heute noch jemanden zu schicken. Ich wette, das war mehr als deine Tagesleistung."

Georg verzog das Gesicht, er spürte, wie seine Hände sich immer fester zur Faust ballten, doch er versuchte, sich zu beherrschen. „I war am Strand und i hab ein junges Mädel kennengelernt …"

„Sauber", unterbrach ihn Matthis, „und wo ist da der Fall?"

„Mei, dann lass mi halt mal ausreden!“, pflaumte Georg. „Ihr wurde bei der Demo gestern ihr Handy gestohlen.“

Matthis griff in seine Jackentasche und zog ein kleines Notizbuch hervor. Er schlug es auf und nahm den dazugehörigen Kugelschreiber zur Hand. „Name?“

„Vom Handy? Hab ich jetzt nicht gefragt.“

„Nein, der Name von dem Mädchen.“

„Gut, den hab i jetzt auch nicht gefragt.“

Matthis grinste immer überheblicher. „Warum war sie denn überhaupt auf der Demo?“

„Ja, das hat sie gesagt!“, sagte Georg erleichtert. „Da ging es wohl um eine Sperrung.“

„Hut ab, Kollege, das hab ich gestern auch schon auf den Schildern gelesen. Ich fasse aber trotzdem mal deine Leistung zusammen: Also, irgendjemandem wurde irgendwo, irgendwann, bei einer Demo wegen irgendwas ein Handy der Marke unbekannt gestohlen, es könnte aber auch vielleicht verloren gegangen sein.“

Die Art und Weise wie Matthis sich über ihn amüsierte, brachte Georg zur Weißglut. Genau in diesem Moment näherte sich ihnen ein Herr.

„Entschuldigung, die Herren“, unterbrach er die zwei zankenden Polizisten. In der Hand hielt der Fremde eine Tasche.

„Na Locke? Auch endlich aufgestanden, du Penner!“, raunzte Georg den Herrn an. Endlich hatte er ein Ventil gefunden, um seine angestaute Wut herauszulassen.

„Hier muss wohl ein Irrtum vorliegen", versuchte der Herr einzuwenden, doch Georg fiel ihm sofort ins Wort. „Jetzt aber ran an die Arbeit, du fauler Hund!"

„HALT, STOP, NEIN!", der Fremde baute sich vor den Polizisten auf. „Mein Name ist Fiete Jensen, ich bin der Bürgermeister von Norderney. Das Pilotprojekt der Inselwache untersteht meiner Aufsicht."

Georg grinste. „Jaja genau … und als Nächstes sollen wir den Scheiß hier selbst aufbauen, oder was?"

Matthis wandte sich Georg zu: „Psst Georg, halt mal die Luft an, wir sind tatsächlich einem Herrn Jensen untergeordnet."

„Ohhh!", stöhnte Georg auf.

„Ja, oh", wiederholte Herr Jensen Georgs Ausruf.

Matthis hatte sichtbar seinen Spaß, mitanzusehen, wie sein neuer Kollege sich blamierte. Es dauerte ein paar Sekunden, bis die Situation sich wieder entspannte. Danach entschloss sich Matthis in die Offensive zu gehen. „Herr Jensen, können Sie uns sagen, was gestern am Hafen los war?"

„Das war eine Demonstration", antwortete der Bürgermeister. Er wirkte auf einmal kurz angebunden.

„Ja, das haben wir gemerkt", sagte Matthis, „aber weswegen sind die Bürger hier so aufgebracht?"

„Es geht um die vorläufige Sperrung des Naturschutzgebietes Weiße Dünen für die Öffentlichkeit. Der Gemeinderatsvorsitzende Herr Bartsch hat dies bis auf Weiteres veranlasst."

Matthis wirkte jedoch immer noch nicht zufrieden. „Aber was ist der Grund dafür?"

„Genau gesagt" antwortete Herr Jensen, „weiß ich das auch noch nicht. Die Sperrung wurde ohne mich in Kenntnis zu setzen durchgeführt. Ich bin gerade dabei, den ganzen Schlamassel aufzuklären. Vorerst ließ die Maßnahme sich durch eine Naturschutzmaßnahme rechtfertigen. Aber jetzt bin ich mir nicht mehr ganz sicher. Mehr kann ich zu dieser Sache bisher nicht sagen, aber ich halte sie natürlich auf dem Laufenden."

Matthis nickte und schaute zu seinem Kollegen, dieser wirkte abwesend und scharrte mit seinem Fuß über den Rasen, als wollte er eine Zigarette austreten. So nutzte Matthis erneut die Chance, seine Autorität zu beweisen und den Kollegen bloßzustellen. „Ja bitte, Herr Pampelhuber, haben Sie eine Frage?"

Georg wirkte von Matthis' Worten überrascht und fragte umgehend: „Was machen die Leute denn so in den Dünen?"

„In den Dünen", erklärte der Bürgermeister, „ist eigentlich immer was los. Es gibt Touristenführer, die geführte Wanderungen anbieten und Yoga-Gruppen, die in der Idylle die Ruhe suchen. Da gibt es eigentlich nichts, was es nicht gibt. Ich könnte mir auch gut vorstellen, dass dies für das Ökosystem einfach zuviel war, und vielleicht wurden deshalb die Dünen auch von Herrn Bartsch gesperrt ... Aber deswegen bin ich nicht hergekommen. Ich wollte sie eigentlich im Namen von Norderney auf der Insel begrüßen und Ihnen das hier überreichen." Der Bürgermeister übergab Matthis die kleine Tasche. „Hier ist das Schild mit den Öffnungszeiten der Wache", legte er hinterher.

Danach verabschiedete Bürgermeister Jensen sich fürs Erste und verwies dabei auf seinen gut gefüllten Terminkalender.

„Und, bist du jetzt zufrieden mit deiner depperten Demo?“, polterte Georg sofort los, als der Bürgermeister außer Hörweite war.

Matthis blieb cool und ging auf die scharfe Wortwahl nicht ein. „Ich kann das schon gut verstehen, dass die Bewohner sauer sind. Ich denke, wir sollten uns diesen Fall widmen, das Gespräch mit dem Gemeinderatsmitglied Bartsch suchen, um mehr Transparenz in die Entscheidung zu bringen. Ich denke, das wäre für unser Image ein guter Start und würde sicherlich Vertrauen in der Bevölkerung schaffen.“

Georg verzog die Mundwinkel, denn das alles interessierte ihn überhaupt nicht. Er bräuchte einen größeren Fall, dachte er sich. Seine Gedanken ratterten immer schneller, er war dabei, die Lösung all seiner Probleme zu finden. Wenn er als großer Starkommissar einen wichtigen Fall lösen könnte, der landesweit durch die Presse ging, dann hätte er etwas Handfestes, mit dem er den alten Revierleiter Braun überzeugen könnte, seine Strafversetzung zu revidieren. Georg spann seine Gedanken immer weiter aus. Wenn sein alter Chef das nicht akzeptieren würde, könnte er sicher den medialen Druck als Starkommissar nutzen, um seinen Willen durchzusetzen.

Matthis packte derweil das Schild aus und begutachtete die Öffnungszeiten seiner neuen, ersten Wache.

Montag: 9 – 12 Uhr
Dienstag: 9 – 12 Uhr, 14 – 16 Uhr
Mittwoch: geschlossen
Donnerstag: 9 – 12 Uhr, 14 – 18 Uhr
Freitag: 9 – 12 Uhr

Samstag: geschlossen
Sonntag: geschlossen

Matthis lächelte stolz und zeigte das Schild wortlos seinem Kollegen. Georg nahm die Öffnungszeiten kurz in Augenschein und polterte sofort los. „Ja saustark, das sind nur achtzehn Stunden, das wäre schon ein großer Zufall, wenn hier während unserer Dienstzeit ein Notruf eininge."

Matthis hatte kein Verständnis für Georgs Worte. „Das sagt derjenige, der wegen unterlassener Hilfeleistung strafversetzt worden ist. Deinen ersten Fall, das mit dem Handy, hast du ja schon elegant vermasselt …"

„Hey!", unterbrach Georg prompt. „I hab ja noch nicht einmal angefangen. I sag dir, i lös den Fall."

Matthis winkte herablassend ab, Georg packte daraufhin umgehend die Wut und stiefelte schnurstracks in Richtung Hafen.

Kapitel 15

Georg erreichte nach ein paar Minuten den Hafenplatz, auf dem sich die Demonstration gestern abgespielt hatte. Der Platz war ohne die Demonstranten und ohne ein anlegendes Schiff so ruhig. So ganz ohne Betrieb wirkte der große Platz wie ein Lost Place. Georg wusste selbst nicht, was er hier wollte, sein Abgang war absolut impulsiv gewesen. Außerdem wäre ein verlorenes Handy ohnehin unter seiner Würde, dachte er sich. Er brauchte wenn schon dann einen richtigen Fall. Er hörte deutliches Knurren aus seiner Magengegend. Ihm kam wieder in den Sinn, dass er heute Morgen nicht einmal die Zeit zum Frühstücken gehabt hatte. So lief Georg kurz vor ihrem Grundstück einen kleinen Umweg, um nicht von seinem Kollegen, der auf der Wiese wartete, entdeckt zu werden, und steuerte in den benachbarten Fischladen.

„Tach", grüßte Georg den jungen Angestellten. Der Verkäufer stand einsam hinter seiner langen Fischtheke, sein Gesicht war mit Pickeln überzogen, rotblonde Haare ragten unter einem Haarnetz hervor. Langsam schweifte der leere, lustlose Blick des Verkäufers zu dem Schaufenster. Es war ein Moment des Schweigens, als müssten die Augen des Verkäufers sich erst noch mühevoll scharf stellen. Doch ehe man sich dachte, hier kannst du ruhig mit dem Schlappen draufhauen, der leidet, erwiderte der Verkäufer endlich die Konversation mit: „Stimmt!"

„Ja wie?", erwiderte Georg verwirrt.

„Wat?", schallte es zurück.

Georg war mit der Situation völlig überfordert, er wusste nicht mehr weiter, deshalb sagte er: „Moment, i komm nochmal rein."

„Jo!", erwiderte der Verkäufer.

Georg verließ den Laden, drehte auf der Schwelle um und betrat erneut das Fischgeschäft. Ein leises Klingeln der Glöckchen an der Tür deutete Runde zwei an.

„Tach", grüßte Georg erneut, voller Vorfreude auf ein leckeres saftiges Backfischbrötchen.

Langsam schweifte der Blick des Verkäufers wieder zu dem Schaufenster. Wieder ein Moment des Schweigens, als müssten sich die Augen, welche sich gerade erst an den Laden gewöhnt hatten, erneut mühevoll auf die Ferne scharf stellen.

„Echt jetzt?", schnauzte Georg den Verkäufer an.

„Ja, wat denn?"

„Stimmt schon noch", polterte der gereizte Bayer.

„Häh!?", schallte es ihm erneut entgegen.

„Ja Tach, weil du so prüfend rausschaust, ob das stimmt."

„Ajo, ist ja hell draußen", erwiderte der Verkäufer.

Georg hatte die Schnauze voll, voll von allem, ob seinem neuen Partner oder der aktuellen Gesamtsituation. Alles brach in diesem Moment über ihn herein. Die ganze Last erdrückte ihn, sein Herz schlug von innen gegen seine Brust wie ein Presslufthammer. So sprach er voller Zorn: „Na dann! Ist auch egal." Denn in diesem Moment war Georg alles egal. Er stürmte wutentbrannt aus dem Laden. Die Tür fiel hinter ihm so fest ins Schloss, dass sie direkt wieder aufsprang. Die Situation blieb natürlich von Matthis, der nur ein paar Meter weiter auf einem Karton saß, nicht unentdeckt. Matthis rief umgehend nach seinem Kollegen.

Georg stampfte auf, atmete tief durch. Er versuchte seine Wut irgendwie auf dem Weg zu Matthis zu unterdrücken, doch sollte ihm das nicht gelingen.

Matthis schnauzte ihn natürlich prompt zusammen, er fragte ihn mehrfach, warum er erneut einfach so abgehauen war, bekam jedoch von Georg außer einem eiskalten Blick keine Reaktion. Danach fragte Matthis, warum der feine Herr Kollege eben zweimal den Fischladen betreten hatte, ohne sich irgendetwas zu kaufen. Doch Georg blieb weiter stumm.

Matthis gab Georg die Aufgabe, auf die Kartons aufzupassen, da er sich nun um Wichtigeres zu kümmern hätte. Georg brodelte innerlich wie ein Vulkan, er spürte, dass sich vor Zorn sogar Tränen an seinen Augen bildeten. Doch er schaffte es nicht, ein weiteres Wort über seine Lippen zu bringen. Sein Mund war wie verklebt, seine Stimmbänder wie verknotet. Matthis dachte sich seinen Teil. Er nahm die Situation zur Kenntnis und lies Georg kommentarlos zurück.

Kapitel 16

Matthis war von seinem Kollegen einfach nur enttäuscht. Er hatte bei ihm überhaupt keinen guten ersten Eindruck hinterlassen. Aber das, was er heute an seinem ersten Arbeitstag vollbracht hatte, als er ihn einfach mehrfach sitzenließ, konnte Matthis so nicht stehen lassen. Matthis hatte zwar noch nie einen Partner im Dienst gehabt. Er war auch noch nie scharf darauf gewesen, jemanden zur Seite gestellt zu bekommen. Aber wenn es nun mal so war, war Vertrauen das Thema, welches ihm am wichtigsten war. Und Vertrauen hatte er gegenüber dem neuen Kollegen so nun überhaupt nicht.

Matthis zog zuerst in die Innenstadt. An einem kleinen, gemütlichen Imbiss setzte er sich und bestellte das Tagesgericht. Danach zog er weiter zum Rathaus, um Herrn Jensen zu informieren, dass der Aufbau der Wache stockte, da der Handwerker angerufen hatte und den Revierleiter auf morgen vertrösten musste.

Georg suchte nach einem Ventil, um seine ganze Wut zu entladen, doch es gelang ihm nicht. Er wählte eine neue Taktik, um sich zu entspannen. Dafür drehte er sich von den Kartons weg und er schaute zu der weiten, offenen See. Er lauschte dem Rauschen des Meeres und versuchte, gedanklich eins mit dem sanften Seegang zu werden. Sein Geist schaukelte mit den Wellen, seine Atmung entspannte sich. Er fühlte, wie der Knoten in seinem Hals sich lockerte. Georg schloss die Augen, er ließ sich sanft auf einem Karton nieder. Die Pappbox hielt seinem Gewicht jedoch nicht lange stand und gab nach, genau in jenem Moment als eine Möwe, welche zahlreich über dem Hafen kreisten, auf einen anderen Karton neben ihm ihr Geschäft machte. Georg öffnete die Augen und spürte die gleiche Anspannung wie vorher, zusätzlich bemerkte er, dass sein hungriger Magen noch knurriger wurde. Der Kommissar verzweifelte immer mehr und entschied, fürs Erste genauso zwischen den Kartons auf dem Boden liegenzubleiben. Was kümmerte ihn das alles, dachte er, er wollte wieder nach Hause und seine Lebensaufgabe in Prutting erfüllen, so wie alle seine Vorfahren vor ihm.

Genau in diesem Moment kamen ein paar Jugendliche mit ihren Fahrrädern an. Die Clique war mit einem kleinen Lautsprecher bewaffnet. Ein Rapper grölte zu einem furchtbar langweiligen und monotonen Rhythmus, was er nicht alles mit den armen Müttern aus Berlin Neukölln anstellen wollte.

Die Horde Halbstarker erblickte Georg, der nach wie vor etwas merkwürdig zwischen den Kartons lag. Als Georg bemerkte, dass die Jugendlichen ihn sahen, kämpfte er sich auf. Es wirkte auf sie so, als wäre ein Hauptdarsteller aus der 80er TV-Serie L.A.-Cops, bekleidet mit Jeansjacke und Sonnenbrille, in der Hocke, um zwischen den Kartons sein Geschäft zu verrichten. Da Georg an diesem Tag etwas von der Sonne erwischt worden war und mit hochroter Birne aus den Kartons herausstach, war der Eindruck perfekt.

„Schaut mal, der Freak kackt zwischen dem Müll hier!", rief der erste der fünfköpfigen Bande. Das war ein großer, dürrer Wicht, vielleicht fünfzehn Jahre alt, so ein Halbstarker eben, mit Kappe, Hose auf halb acht und dem T-Shirt eines hochpreisigen Modedesigners.

„Hey, hier wird nichts angefasst!", überschlug sich Georgs Stimme, als er wie vom Blitz getroffen hochschoss. Die Jugendlichen fanden ihren Spaß und fingen an, sich ein kleines Päckchen gegenseitig zu zuwerfen. Einer der Jungs drehte die scheußliche Musik noch lauter. Keiner beachtete mehr Georg, alle seine Rufe und Konversationsversuche blieben unerhört. Die Lage entgleiste. Die Kartons flogen durch die Luft, manche wurden nicht nur eingedellt, sondern auch aufgerissen. Alles drohte im Chaos zu versinken. Wo um alles in der Welt war Matthis, jetzt wo er einmal hier seine Unterstützung gebrauchen könnte?

Matthis traf im Rathaus ein. Freundlich fragte er eine Vorzimmerdame nach dem Büro des Bürgermeisters. Einerseits wollte Matthis Bescheid geben, dass sich der Aufbau der Polizeihütte um einen Tag verschob. Andererseits wollte er fragen, ob es eine Möglichkeit gab, die Kartons über Nacht zu schützen.

Der Bürgermeister kam gerade aus dem Konferenzraum gestürmt, während er Matthis direkt in die Arme lief. Herr Jensen wirkte abwesend und bedrückt. Er änderte jedoch sofort seine Mimik, als er Matthis bemerkte.

Matthis schilderte dem Herrn Bürgermeister sein Problem. Doch der Bürgermeister wirkte sehr nachdenklich und schwieg fürs Erste. Die Ruhe war Matthis sehr unangenehm, man konnte seine Erleichterung erkennen, als der Bürgermeister endlich mit dem Reden begann. „Wir haben Viertel vor Sieben, da sind die Mitarbeiter vom Bauhof schon im Feierabend. Das wird schwer, ich komm mal mit, vielleicht kann uns jemand am Hafen mit Bauzäunen aushelfen."

Matthis bedankte sich artig und wartete im Gang auf den Ortsvorsteher. Herr Jensen bereitete alles für den Feierabend vor. Nachdem er den Konferenzraum zügig verlassen hatte, waren alle Teilnehmer der Sitzung in den Feierabend verschwunden. Vereinzelt musste der Bürgermeister noch ein Fenster schließen oder ein Licht ausknipsen, bevor er Matthis im Gang abholte und mit ihm nach draußen ging.

Nachdem der Haupteingang zugesperrt war, schlugen beide zusammen den Weg zum Hafen ein.

„Ihre komplette Büroausstattung", erzählte Herr Jensen, „und die restliche Einrichtung ist heute Nachmittag zum Rathaus angeliefert worden. Melden Sie sich, wenn die Wache steht, bei Frau Brunner, meiner Sekretärin, sie wird sich darum kümmern, dass Mitarbeiter vom Bauhof Ihnen alles anliefern."

Matthis bedankte sich dafür. Doch er kam nicht groß zu Wort, denn der Bürgermeister kam immer mehr in den Redefluss. „Ich bin sehr auf die Zusammenarbeit und den daraus resultierenden Mehrwert für Norderney gespannt. Sie sollen als Bindeglied zwischen Ordnungsamt und Küstenwache fungieren. Diese Bereiche verbinden und Fälle, wenn möglich, koordinieren, auch mit den Behörden vom Festland, falls dies jemals notwendig ist. Ich finde das für Norderney eine tolle Sache. Ich möchte deshalb auch jede Möglichkeit nutzen, um Sie in der Gemeinde besser zu vernetzen. Deshalb lade ich Sie übermorgen zu der offiziellen Eröffnungsfeier des neuen Kindertherapiezentrums ein."

„Verstehe", antwortete Matthis, „ich bin ebenfalls gespannt, wie alles wird. Ich werde definitiv mein Bestes geben, Herr Jensen, aber für den Kollegen kann ich nicht die Hand ins Feuer legen."

Der Bürgermeister war topfit, trotz des flotten Schrittes sprach er mit einer ruhigen Stimme. „Ich weiß, dass der Herr Pampelhuber nicht die erste Wahl ist. Er wurde uns zwangsversetzt auf Bitte eines hochrangigen ...", doch der Ortsvorsteher konnte den Satz nicht zu Ende sprechen, da aus nächster Nähe ein Schuss zu hören war. Es gab einen lauten dumpfen Schlag, alle Vögel flogen aufgeschreckt davon. Die letzten Meter zum Hafen absolvierten die beiden Herren im Vollsprint.

Georg war mit seinem Latein am Ende. Alle seine Konversationsversuche liefen ins Leere. Nichts konnte die Jugendlichen bremsen. Schlussendlich sprintete Georg wie ein Krieger Spartas auf die Gruppe zu. Dabei fiel ihm die Pistole aus der Gesäßtasche und es löste sich umgehend ein Schuss. Der Querschläger zischte senkrecht in Richtung Himmel, streifte vorher jedoch noch eine Straßenlaterne. Natürlich rutschte Georg bei dem Sprint seine Freizeithose runter, somit stand er mit heruntergelassener Hose vor der Gruppe, welche sich vor Lachen fast nicht mehr beruhigen konnte.

So geschah es, dass Georg schon am ersten Tag seine Dienstwaffe an den Bürgermeister aushändigen musste. Zur Strafe durfte er die ganze Nacht die Kartons bewachen. Da er im Dienst nicht ordnungsgemäß gekleidet war und mit der Pistole in der Gesäßtasche grob fahrlässig gehandelt hatte, entschied Herr Jensen, ihn zusätzlich mit der Abgabe des Schlagstockes und des Pfeffersprays zu sanktionieren. Außerdem musste Georg ab sofort immer wie sein Kollege eine Uniform zum Dienst tragen.

„Mei, wie soll i mich verteidigen, wenn heute Nacht was wäre?", wimmerte Georg ein wenig später seinen Kollegen an.

„Hier nimm meine Trillerpfeife", antwortete Matthis prompt und übergab sie Georg.

„Toll, und was kann die?"

„Tinnitus!"

„Na, dankeschön!", motzte Georg weiter. Ehe Matthis ihn unterbrach: „Du bist selbst schuld. Wenn du hier einen auf John Wayne machst und meinst, eine Waffe einfach so in der Gesäßtasche tragen zu müssen. Mensch Georg, der Älteste war gerade mal zwölf! Das waren Kinder! Da kann man pädagogisch ganz anders vorgehen. Weißt du, was hier los ist, wenn die Eltern davon Wind bekommen? Oder wenn die Einwohner erfahren, dass hier ein Polizist seine Waffe ungesichert am Mann trägt. Durch so eine Unüberlegtheit kann dieses Projekt scheitern, bevor es überhaupt richtig angefangen hat."

„Aber die waren zu fünft", versuchte Georg sein Handeln zu rechtfertigen.

„Da waren vier Kids, ich weiß nicht, ob du einen doppelt gesehen hast."

„Aber die ..."

„Nix da *aber die*", unterbrach Matthis. „Du bist Polizist, du musst doch für solche Fälle ausgebildet sein. Das geht so nicht. Herr Jensen hat vollkommen recht. Ursprünglich hätte ich mit ihm Bauzäune organisiert, aber deine Strafe zum Bewachen ist besser, vielleicht hilft dir auch die frische Luft weiter. Was weiß ich. Ach, und wenn was ist, pfeife!"

„Mei, hörst du das dann auch von der WG aus?", fragte Georg misstrauisch. Matthis grinste verwegen. „Sicherlich nicht, aber die Trillerpfeife ist für dich besser als eine scharfe Waffe."

Das waren seine letzten Worte, bevor Matthis nach Hause ging und den armen Kollegen einsam zurückließ.

Zwei Weisheiten des Lebens waren es, die Georg im Kopf umherschwirrten. *Kinder können grausam sein* sowie *manche Nächte können verdammt dunkel sein.* Letzteres weil der Querschläger, als er sich löste, die einzige Straßenlaterne weit und breit ausgeballert hatte.

Ab zweiundzwanzig Uhr waren alle Straßen und Wege verlassen. Die Bürgersteige buchstäblich hochgeklappt. Georg hatte schon länger keinen Menschen mehr gesehen.

Er hatte furchtbare Langeweile, und wusste nicht, was er tun sollte, je dunkler die Nacht wurde. Taschenlampe hatte er keine mitgenommen, als er morgens mit Matthis aufgebrochen war.

Ein Smartphone wollte er nicht besitzen, die ganzen Daten, die so ein Gerät sammelte, speicherte und weiterleitete, machten ihm Angst. So saß er nun allein zwischen den ganzen Kartons und starrte entgeistert in die Dunkelheit. Seine letzte und einzige Waffe, die Trillerpfeife, hielt er allzeit bereit in seiner Hand.

Schon wieder hörte Georg ein Knacken und Rascheln aus den Büschen direkt hinter dem neuen Polizeigelände. Er war sich absolut sicher, beobachtet zu werden, spürte eine fremde Präsenz. Er war auf keinen Fall mehr allein. Georg stand vorsichtig auf und schlich behutsam, Schritt für Schritt, auf den Busch zu. Die Trillerpfeife steckte fest zwischen seinen Lippen. Doch seine Augen gewöhnten sich sehr schlecht an die Dunkelheit. Er ärgerte sich, im Vorfeld so lange die Mücken um die Leuchtreklame des Fischladens beobachtet zu haben. Aber das abendliche Alternativprogramm war eben rar und er hatte sonst ja nichts zu tun.

Georg erreichte das Gebüsch. Er stand direkt davor face to face, jetzt zählt's, dachte er sich. Er bückte sich und wackelte am ersten abstehenden Ast.

„WRRRGH!", eine Katze schoss aus dem Busch und hinter ihr ein panisch rennender, in die Trillerpfeife blasender Kommissar Pampelhuber.

Kapitel 17

Am nächsten Morgen in der WG

Matthis hatte eine erholsame und komfortable Nacht. Die zweite Nacht in der WG hatte er schon viel besser schlafen können. Er hatte schon immer das Problem, dass es ihm schwerfiel, an neuen Orten einzuschlafen. Aber nach dem überaus anstrengenden ersten Tag war er sofort eingenickt. Er war nur einmal gegen zwei Uhr aus dem Schlaf geschreckt, da hatte irgendein Idiot in der Ferne gemeint, er müsste seine Trillerpfeife vergewaltigen. Ansonsten wippte er gut gelaunt zu den Klängen des Songs *Can't stop the music* von The Village People, welches das kleine Küchenradio ausspuckte.

„So, dann mal ran ans Werk!", sprach er sich selbst zu. Danach machte er sich auf den Weg zum Hafen. Matthis war kaum aus der Tür, als sein Handy klingelte.

„Jüllich!", meldete er sich dem Anrufer mit unterdrückter Nummer. Diese fragte ihn: „Ist Straße nass?"

„Ja, wer ist denn da?", fragte Matthis irritiert.

„Ich komm heute mit Kollegen, aber Straße nass!"

„Ach so", rief Matthis aus, er ahnte, dass es sich um den Handwerker handeln musste. „Jo, die Straße ist nicht nass, da ist halt ein Meer dazwischen ..."

„Schlecht!", unterbrach ihn der ratlose Handwerker.

„Warum?“

„Lkw, nix Boot!!!“

„Mensch, du musst halt die Fähre nehmen.“

„Wo?!?“

„Wo bist du denn?“, versuchte Matthis zu erfragen.

„Weiß ich nicht, aber Navi sagt, Straße nass!“

„Das Navi sagt also Straße nass? Glaub ich nicht, wer programmiert denn so was?“

„Ist aber so!“

„Glaub ich nicht, was sagt dein Kollege?“

„Der guckt!“

„Was guckt der?“, Matthis fühlte sich langsam auf den Arm genommen.

„Ob Straße wirklich nass!“

„Meister, deine Spedition hat doch ein Schiff.“

„Ja. Warum weißt du?“

„Weil wir gestern alle Baumaterialien geliefert bekommen haben!“

„Was ...? Ich habe doch Lieferung in Lkw!“

„Was haben wir dann bekommen?“, fragte Matthis sehr verdattert seine Gegenseite.

„Ich rufe Chef an.“ Es klackte und der Lieferant legte auf.Georg hatte sich irgendwann aus stabilen Kartons ein Behelfsbett gebaut und schnarchte in aller Seelenruhe vor sich hin.

Matthis erreichte gerade das Grundstück, während sein Telefon erneut klingelte.

„Hallo, wieder da!“, grüßte der Handwerker freundlich am Telefon, „hat Chef Fehler gemacht, Tag verwechselt, ihr habt Abenteuerspielplatz für Baltrum bekommen. Wir alle kommen heute und machen alles gut.“

Das war doch mal ein Start nach Maß. Matthis musste beherzt lachen. Erst jetzt bemerkte er die zahlreichen bunten Aufkleber auf der Lieferung.

Matthis trat mit einem gekonnten Tritt den untersten Karton von Georgs Bleibe weg. Georg kullerte sofort auf den Boden und wachte auf.

„Was is?", grummelte der sehr zerknautschte Kommissar. Georg wirkte sehr abgekämpft. Seine Haare hatten sich alle einzeln für eine andere Himmelsrichtung entschieden. Matthis wirkte hingegen wie frisch aus dem Ei gepellt und lächelte Georg übertrieben breit ins Gesicht. „Die Nacht war wohl für den Arsch, Georg."

„Oh ja, das kannst du laut sagen", murmelte der Kommissar sehr müde, ehe sich ein Gähnen zwischen seinen Backen breitmachte.

„Nein, ich meine damit: Hast du dir die Kartons einmal genauer angeschaut?"

„Nein, warum?"

Matthis lachte sich schlapp, als er auf die Pappbox zeigte, die er zuvor weggetreten hatte. Er präsentierte Georg die Aufschrift *Kinder-Rutschbahn Pelikan, ab 3 Jahren.*

„Die haben uns falsch beliefert, Georg. Du hättest nicht drauf aufpassen müssen, so was ist vom Spediteur versichert."

Georg war fassungslos, sein linkes Auge zuckte wieder.

„Du Georg, ich hab mir gestern Abend mal so ein paar Gedanken gemacht. Irgendwie stecken wir ja wohl länger gemeinsam in dieser Sache fest ... Ich fände es schon wichtig, wenn wir zusammen und nicht gegeneinander arbeiten würden."

Georg nickte zustimmend, stand vom Boden auf und schlappte zum Fischladen.

„Wo willst du hin?", rief Matthis ihm hinterher.

„Frühstücken!", erwiderte der Kommissar prompt.

Es dauerte nicht lange, bis das Speditionsschiff mit dem Aufbauservice kam. Alle packten beherzt mit an. Insgesamt dauerte es acht Stunden, bis die Herren vom Aufbauservice die Wache aufgebaut hatten. Eine große Holzhütte sollte nun ihre Wirkungsfläche, ach nein, ihre Bühne sein. Insgesamt umfasste die Hütte drei Räume, welche L-förmig angeordnet waren. Ein kleiner Eingangsraum mit Garderobe und Bürotisch, um den Empfang zu gewährleisten. Dahinter befand sich ein größerer Raum mit dem Schreibtisch von Georg. Matthis übernahm lieber selbst den Empfang, bevor er den grantigen Bayer auf die Inselbewohner losließ. Neben Georgs Schreibtisch bildeten zwei Trennwände den Eingang zu einem kleinen Verhörraum. Eine Raum-in-Raum-Lösung sozusagen. In der letzten Kammer, welche sich seitlich längs neben dem Büro befand, sollten innerhalb der nächsten Tage zwei kleine Verwahrungszellen und ein Pausenraum entstehen. Die Hütte bot außen ordentlich Platz dank des Vordaches. Hier wurde das Dixiklo installiert. Am Abend erreichte mit der letzten Fähre ihr zukünftiger Fuhrpark die Insel. Zwei Fahrzeuge durften sie stolz ihr Eigen nennen. Ein E-Bike und ein alter, ausrangierter ehemaliger E-Caddy, bei welchem das Logo eines alten Golfplatzes geschickt mit dem Wappen der Stadt Norderney und offiziellen Polizeibannern überklebt worden war. Sogar ein Blaulicht wurde mit einem doppelseitigen Klebeband provisorisch auf das weiße Dach geklebt. So konnte alles seinen Weg finden und eine neue Zeit für Norderney anbrechen.

Kapitel 18

Am nächsten Tag in der Wache Norderney

Matthis betrat schon lange vor den ersten Sonnenstrahlen die neue Wache. Er knipste das Licht an und setzte sich an seinen Schreibtisch. Noch im Morgengrauen vor dem offiziellen Dienstbeginn richtete er seinen neuen Computer ein. Danach schloss er alle weiteren Geräte, welche gestern noch liegengeblieben waren, an.

Georg präsentierte an jenem Morgen sofort sein Desinteresse, indem er in aller Ruhe mal schön eine Viertelstunde zu spät die Wache betrat. So konnte er sich gleich die nächste Standpauke von seinem sehr peniblen Kollegen abholen.

Ein wenig später klingelte zum ersten Mal das Telefon an Matthis' Schreibtisch. Der Bürgermeister fragte, ob sie den Verkehr am Rathaus regeln würden, da die Mitarbeiter des Bauhofs an der Fahrbahn arbeiteten. Matthis sagte sofort zu und schickte Georg los. Doch bevor Georg sich lustlos aufs Fahrrad schwang, forderte Matthis ihn auf, den Termin im Kindertherapiezentrum heute Nachmittag nicht zu vergessen, aber vor allem ernst zu nehmen, da es hier auch um das Image der Polizei auf Norderney ging. Matthis hoffte, dass sich die Wogen mit dem neuen Kollegen noch glätten würden. Denn so konnte er ihn hier auf keinen Fall gebrauchen.

Der Tag verging wie im Flug und Matthis machte sich für die Eröffnung des neugebauten Kindertherapiezentrums fertig. Diese Institution könnte ein richtiges Aushängeschild für die Kurinsel werden, dachte sich Matthis, während er auf der Hinfahrt entdeckte, dass eine Baufirma einen großen Zaun an den Dünen aufbaute. Warum sollte jemand das Naturschutzgebiet umzäunen?, fragte Matthis sich. Es wirkte fast schon so, als ob irgendjemand etwas unter Verschluss halten möchte. Oder warum sonst baute man hier eine regelrechte Area 51 auf Norderney? Er beschloss, sich diesem Thema mehr zu widmen. Der Aufbau der Wache und der unfähige Kollege hatten ihn komplett aus dem Konzept gebracht. Doch fürs Erste musste er jetzt diesen Einweihungstermin absolvieren.

Die neue Einrichtung befand sich nicht weit entfernt von der großen Kurklinik. Kurz vor dem Naturschutzgebiet Weiße Dünen war ein kleiner Bauernhof zu einem Therapiezentrum für traumatisierte Kinder umgebaut worden. Mit speziell ausgebildeten Therapie-Tieren sollten Kinder, welche aus den schrecklichsten Gründen traumatisiert worden waren, so etwas wie Vertrauen erlernen können.

Die Dünen, oder besser die Weißen Dünen, wie sie von den Einheimischen genannt wurden, waren ein großer landschaftlicher Bereich im Nordosten der Insel. Ob Traumstrand oder ein Spaziergang wie durch eine Wüste, alles war in diesem Abschnitt möglich. Weil Georg bei dem Bürgermeister auf keinem guten Fuß stand und außerdem gerne seine Pistole, seinen Schlagstock, sein Pfefferspray sowie die geborgte Trillerpfeife (dazu in Kürze mehr) wieder zurückhätte, wollte er sich heute von seiner besten Seite zeigen. Dazu gehörte es auch, nicht zu spät zu der Veranstaltung zu kommen. Deshalb trat Georg auf seinem E-Bike in die Pedale. Rücksichtslos umfuhr er, wie in diesem Sport üblich, alle Verkehrsregelungen und brachte den Akku regelrecht zum Glühen. So hielt er den Zeitplan gerade so angemessen.

Eine überschaubare Menschengruppe von fünfzehn Personen stand im Hof des ehemaligen Bauernhofes, welcher frisch mit einer Tafel inklusive der Aufschrift *Kindertherapiezentrum Norderney* ausgestattet worden war.

„Mei, der ganze Stress, wegen so einem depperten Schild?", flüsterte Georg seinem Kollegen ins Ohr, als er sich zu ihm gesellte.

„Es geht doch nicht ums Schild!"

„Sondern?" Beide flüsterten wie Schüler während eines Schulausfluges.

„Die haben hier alles umgebaut und sogar Tiere besorgt."

„Herrlich! Das hab i heut unbedingt gebraucht."

„Psst, darf ich bitten, die Herren?", zischte Bürgermeister Jensen, der unmittelbar in ihrer Nähe stand, während Kasper Simmen, der Besitzer, fortlaufend unbeeindruckt und furchtbar monoton zu der kleinen Gemeinde sprach. Und sprach, und sprach.

„Da kommt eh fast kei Sau und der schwätzt und schwätzt!", versuchte Georg wenig später eine neue Konversation mit seinem Kollegen anzukurbeln. Doch dieser winkte ab und lauschte scheinbar interessiert den Worten von Herrn Simmen. Die komplette kleine Gemeinde, bis auf Georg, wirkte, als klebe sie an seinen Lippen.

Kasper Simmen war ein Hippie durch und durch. Bunte Ökoklamotten, lange Haare, wie aus einem Klischeebilderbuch. Er sprach zu der kleinen Gruppe, bestehend aus Georg und Matthis, dem Bürgermeister, dem Stadtrat, dem Kurmanagement, einem Herrn aus der Lokalpresse und der Familie Simmen. Die unendliche Rede konnte man eigentlich wie folgt zusammenfassen: Kasper Simmen hatte den Hof geerbt und sich als freiberuflicher Therapeut mit Unterstützung seines neuen Partners, der Inselkur, alles aufgebaut. Neben seinem Wohnhaus, welches er mit seiner Familie bezogen hatte, gab es auf dem Hof noch einen Stall für die Therapie-Tiere und ein kleines Gebäude, welches als Praxis mit Patientenzimmern umgebaut worden war.

Georg schlief mittlerweile schon der Fuß ein, ungeduldig schaute er sich um. Erst nach rechts, dann nach links, nach oben (*hey, ein Flugzeug!*), dann nach unten. Danach warf er einen gierigen Blick auf das aufgebaute Buffet, welches ein paar Meter entfernt neben dem Stall stand.

„Mensch, wie ein kleines Kind! Jetzt hör da halt mal zu, Georg!" Matthis wurde nun doch langsam sauer.

Endlich kam Kasper Simmen zum Ende seiner doch sehr ausführlichen Ausführungen.

„Na, bleibst du wohl hier! Sag mal!", Matthis konnte gerade noch Georg an der Schulter packen. Denn Georg war natürlich sofort bereit, das Buffet zu stürmen.

„Was is?", er schaute verdutzt, als er den beherzten Griff seines Kollegen spürte.

„Der hat das Wort übergeben." Doch Georg war wie so oft nicht ganz bei der Sache, verstand wieder mal nur die Hälfte. „Selber schuld, erst nur am Schwätzen und dann noch übergeben. Mir ist auch schon ganz mulmig im Magen vor Hunger."

„Nein, jetzt kommt der Bürgermeister."

„Warum, ist dem a schlecht?"

„Ach, sei einfach still und warte, bis alle fertig sind."

Widerwillig ging Georg wieder zurück, schaltete auf Durchzug und wartete ... Der Bürgermeister übergab an den Stadtrat, dem kompletten natürlich. Erst an seinen Stellvertreter Freddy Bartsch, dann an den Beirat Ali Ataman, gefolgt von der Beirätin Nela Rüdenstein, darauf folgte die Kurleitung.

Nach zwei unglaublich spannenden Stunden sollten noch Gruppenfotos vor dem Gebäudekomplex für die Regionalzeitung geschossen werden. Natürlich vor dem nagelneuen Schild im Hintergrund.

Endlich hatten sie es geschafft. Georg stiefelte zielsicher zum Buffet. Was für ein Anblick, er war der Erste am reichgedeckten Tisch. Den folgenden Vorgang vollzog Georg wie im Rausch einer Arie. Zuerst eine elegante Drehung zu den Tellern, dann zwei Schritte nach links, Schnitzelbrötchen genommen, eine Drehung zu den Spießen mit Trauben und Schafskäsewürfeln, ein Ausfallschritt in die Tiefe zu den kleinen Frikadellen und schlussendlich erreichten mit einer Vierteldrehung die kalten Chicken Wings den Teller und brachten ihn zum Überlaufen. Mit dem randvollen Teller ging es dann zum erstbesten Stehtisch und hinein damit.

Nach dem Foto für die Lokalzeitung konnte man sich alles bei einer Führung von Herrn Simmen anschauen. Alle waren auf dem Gelände unterwegs. Nur Georg nicht. Der wollte sich lieber das Buffet in den Schädel kloppen.

Die Trauben waren kernlos, aber der Schafskäse taugte mal gar nichts, dachte Georg. Der war komplett geschmacklos, die Chicken Wings waren fasrig und Knochen waren da auch keine. Eher Plastik oder was war das da drin? Komisch, ich habe doch wohl nicht die Deko erwischt und angeknabbert? Georg blickte immer wieder von seinem Teller zu dem aufgebauten Buffet. Als Kind hatte er mit seinen Eltern und Großeltern im Schwarzwaldurlaub ein traumatisches Erlebnis gehabt, als er am Hotelbuffet herzhaft in einen knallroten Plastikapfel biss ... Aber damals hatte nur ein Apfel zwischen zwei Schalen mit Fleisch gelegen, hier war eine Schütte voll mit den komischen Wings. Seltsam, die Frikadelle schmeckte auch nicht normal, das konnte doch nicht sein.

Georg biss beherzt in sein Schnitzelbrötchen, das Fleisch hatte ebenfalls keine Konsistenz. Ein flüchtiger Blick fiel auf das Grüne inmitten der Panade und schon war es geschehen. Georg ging wie ein nasser Sack Reis zu Boden. Touchdown!

„Unfassbar, was ihr hier auf die Beine gestellt habt", sagte Matthis. Er stand zwischen Herrn Simmen und dem Bürgermeister im Stall. Mit seiner Linken streichelte er sanft eine kleine Ziege, als er ungläubig die hinterste Stallbox ins Auge fasste. „Ist das da vorne ein Kamel, Herr Simmen?"

„Ja, das ist Abdul", antwortete Herr Simmen, „mein ganzer Stolz. Ich habe das Tier von einem insolventen Zirkus erstanden. Früher machte es Kunststücke, daher war es für mich einfach, dieses Tier für die Therapie auszubilden ... Schaut mal, es scheint so, als zwinkere es uns zu, während es speist ... Apropos speist! Heute hat Herr Jensen für den Einstand ...", doch Herr Simmen wurde von einem lauten Aufschrei auf dem Hof unterbrochen.

Georg kam nach wenigen Augenblicken wieder zu Bewusstsein und schrie wie ein Irrer. „ARGHHH, HILFE! DAS SIND ÖKO-TERRORISTEN, ALLES VERGIFTET ... RETTE SICH WER KANN!" Danach konnte man nur noch schwächliches Röcheln vernehmen. „Hilfe ... Matthis ... alles vergiftet ... i hab's gegessen ... Ist hier an Arzt ...? Hilfe ... Matthis, Matthis!!! Hey, da bist du ja", sagte Georg sehr schwach. Er konnte nicht mehr und lag völlig geschockt außer Atem, vergiftet neben dem Stehtisch. „Matthis ..., fahr mi sofort ins Krankenhaus, die müssen mir den Magen auspumpen."

Alle standen sie nun um den scheinbar sterbenden Kommissar. Georgs Stimme wurde immer schwächer, seine Augen immer schmaler, sein Gesicht war kreidebleich und ein leichtes Zittern durchzog seinen stämmigen Körper.

Matthis fühlte sich wie im falschen Film, eigentlich hatte er bei der Buffeteröffnung die Chance nutzen wollen und die Ermittlung bezüglich des gesperrten Naturschutzgebietes weiter voranzutreiben. Stattdessen stand er nun neben dem scheinbar sterbenden Kommissar und erlebte, wie der Bürgermeister mit hochrotem Kopf das Wort ergriff. „Was soll denn mit meinem Buffet sein? Das sind alles Sachen aus dem veganen Feinkostladen meiner Frau. Sie hat heute Morgen alles frisch zubereitet. Meinst du, wir würden hier irgendetwas Schlechtes für die Eröffnung spenden?"

So geschah es, dass am nächsten Morgen zwei Schlagzeilen die Titelseite der Tageszeitung zierten. Neben dem Artikel mit der feierlichen Eröffnung des neuen Kindertherapiezentrums stand es schwarz auf weiß, eine fette Überschrift mit den Worten:
Selbsternannter Inselkommissar macht sich zum Depp.

Kapitel 19

„Hast du die Tageszeitung schon gesehen?", fragte Matthis seinen Kollegen. Georg saß an seinem Schreibtisch und schüttelte uninteressiert den Kopf. Matthis hatte die ganze Zeit versucht, seinen Unmut irgendwie herunterzuschlucken. Jedoch gelang ihm das nicht mehr. „Du hast uns gestern ganz schön zum Affen gemacht. Eigentlich wollte ich noch ein paar Fragen zu dem Treiben in den Dünen unterjubeln, aber nach deiner Aktion gestern war die ganze schöne Veranstaltung für uns gelaufen."

„Pfu …", schnaubte Georg arrogant. „Wo war das denn gestern, bitteschön?"

„Das ist eine wirklich tolle Sache für die Insel, aber der Herr musste das ja komplett ins Lächerliche ziehen."

„Hätten die was Gescheites zum Essen serviert, wäre das alles nicht passiert."

„Aha, das ist also deine faule Ausrede? Nur weil einem mal etwas nicht schmeckt, kann man sich doch nicht gleich zum Sterben auf den Boden legen! Sag mal, wie alt, bist du denn? Ich glaube, ich hab ein kleines Kind vor mir. Oder bist du geistig einfach noch nicht so weit?"

Georg verzog die Miene und plärrte in bayrischer Wirtshaus-Manier los. „I glaub, du bist geistig nicht ganz richtig. Immer wieder fängst du von deinen Scheißdünen an. Dann fahr halt hi und lass mir mei Ruh!"

„Ich glaub, ich spinn, wessen Bild ist denn auf der Titelseite der Tageszeitung? Sag mir, wer liegt da sterbend vor seinem Stehtisch ...? Wir sollten uns gestern präsentieren und etwas einleben und vor allem einen guten Eindruck hinterlassen. Das hat ja super geklappt!"

„I sagte bereits, das ist nicht meine Schuld, wenn die einem so einen Krampf zum Essen servieren."

„Was ist los mit dir?" Matthis' Worte wurden lauter. „So einen Wahnsinnigen kann ich hier nicht gebrauchen."

„I geb dir gleich Wahnsinniger!", schrie Georg. Doch Matthis wurde wieder ruhiger. Er schüttelte nur schwer enttäuscht den Kopf. „Das ist also alles, was der Angeklagte zu seiner Verteidigung vorzubringen hat. Gut, dann ist das so. Ich habe heute hier im Büro noch zu tun. Du kannst ja zu den Dünen fahren. Auch wenn dich das eh nicht interessiert und du ja sowieso nichts rausfindest. Aber hier kann ich dich jetzt nicht gebrauchen. Du kannst auch gerne den Caddy nehmen. Ich muss ein paar Telefonate führen."

Georg folgte der Aufforderung. Er sagte nichts mehr, als er aus der Wache stürmte, den Caddy startete und die Straße hiunterfuhr.

Georg fühlte sich verletzt und missverstanden. Was hieß hier, du findest sowieso nichts raus?, dachte er sich. Ihm lag das Ermitteln in den Genen. Für Georg war klar, dass er irgendetwas Großes lösen musste, um seine Genialität zu beweisen und um endlich den alten Revierleiter Braun zu überzeugen, dass er wieder zurückgeholt werden musste. Aber in dem Fall mit einem Zaun um eine Sanddüne, da sah er einfach kein Potenzial. Das war doch kein Verbrechen für einen Meister des Faches wie ihn. Mit so einem Kinderkram konnte man vielleicht einen Matthis Jüllich mal ein halbes Jahr beschäftigen, aber doch nicht ihn. Er würde so etwas in zehn Minuten schon lösen. Obwohl, das wäre dann eine Genugtuung gegenüber dem Kollegen. Könnte er damit nicht vielleicht doch das Kräfteverhältnis in der Wache neu aufstellen? Als neuernannter Revierleiter von Norderney wäre es sicherlich leichter, seine eigene Versetzung nach Prutting zu beantragen.

Langsam hatte er Blut geleckt. Der Caddy fuhr sanft über die Landstraße in Richtung des Naturschutzgebietes. Die Landschaft, die er nach der Stadt Norderney durchfuhr, wurde immer trostloser und karger. Die heißen, sommerlichen Temperaturen passten gut zu dem immer wüstenähnlicheren Landschaftsbild. Je länger Georg fuhr, umso mehr Sand erstreckte sich vor seinen Augen. Er betätigte den Blinker auf eine Ausfahrt, welche auf einen Wanderparkplatz hinwies, wohlwissend, dass er das einzige Fahrzeug auf der einsamen Straße war. Der Parkplatz war leer. Georg parkte den Caddy und stieg aus. Die Dünen wirkten unberührt und menschenleer, von einem ominösen Zaun war nichts zu sehen. Er schaute sich dennoch um. Dafür stieg er auf eine große Düne, welche sich direkt neben dem Parkplatz erhob. Der Sandberg hatte eine Höhe von ungefähr zehn Metern. Sie bot Georg eine formidable Aussicht. Oben angekommen traute er seinen Augen nicht. Keine hundert Meter vor ihm erstreckte sich ein hoher, moderner Eisenzaun. Er zog sich über Kilometer, soweit das Auge reichte. So etwas stellte man doch nicht für ein bisschen Naturschutz auf, dachte Georg, ehe er zu sich selbst sagte: „Hier ist doch was faul!"

Ein Geräusch durchzog die Stille und holte ihn aus seinen Gedanken. In dieser unwirklichen Landschaft war es unglaublich schwer, die Herkunft des Gebrummes zu lokalisieren. Je näher die Geräuschquelle kam, umso deutlicher erkannte Georg ein Motorengeräusch. Es handelte sich um einen alten Militärtruck. Georg legte sich auf den Boden in den heißen Sand, um nicht aufzufallen, und beobachtete, wie der Truck nicht weit entfernt zu einem Tor zur Straße fuhr. Es öffnete sich automatisch und der Lkw fuhr aus dem umzäunten Gebiet heraus auf die Straße.

Georg sprang auf und sprintete zu seinem Caddy. Dabei nutzte er elegant die Schwerkraft und rutschte die Sandbahn herab. Als er unten ankam, sprang er auf und taumelte im Rausch der Geschwindigkeit bis zum Fahrersitz.

Er folgte dem Truck, soweit es ging, aber sein E-Caddy konnte mit dem Tempo des Militärtrucks nicht mithalten. Doch ein wenig kannte sich Georg schon aus. Er vermutete, dass der Lkw in Richtung Hafen fuhr. Aber was machte das Militär hier?, dachte er sich. Klar, wir lebten in unsicheren Zeiten, aber warum sollte deshalb jemand für einen Haufen Geld ein Naturschutzgebiet umzäunen?

Georg erreichte den Hafen, aber er sah nur noch, wie der Lkw auf der ablegenden Fähre parkte. Georg stoppte den Caddy direkt in der Zufahrt zum Schiff. Er stieg aus und rannte zum Steg. Doch die Fähre hatte bereits einige Meter gutgemacht und Georgs Rufe blieben vom Kapitän ungehört.

Gedankenverloren blickte er dem sich immer weiter entfernenden Schiff hinterher. Was sollte er nun tun? Zurück zur Wache wollte er auf keinen Fall, Matthis hatte durch die Blume gesagt, dass er ihn heute nicht mehr sehen wollte. Den Weg zurück in die Dünen konnte er sich auch sparen, denn was wollte er an dem wieder geschlossenen Zaun machen? Je nachdem, was da vor sich ging, könnte ein unerwünschtes Eindringen auch gefährlich werden. Doch langsam kam es Georg in den Sinn, dass die Fähre in einer Stunde wieder zurückkam. Vielleicht könnte er den Kapitän befragen, ob dieser zufällig wusste, was für ein Truck das auf seiner Fähre gewesen war. Aber Moment, musste man die Tickets nicht online reservieren und bezahlen? Damit müsste man doch sehr schnell herausfinden können, wer auf der Fähre mitgefahren war?

So verweilte Georg am Hafen, genoss das schöne, warme Wetter und besorgte sich gelegentlich einen Snack aus einem der umliegenden Imbisse.

Kapitel 20

Auf der Fähre

Zwischen den vielen Urlaubern stachen die zwei Herren im Maßanzug buchstäblich ins Auge. Ihr komplettes Auftreten wirkte auf die anderen Passagiere der Fähre abstoßend. Um nicht übermäßig die Aufmerksamkeit auf sich zu ziehen, entschieden sich die beiden, hinter ihrem monströsen Militär-Gefährt zu verweilen. Es dauerte, bis der ältere Herr aus seinem eigenen Wagen, einem Benz mit dunkel getönten Scheiben, stieg und sich zu ihnen gesellte.

„Alles klar?", fragte einer der beiden Handlanger.

Doch der ältere Herr reagierte wütend. „So eine Scheiße! Er wird langsam misstrauisch."

„Und jetzt?", fragte der zweite Handlanger.

„Jetzt haben wir sie entführt!"

„Echt? Sollen wir wirklich schnell?"

„Noch nicht!", polterte der ältere Herr. „Das könnte das ganze Spiel gefährden. Man darf uns nicht auf die Schliche kommen."

„Alles klar, und wie lautet der Plan dann?"

„Nehmt meinen Benz, wenn wir zurück am Festland sind, und fahrt mit der nächsten Fähre zurück auf die Insel. Wir sollten das Spiel auf das nächste Level bringen. Packen wir unser Problem bei den Wurzeln. Sucht ihn zu Hause auf, vielleicht können wir ihn so überzeugen. Bestimmt knickt er ein, wenn er sieht, wie schnell wir bei ihm auftauchen können. Falls das nicht zieht, fahrt ihr zum Schwätzer. Wir brauchen immer noch seine Hilfe, um irgendetwas Hieb- und Stichfestes gegen unseren Widersacher in die Hand zu bekommen. Sonst denke ich, dass wir den ursprünglichen Spielzug revidieren müssen."

„Und wo ist der Junge?"

„Ich weiß es nicht. Er hat vorhin den Kontakt abgebrochen und ich erreiche ihn nicht mehr. Seine Nummer scheint deaktiviert zu sein."

„Also sind wir blind?"

„Was ihn betrifft, ja, und ich weiß nicht, was in seinem verblendeten Wahn hängengeblieben ist und welche Reaktion er jetzt wählt", bestätigte der ältere Herr. „Das gefällt mir überhaupt nicht."

„Alles klar, aber was machen wir mit dem Schwätzer, falls er uns nichts Brauchbares an die Hand liefert?"

„Noch nichts, meine Freunde. Ich gebe diese Spielfigur noch nicht auf. Ihr dürft ihm Angst machen. Aber sonst ist er noch viel zu wertvoll ... Wenn ihr bei ihm fertig seid, schaut, dass ihr mit der allerletzten Fähre zurückkommt. Ich brauch euch definitiv heute Abend beim Treffen in Hamburg."

Die beiden Handlanger nickten entschlossen.

Kapitel 21

Georg hatte Glück und die Fähre lief pünktlich laut Fahrplan wieder im Hafen ein. Langsam dockte das Schiff am Steg an. Die schwere Eisenklappe öffnete sich und die ersten Fahrzeuge fuhren vorsichtig und langsam von der Fähre an Land.

Georg betrat sofort das Schiff und ging schnurstracks zum Steuerhaus. Das Hupkonzert aus der Nähe nahm er nicht wahr. Der Polizist klopfte beherzt an die Tür. Der Kapitän öffnete und Georg präsentierte sein Anliegen. Der adrett gekleidete Herr mittleren Alters konnte ihm erst einmal nicht weiterhelfen. Jedoch würde seine Reederei ihm eine Liste mit allen Reservierungen der heutigen Verbindung übermitteln können. Der Kapitän versprach, dies umgehend in die Wege zu leiten.

So verließ Georg das Schiff und wunderte sich über das Hupkonzert um ihn herum. Außerdem entdeckte er, dass sich die Pkws bei der Abfahrt regelrecht verkeilt hatten. Was für Idioten, dachte er sich, ehe er als Ursache für den Stau seinen schlechtgeparkten Caddy ausmachte. Georg stiefelte zu seinem Wagen und fuhr ihn gefühlt ein paar Millimeter zur Seite. Nun war die Auffahrt zur Insel gewährleistet, aber so verengt, dass alle Autos einzeln durch den Engpass an ihm vorbeimussten. Der Kommissar baute sich nun neben seinem Fahrzeug auf und blickte in jedes Auto. Vielleicht konnte er irgendwas Verdächtiges entdecken? Wenn er wollte, konnte sein Blick stechend sein, die meisten Touristen dachten sich sicherlich, dass die Polizei jemanden suchte, und genau das wollte er auch vermitteln.

Der Fahrer eines dunklen Volvos hielt auf Georgs Höhe an. Die Scheibe ging leicht quietschend runter, ein älterer, dicker Mann starrte Georg an. Neben ihm eine dürre Frau mit toupierten Haaren. Der Fahrer fragte Georg besorgt, was denn vorgefallen sei, oder wen sie suchten. Aber Georg verzog keine Miene und winkte den neugierigen Herrn sofort weiter. Nach ein paar weiteren Familienkutschen mit angehängten Wohnwägen, erreichte ein dunkler, großer Benz mit getönten Scheiben den künstlichen Engpass. Zwei verdächtige Herren schauten Georg an. Georg lief es eiskalt den Rücken runter, so etwas kannte er nur aus Filmen. Die beiden Herren sahen wie zwei FBI-Beamte aus! Und das auf Norderney? Der Fahrer trug wie sein Nebenmann einen schwarzen Anzug, beide Herren waren sicherlich über einen Meter neunzig groß. Die Oberkörper der mächtigen Herren waren lang und kräftig. Vor allem hatten beide unglaublich breite Schultern. Der Fahrer hatte helle Haut und trug einen militärischen Kurzhaarschnitt, sein Beifahrer war dunkelhäutig und trug eine Glatze. Beide Herren hatten dunkle Sonnenbrillen auf der Nase und der Beifahrer trug zusätzlich ein Headset am rechten Ohr.

Georg klopfte an die Scheibe und forderte die Herren auf, sich auszuweisen. Doch der Fahrer schüttelte den Kopf und trat aufs Gaspedal. Der Wagen machte einen Satz nach vorn und sauste die Straße entlang.

Georg entschloss sich, die Verfolgung aufzunehmen. Auch wenn ihm schon alleine durchs Ausparken und Wenden des Caddys wertvolle Zeit verloren ging, war er optimistisch, die Verdächtigen wiederzufinden.

So fuhr er den gesamten Nachmittag einsam durch die Straßen. Ihm war es egal, dass sein Feierabend näher rückte, da diese Angelegenheit nun ein Fall für Kommissar Pampelhuber war. Jetzt hatte er endgültig Blut geleckt. Denn immer wenn er sich in irgendetwas hineinsteigerte, konnte er nicht ablassen, bis er das Ziel erreichte. So fuhr er mit dem Caddy jede noch so kleine Seitenstraße ab. Georg war ein sehr gründlicher und geduldiger Mensch, wenn er auf der Jagd war.

So ein großer, schwarzer Benz, der musste ja schließlich ins Auge fallen. Da Norderney eine Insel war, war die Fläche, wo sich das Fahrzeug aufhalten konnte, begrenzt. Da es hier keine Parkhäuser gab, musste so ein überbreites Geschoss in irgendeiner Einfahrt oder auf einem öffentlichen Parkplatz abgestellt sein. So überprüfte Georg alle öffentlichen Parkplätze in der Innenstadt. Doch der Wagen war wie vom Erdboden verschluckt. Er fuhr alle Bars, Restaurants, Pensionen und Hotels ab. Es war ihm egal, dass der Abend anbrach und die Sonne schon fast im Meer versank. Tatsächlich sollte Georg Stunden später für seine Hartnäckigkeit belohnt werden, als er den Benz in einer Seitenstraße entdeckte. Er fühlte in diesem Moment, wie sein Herzschlag vor Aufregung in die Höhe schoss. Nervös ließ er den Caddy in einer Parkbucht auf der Hauptstraße zurück und machte sich vorsichtig zu Fuß auf den Weg. Als er die ruhige Seitenstraße nahe des Weststrandes betrat, wechselte er den Bürgersteig, um etwas Abstand zu dem Gebäude, vor welchem der Benz parkte, zu bekommen. Er ging in die Hocke, um sich zwischen den parkenden Autos am Straßenrand zu verbergen. Das Villenviertel nahe des Weststrandes war trotz des warmen Abends sehr ruhig. Die Gärten der pompösen Gebäude ruhten verlassen im Abendglanz.

Der gesuchte dunkle Benz blockierte die Einfahrt eines großen Anwesens. Das Haus konnte man als prachtvolle Villa bezeichnen. Der Vorgarten war sehr gepflegt, mittig präsentierte eine teure, stilvolle Vogeltränke den Wohlstand der Besitzer. Direkt seitlich neben dem Haus kam ein großer Garten. Eine wunderschöne Terrasse verband das Haupthaus mit dem idyllischen Park. Unter dem ausgefahrenen Sonnensegel lud eine moderne Sitzgarnitur zum Verweilen ein. Vor der Terrasse lag ein großzügiger Naturteich. Der Teich war sicherlich mit zahlreichen teuren Koikarpfen besiedelt, Georg erkannte schon aus der Ferne Luftblasen und goldene Umrisse an der Wasseroberfläche. Die Bewohner der Villa wollten wohl auch hier ihren Wohlstand zum Ausdruck bringen. Aber vielmehr wollten sie dann nicht offenbaren, denn eine hohe, dichte Hecke umrandete das Grundstück. Die Hecke löste exakt an dem Punkt den Gartenzaun ab, wo eine Einsicht in die große Glasfront des Gebäudes nicht möglich war. Gerade von Georgs sicherer Position auf der anderen Straßenseite war es unmöglich, mehr zu erkennen. So entschloss sich der Kommissar, näher ranzugehen. Er verließ seinen Posten und schlich ... nein, er robbte auf dem Bauch liegend über die Straße. Das muss man sich mal vorstellen, und so jemand wurde mit Steuergeldern finanziert und wunderte sich über seine Zwangsversetzung.

Zum Glück kam kein Auto in den sieben Minuten, in denen Georg sich Millimeter um Millimeter vorankämpfte. Er schnaufte dabei wie ein Walross. So sah er irgendwie aber auch aus: wie ein nasses, gestrandetes Walross.

Als er die Hecke endlich erreichte, ging er wieder in die Hocke und schlich an dem dichten Gestrüpp entlang. Tatsächlich fand er einen guten Winkel zum Haus. Er streckte seinen Kopf fest in den Busch und erkannte die Insassen des Benz hinter der Glasfront. Der Raum, der sich hinter dem Glas verbarg, entpuppte sich als das Wohnzimmer. Die zwei Herren bauten sich vor mindestens einer weiteren Person auf, jedoch konnte Georg aus dem Winkel nur schwache Konturen und einen Schatten an der Wand erkennen. Die unerkannte Person musste wohl wütend mit den Händen fuchteln, denn die beiden verdächtigen Personen standen mit ihren fetten Sonnenbrillen vor ihm und grinsten einschüchternd. Georg kombinierte und kombinierte, bis ihm schlussendlich die logischste Lösung in den Sinn kam. Der Fremde war sicherlich der Auftraggeber der ominösen Herren. Jetzt, da er wusste, wer sich in dem Raum befand, wäre es vielleicht nützlich, ein paar Wortfetzen aus dem Gespräch aufzuschnappen. Georgs Blick analysierte die Möglichkeiten in seinem Umfeld, ehe er ein kleines, gekipptes Seitenfenster, nicht weit von der Glasfront entfernt, entdeckte. Das Fenster zeigte zum Vorgarten und befand sich direkt auf der Höhe der teuren Vogeltränke. Georg entschied wie ein Soldat im Einsatz, seine Deckung so schnell wie möglich zu wechseln. Denn je schneller er seine Position ändern konnte, umso weniger Aufmerksamkeit würde er erregen, und das brauchte er, da er nicht wusste, ob sich weitere Personen hinter dem Fenster verbargen. Georg nahm all seinen Mut zusammen, zog den Kopf aus der Hecke und rannte so schnell er konnte los ... BLONG!!!

Eine heimtückische Straßenlaterne streckte den einsamen Kommissar Pampelhuber längs nieder. Es grenzte an ein Wunder, dass er bei diesem Einschlag nicht das Bewusstsein verlor. Seine Tarnung war schlagartig weg, er hörte Stimmen und Schritte, welche sich ihm näherten. Die Ruhe, in dessen Zauber das Viertel gehüllt gewesen war, war gebrochen, Hunde bellten, Haustüren öffneten sich. Der Kommissar nahm seine Füße in die Hand und ergriff die Flucht. Planlos sprintete er bis zum Straßenende. Danach querfeldein über den Weststrand. Immer wieder schaute er wie ein Wahnsinniger zurück. Noch unterdrückte das Adrenalin seine Schmerzen und seine vor Erschöpfung brennenden Lungenflügel. Als er das Blut bemerkte, welches ihm in Strömen aus der Nase lief, bekam er noch mehr Angst, und so ließ ihn sein innerer Fluchttrieb rennen wie ein krankes Kaninchen.

Schließlich fand er eine gute Stelle, an der er für eine kurze Zeit anhalten und durchschnaufen konnte. An einem alten Fischersteg fühlte er sich sicher. Die Gegend hatte er von diesem Punkt gut im Blick. Er stellte fest, dass niemand ihm folgte. Aber er fragte sich auch, ob ihm überhaupt jemand gefolgt war. Der Adrenalinspiegel in seinem Blut sank, so fühlte er das schmerzhafte Spannen und Pochen, welches seine komplette rechte Gesichtshälfte durchzog. Georg drückte seine blutende Nase mit den Fingern zu und wanderte im Licht der untergehenden Sonne zurück zur WG.

Matthis erschrak, als er seinen Kollegen im Flur der Wohnung begrüßte. „Wie siehst du den aus?"

„I hab wegen der Sperrung ermittelt", sprach der Kommissar mit immer noch zugehaltenen Nasenflügeln.

„Wie ist das passiert?" Matthis zeigte sich betroffen, als er eine Tüte mit Tiefkühlerbsen aus der Gefriertruhe holte und sie Georg, der auf einem Bistrostuhl in der Küche Platz nahm, zuwarf.

„Nein danke, i hab keinen Hunger!", erwiderte Georg auf diese Aktion. Matthis schüttelte den Kopf. „Du sollst die nicht lutschen, pack die aufs Gesicht, deine komplette rechte Seite ist knallrot und schwillt an ... Und jetzt noch einmal von vorn, was ist in den Dünen passiert?"

Georg drückte sich den Beutel Erbsen auf das pochende Gesicht, spürte die wohltuende Kälte. Für einen Moment verschwanden die immer stärker werdenden Schmerzen. Georg begann Matthis die Ereignisse seiner Ermittlung zu schildern.

„Also, du hast die komplette Insel nach dem Fahrzeug abgesucht und den Benz vor einer Mafia-Villa wiederentdeckt?"

Georg nickte stolz jeden Punkt ab.

„Aber wir wissen nicht ...", das *nicht* betonte Matthis sehr vorwurfsvoll, „wer in diesem Anwesen wohnt und auch nicht, worum es bei dem Gespräch ging."

Auch das nickte Georg ab.

Matthis nahm alles zur Kenntnis und nickte ebenfalls. „Was ich nicht verstehe, ist, wer hat dir jetzt und
vor allem wo, was über den Schädel gezimmert?“

„Mei, das waren dann wohl die Stadtwerke!“

„Und wie hängen die jetzt da mit drin?“

„Ja, mein Gott, das war a Laterne“, kommentierte
Georg kränklich.

Matthis konnte sich ein Lachen nicht verkneifen.
„Der große Kommissar Pampelhuber, tragisch nieder-
gestreckt von einer Laterne. Das würde ich mir so
nicht gefallen lassen, Herr Kommissar.“

Nach ein paar Augenblicken wurde Matthis aber
wieder ernst. „Du hättest wirklich mal ermitteln können, wer in dieser ominösen Villa wohnt, anstatt hier
irgendetwas von Mafia zu faseln.“

„Mei, wie hät i das anstellen sollen? Guten Tag, einmal die Ausweise bitte, oder was?“

„Wärst halt zum Briefkasten oder zur Klingel …“

„Ja genau!“, unterbrach ihn Georg sofort, doch
Matthis ließ sich nicht aus der Ruhe bringen.

„Da steht doch ein Name drauf. Einfach ablesen und
dann in Sicherheit am PC im Revier überprüfen!“

„Oh …“, Georg war sichtlich sprachlos und drückte
sich den gefrorenen Erbsenbeutel fester gegen die
Backe.

„Ich bin jetzt mal ganz ehrlich, Georg. Das mit den
Dünen müssen wir klären. Diese Angelegenheit hat
das Potenzial, sich in der Bevölkerung richtig hochzu-
kochen. Aber das mit der Mafia, hier auf Norderney,
das nehme ich dir nicht ab. Ich habe in Erfahrung
gebracht, dass du ein Mensch bist, der zur Eskalation
neigt. Nur weil zwei Leute Anzüge und Sonnenbrillen

tragen und keinen Bock haben, sich von dir kontrollieren zu lassen, müssen sie nicht automatisch mit dem organisierten Verbrechen in Verbindung stehen. Du hast einfach eine blühende Fantasie. Man sagte mir, dass in Bayern ebenfalls etwas eskaliert ist, und du deshalb hier auf Norderney bist."

Georg ließ die Worte stehen und dachte sich seinen Teil. Ihm war es klar, dass die Auffassungsgabe seines neuen Revierleiters Grenzen hatte. Er konnte ja selbst seinen ausgezeichneten Spürsinn nicht erklären. Aber er erkannte das organisierte Verbrechen, wenn es vor ihm stand, und deshalb entschied er, auf eigene Faust weiter zu ermitteln.

Georg hatte keine gute Nacht. Er konnte kaum in den Schlaf finden. Einerseits waren die Schmerzen und das Pochen im Gesicht enorm und andererseits war er auf etwas gestoßen ... sein erster Fall in der Ferne und er würde ihn lösen. Da war er sich sicher. Aber auch Matthis' Worte gingen ihm noch lange durch den Kopf. Wie konnte er, das große Genie, denn vergessen, den Namen am Briefkasten in Erfahrung zu bringen? Er ärgerte sich immer mehr über sich selbst. Das ging so lange, bis er gegen drei Uhr wutentbrannt aufstand, und sich auf den Weg zur Villa machte.

Die Villa wirkte verlassen. Georg lief einsam durch die dunkle Seitenstraße. Der dunkle Benz, der noch vor einigen Stunden die Einfahrt blockiert hatte, war verschwunden. Das große Haupthaus hatte alle Rollläden unten. Die Straßenlaterne flackerte im sanften Wind. Georg lief zielstrebig zum Briefkasten. Er war sich sicher, dass ihn niemand bemerkte, als er seine

Taschenlampe zog und auf das Namensschild leuchtete. Ihm gefror das Blut in seinen Adern. Denn auf dem Briefkasten stand es schwarz auf weiß, Verwechslung ausgeschlossen:

Hier wohnt Familie Fiete Jensen

Kapitel 22

Wache Norderney am nächsten Morgen

Es war kurz nach Dienstantritt, als das Telefon im Polizeirevier energisch klingelte. Georg, der eigentlich krankgeschrieben sein sollte, da sein Gesicht so stark angeschwollen war, dass Matthis ihn schon mit dem Elefantenmenschen verglichen hatte, war nur am Mosern mit seinem Vorgesetzten. Das Telefon klingelte und klingelte, doch der Kommissar ignorierte es. Als ihm das monotone Gedudel immer mehr beim Fluchen aus dem Konzept brachte, nahm er ab, plärrte in die Leitung, „Keiner da!" und knallte den Hörer auf das Telefon.

„Sag mal spinnst du?", schnauzte Matthis ihn umgehend an, „Du kannst doch nicht einfach …", doch die Telefone der Wache klingelten erneut und unterbrachen Matthis. Matthis machte einen Satz nach vorn zu seinem Schreibtisch und nahm das Gespräch entgegen. Georg konnte nur den Gesprächsanteil seines Kollegen von seinem Schreibtisch aus mithören. Der Anrufer war selbstverständlich viel zu leise für Georg, der es sich nun an seinem Schreibtisch gemütlich gemacht hatte. Als Erstes legte er die Füße auf den Tisch, dann lehnte er sich in seinem Stuhl zurück und schaute verträumt auf das Foto einer kleinen, süßen Comicfigur aus seiner Lieblingsserie. Bei Matthis lagen die Nerven blank. Er wirkte so kopflos, dass sogar Georg irgendwann aus seinem Tagtraum aufschreckte und neugierig der zittrigen Stimme des Revierleiters folgte.

„Das kann doch nicht wahr sein! ... Sind Sie sich da ganz sicher?"

...

„Ich meine, mit sowas spaßt man nicht!"

...

„Wo sind Sie genau?"

...

„Kenne ich, da ist doch gleich der Weststrand!"

...

„Ja genau, fassen Sie auf keinen Fall irgendetwas an!"

...

„Ach der, der ist nicht ganz normal, glaub ich, aber ich bringe ihn mit, dann können Sie sich gleich persönlich beschweren. Bis gleich und verlassen Sie auf keinen Fall den Tatort." Matthis legte auf und blickte geschockt zu seinem Kollegen. „Wir haben einen Einsatz!", sagte er mit einem deutlichen Zittern in der Stimme.

„Mei, was will der Chef?", fragte Georg. Der Kommissar war sich sicher, bei dem Lauf, den er hatte, hatte er garantiert den Bürgermeister am Telefon weggedrückt.

„Das war ein Spaziergänger ..."

Georg unterbrach erleichtert seinen Kollegen. „Was es nicht alles so für Leute gibt! Guten Tag, ich bin Spaziergänger, und dann wunderst du dich, wenn i einfach aufleg!"

„Schnauze Georg, der hat am Strand einen Toten gefunden." Georg sprang auf, klatschte in die Hände. „I
wusst, dass die Mafia hier ihr Unwesen treibt!"

Matthis konnte die unangebrachte Euphorie des Kollegen nicht unterstützen. „Das wissen wir nicht,
Georg", bremste er den überschwänglichen Kommissar.

„Ach komm, wann gab es hier das letzte Kapitalver-
brechen? 1904?" Georg wirkte überheblich in diesem
Moment.

Sie verließen die Wache, um sich wenige Augenblicke später fassungslos in der Einfahrt wiederzufinden.
Ihre fragenden Blicke suchten verzweifelt den leeren
Hof nach dem Caddy ab. Matthis schaute vorwurfsvoll
zu seinem Kollegen. „Sag mal, hast du den Caddy gestern nicht zum Aufladen abgestellt?"

Georgs Miene wirkte versteinert. Wie hatte ihm das
nur passieren können? Er hatte den Caddy tatsächlich
komplett vergessen. Nach dem Treffer von der Laterne
war er planlos im Vollsprint abgehauen, und nachts,
als er zum Briefkasten des Anwesens gewandert war,
hatte er ebenfalls nicht einen Gedanken an den Caddy
verschwendet. Das war ihm in diesem Moment sehr
peinlich. Gerade wenn man versuchte, heimlich den
Revierleiter zu stürzen, um sich für eine Rückkehr
nach Prutting selbst zu versetzen.

Georg entschied, die Situation mit Humor zu über-
spielen. „Tja Matthis, deine Leiche muss wohl warten.
Wir müssen vorher noch kurz zum Villenviertel, den
Caddy holen."

Matthis schüttelte enttäuscht den Kopf. „Wir müssen sowieso zum Weststrand, der grenzt ja ans Villenviertel."

„Ach, dann passt es ja!", sprach ein erleichterter Kommissar. „Siehst du, i hab uns schon mal vorab einen Parkplatz in der Nähe gesucht."

Wortlos machten sich die beiden zu Fuß auf den Weg. Sie liefen nur wenige Meter bis zu dem Fußweg, die restlichen sieben Kilometer bis zum Fundort mussten sie am Strand zurücklegen. Matthis legte einen zügigen Schritt an den Tag. Der Kommissar kam wegen des unebenen, sandigen Bodens kaum hinterher. Dabei hatte er doch schon in jungen Jahren auf schmerzhafte Weise lernen müssen, dass alles, was man nicht im Kopf hatte, den Beinen zugutekam. Was für Oberschenkel hatte der junge Pampelhuber schon mit fünf als Kindergartenkind gehabt ... Aber das soll eine andere Geschichte sein.

Olaf Weber wartete bei der Leiche. Er war derjenige, der beim Spaziergang mit seiner Dalmatiner-Dame Trixi einen leblosen Körper am Strand gefunden und umgehend zweimal den Inselnotruf gewählt hatte.

So eine Stunde allein mit einer Leiche konnte schon einen ordentlichen Knacks in der Psyche hinterlassen. Gerade bei frischen Leichen, wenn der Verwesungsprozess einsetzte, entstanden für Laien unerklärliche Phänomene. Am Anfang bildete der dahinscheidende Körper wirklich fiese Gerüche durch die ersten Gasaustritte. Die Geräusche, die dann von dem leblosen Körper ausgingen, waren auch alles andere als angenehm, vor allem wenn das Gas die Stimmbänder der Leiche noch einmal in Schwingung versetzte und der leblose Körper zu knurren oder murren begann. Ebenfalls nicht zu unterschätzen war die Tatsache, dass der menschliche Verstand die Bewegung des Ein- und Ausatmens einfach gewohnt war. So neigte man gerne dazu, dem leblosen Körper eine aktive Bewegung des Brustkorbs aus dem Augenwinkel anzudichten. Das alles konnte einen richtig nervös machen. Gerade wenn man allein am Tatort saß und hoffte, dass nicht noch weitere Personen, oder gar Angehörige des Toten, eintrafen, welche ihm dann noch die Tat vorwerfen würden. Allerdings sollte niemand kommen. Nicht einmal die gerufene Polizei war am menschenleeren Strand zu erblicken. Immer wieder ging Olaf das Telefonat in seinem Kopf durch. Der Polizist hatte doch *bis gleich* gesagt, er sagte doch, sie machen sich umgehend auf den Weg. Warum kam denn dann keiner? Olaf saß hier schon gute fünfundvierzig Minuten. Beim letzten Versuch, den Inselnotruf zu erreichen, ging nur der AB dran. Also mussten die Herren doch unterwegs sein.

Immer wieder musste Olaf seine Dalmatiner-Dame zurückhalten, wenn sie versuchte, sich der Leiche zu nähern. So ging das noch eine ganze Weile, bis Olaf endlich in der Ferne die Konturen zweier Herren erkannte. Die beiden Personen näherten sich zielstrebig dem alten Fischersteg. Je näher sie kamen, umso deutlicher erkannte Olaf die Farben der Polizeiuniformen. Insgesamt hatte er achtzig Minuten allein mit seinem Hund neben der Leiche verweilen müssen, bis die Retter in der Not vor Ort waren.

Olaf wirkte in diesem Moment sehr erleichtert, wenn auch die beiden Herren ihm gegenüber keine Souveränität oder Professionalität an den Tag legten.

„So, wo hat sich denn die Leiche zum Sterben hingelegt?", fragte der dickere der beiden Uniformierten. Der Schlankere sah die Leiche, das dunkle, geronnene Blut, im Sand, und übergab sich sofort.

Olaf konnte diesem Auftritt zur Begrüßung nur Fassungslosigkeit entgegenbringen. Als er sich langsam wieder fing, fragte er die Polizisten: „Was los Kinners, warum hat das denn so lange gedauert?"

Matthis hatte sich nach seinem Zwischenfall schnell wieder gefangen. Er wischte sich den Mund mit seinem Ärmel ab und antwortete: „Es tut mir leid, aber der feine Herr Kommissar hat leider das Auto verlegt!"

„Was hab i?", plärrte der Kommissar. Georg war sichtlich verärgert, wieder als Depp dargestellt zu werden. Die beiden Inselcops fingen sofort an zu zanken. Olaf stand sprachlos gegenüber und vollendete das heitere Dreigestirn. So etwas hatte er mit seinen fünfundsechzig Jahren noch nie erlebt.

„Ja, wo ist denn der Caddy?", verspottete Matthis seinen Kollegen, als wäre er ein Hund.

„Mensch, den hab i jetzt halt einmal vergessen!"

„Und genau einmal hattest du ihn! Zufall? Ich denke nicht!"

„Mei, was ist mit dir?", versuchte Georg die Schuld von sich zu weisen. „Du kannst doch hier nicht einfach an den Tatort kotzen!"

„Mensch, ich hab so was halt noch nie gesehen!"

„Aber ständig musst du hier einen auf Chef spielen!"

„Was hat das denn jetzt damit zu tun?"

Olafs Kopf bewegte sich, als säße er als Zuschauer im Publikum eines Tennisspiels, rechts, links, rechts, links, Matthis zu Georg und so weiter.

Irgendwann reichte es und er schrie lauthals um Aufmerksamkeit: „Meine Herren, ich darf doch bitten!"

Matthis fing sich schlagartig. Er bemerkte, dass er sich auf Georgs Niveau hinabbegeben hatte, wenn er öffentlich die Streitereien konterte. Deshalb versuchte Matthis, die weiteren Sticheleien seines Kollegen zu ignorieren. Er übernahm das Zepter. Der Revierleiter fasste in seine Jackentasche und zog sterile Handschuhe heraus. Mit einem gekonnten Schnalzen zog er diese geschickt über seine zarten Hände. Danach wandte er sich der Leiche zu.

„So Georg, sei so gut und rufe den Pathologen an."

„I glaub nicht, dass der noch mal a Fußpflege braucht."

Matthis presste die Lippen zusammen, sein Gesicht zitterte regelrecht vor Zorn als er, „Pathologe nicht Podologe, du Depp!", schrie.

„Ok, hast du die Nummer?", fragte ihn Georg.

Matthis wollte sich gerade wieder dem Leichnam widmen. Als er sich umdrehte um Georg ein, „Nein", an den Kopf zu werfen. Dieser erwiderte, „Gut, dann wäre das Projekt schon mal gescheitert."

Durch die Worte, und wie er sie wählte, brachte der resignierte Bayer den sonst sehr ruhigen und sachlichen Revierleiter komplett aus dem Konzept. „Mensch, dann google halt nach der beknackten Nummer!"

„Mei, mit was? Soll i den Finger in den Sand stecken und nach WLan bohren? I hab kein Smartphone.“

„Das geht so nicht weiter. Dann nimm halt kurz mein Handy.“ Matthis pfefferte es Georg direkt vor die Füße. Georg hob es auf und betrachtete das Smartphone wie einen Knochen. „I weiß aber nicht ...“ Doch Matthis fiel ihm sehr bestimmt ins Wort: „Georg, Schluss jetzt, das schaffen Sechsjährige, dann wirst du das doch auch hinbekommen.“ Matthis änderte seine Taktik, wandte sich zunächst dem Zeugen zu und begann mit seiner Befragung. „Wissen Sie, wer das Opfer ist?“

Olaf zeigte auf den Leichnam, welcher auf dem Bauch lag. Das Gesicht des Toten steckte fest eingesunken im Sand. „Nein, ich sollte hier doch nichts anfassen.“ Olaf zögerte kurz. „Ich habe nur kurz versucht, den Puls zu fühlen.“

„Und?“

„Nichts gefühlt“, antwortete der Senior wortkarg.

„Ok, schade. Dann schau ich mir mal die Leiche genauer an.“ Matthis wandte sich der Leiche zu. Der Tote musste auf die Knie gefallen sein und dann wohl nach vornübergekippt. Das ergaben zumindest die Abdrücke im Sand. Matthis griff beherzt zu und drehte die Leiche mit einem Ruck auf den Rücken. „Urrggghhh!!!“, erneut setzte Matthis einen Schwall seines Frühstückes neben die Leiche in den Sand. Der Anblick der offenen, starren Augen des leblosen Körpers von Fiete Jensen, dem Bürgermeister, gab Matthis den Rest.

„Georg, komm mal her!“, rief er panisch. Georg kam mit einer heiteren Gemütlichkeit angewatschelt und

blickte zur Leiche. „Mei, sauber, das passt mir gut …
mit dem wär i wohl nie mehr auf einen grünen Zweig
gekommen. Schön … darf i ja doch mal etwas Glück
haben.“

„Sag mal, spinnst du? Das war unser Boss! Er hatte
Familie und leitete alle Amtsgeschäfte der Insel und
das schon sehr lange.“

„Ja, aber so beliebt wie alle hier immer tun, war er
dann wohl doch net!“

„Woher willst du das jetzt wissen?“, fragte Matthis
prompt.

„Weil sie ihn plattgemacht haben.“

„Stimmt! … Kommt der Pathologe?“

„Bis jetzt noch nicht.“

„Ach ja, Fähre und so, ne?“

„Vielleicht.“

„Das heißt?“

„I hab den Zuständigen noch nicht gefunden.“

„Und mit wem hast du da hinten telefoniert?“

„Auskunft!“

„Ja, und?“

„Die wussten auch net, wer hier zuständig ist. Die
haben mich an die offizielle Behörde von Norderney
weiterverbunden.“

„Und?“

„Dann kam unser AB!“

Matthis zitterte vor Wut. War dieser Kollege tatsächlich zu gar nichts zu gebrauchen? Matthis schlug ihm
das Handy aus der Hand, um das mit der Pathologie
selbst zu erledigen. Nach zwei kurzen Telefonaten
hatte Matthis den zuständigen Rechtsmediziner
Dr. Hinkelstein gefunden und am Apparat.

Dr. Hinkelstein hatte seine Pathologie sogar im Inselkrankenhaus auf Norderney und machte sich sofort, nachdem er die Spurensicherung für Matthis angerufen hatte, auf den Weg. Somit waren in wenigen Minuten alle Hebel in Bewegung gesetzt.

Während der restlichen Befragung von Olaf Weber sollte Matthis zu keiner neuen Erkenntnis erlangen. Olaf war einfach nur mit dem Hund unterwegs gewesen, als dieser anschlug. Die Dalmatiner-Dame riss sich von der Leine und rannte zu dem Steg. Danach bellte sie wie verrückt. Olaf folgte dem Hund zu dem alten, verlassenen Steg und fand dort die Leiche. Er versuchte, den nicht vorhandenen Puls zu fühlen, und wählte danach den Inselnotruf. Matthis nahm zum Schluss noch die Personalien auf und entließ den Zeugen in die Freiheit.

Das war schon alles eine starke Leistung von ihnen heute, dachte sich Matthis, als sie auf die Verstärkung warteten. Das kann er so nicht weiter akzeptieren und zulassen. Er trug immerhin die Verantwortung für dieses Pilotprojekt. Wenn sich alles, was vorgefallen war, herumsprach, wäre der Ruf der Wache Norderney von Anfang an im Eimer. Ihm blieb eigentlich nichts anderes übrig, als die Notbremse zu ziehen. In diesem Moment erinnerte sich Matthis an seine Trillerpfeife, welche ihm Georg bisher nicht zurückgegeben hatte. „Sag mal, Georg", begann er zögerlich, „wo ist denn eigentlich meine Pfeife?"

Georg saß nicht weit entfernt im Sand und blickte entspannt aufs Meer hinaus. Als er Matthis hörte, zeigte er auf die Leiche und antwortete: „Da musst du wohl den Herrn Bürgermeister fragen."

„Warum das?"

„Er hat die schließlich konfisziert!"

„Wie schafft man denn das bitte?"

„Du hast mi doch zur Verkehrsregelung zum Rathaus rausgeschickt?", sagte Georg.

„Klar, das war vor der Eröffnung des Kindertherapiezentrums, während ich das Meeting mit der Küstenwache hatte. Die Arbeiter vom Bauhof hatten doch nur neue Blumen am Fahrbahnrand eingepflanzt. Ich dachte, das kannst du problemlos meistern. Also, wie schafft man es, dabei Ärger mit dem Bürgermeister zu bekommen?"

„Mei, also das Ganze war so: I sollt den Verkehr regeln, denn die haben am Seitenstreifen gearbeitet, und da sie mit ihrem Fahrzeug, aber auch den Geräten, die halbe Spur der jeweiligen Fahrbahn blockierten, sollt i die Straße einspurig sperren und den Verkehr regeln."

„Und wie kam da der Bürgermeister ins Spiel?"

„Dem war das wohl zu laut!"

„Blumen pflanzen? Nein warte, du hast doch nicht etwa jedes Auto persönlich einzeln durchgewinkt und angepfiffen?"

Von Georg kam keine Reaktion.

„Nein, das hast du nicht gemacht! Wann kam der Chef?"

„Nach etwa zwoa Stund."

„Das ist doch nicht dein Ernst. Du bist da zwei Stunden gestanden und hast gewinkt und gepfiffen! Wo hat man dich bitte ausgebildet?!", Matthis konnte es nicht fassen. Wie konnte ein Mensch nur so unfähig sein?

Es dauerte nicht lange, ehe sich ein großes Aufgebot am verlassenen Strand zu ihnen gesellte. Alles ging seinen geregelten Lauf. Der Rechtsmediziner bestätigte den Tod und leitete den Abtransport der Leiche ein. Zur Todesursache zeigte er den beiden Herren den Einschuss in der Brust und erklärte ihnen, dass ein Treffer des Herzens sehr schnell zum Tod geführt hatte. Alles Weitere, sowie die Kugel, die noch im Herzen stecken musste, da es am Rücken keine Austrittswunde gab, konnten sie in ein paar Tagen aus dem Bericht, welchen er ihnen per Fax zuschicken würde, entnehmen.

Die Spurensicherung konnte nichts Bahnbrechendes am alten Fischersteg entdecken. Der Täter war perfekt organisiert und hinterließ keine Spuren. Die Tat muss gut geplant gewesen sein. Der Mörder hinterließ nicht einmal Fußspuren am Strand. Somit gab es keinen Hinweis, aus welcher Richtung der Täter gekommen und in welche Richtung er verschwunden war.

Während die Leiche abtransportiert wurde und die Spurensicherung mit der Reinigung des Tatortes begann, wandte sich Georg wieder seinem Kollegen zu. „Was machen wir jetzt?“

„Zwei Sachen stehen auf dem Plan. Wo verdammt ist der Caddy? Und lass uns dann mal herausfinden, wo der Bürgermeister wohnt, um die Nachricht der Familie zu überbringen.“

„Dann hätte i zwei Probleme zum Preis von einem im Angebot.“

„Wieso?“, fragte Matthis.

„Der Mafia-Pate, wo ich den Caddy in der Nähe parkte. Das war dann wohl der Bürgermeister. Also waren die beiden Herren, die ich gesucht hatte, bei den Jensens."

„Woher weißt du das jetzt auf einmal?", fragte Matthis erstaunt.

„I konnt heut Nacht nicht schlafen und i bin zu dem Briefkasten gewandert."

„Und warum sagst du das erst jetzt?"

„I kam nicht dazu, weil du mich ja wegen meines Gesichtes ständig zum Arzt schicken wolltest."

„Ach so, jetzt ist das wieder meine Schuld. Na, dann mal los, Plattfuß."

Kapitel 23

Nach einem langen Fußweg bogen die zwei Polizisten vom Strand in das Wohngebiet ein. Matthis stampfte sich den Sand von den Schuhsohlen, als er den Asphalt unter den Füßen spürte. Georg lief, ohne dies zu bemerken, weiter und blieb vor dem Eingangsbereich der Villa stehen. Doch bevor er zur Haustür ging, schaute er sich fragend nach seinem Kollegen um. Dieser hatte ein breites Grinsen im Gesicht, als er die eingedellte Straßenlaterne sah. Sogar ein paar Tropfen eingetrocknetes Blut waren noch auf dem Bürgersteig um die Laterne zu sehen. Matthis konnte es sich deshalb nicht nehmen lassen, folgenden Kommentar abzulassen. „Laterne 1, Kommissar Pampelhuber 0. K. o. in der ersten Runde!"

„Arschloch", erwiderte Georg forsch.

Matthis erreichte mit seinem souveränen Gang zuerst die große, schwere Haupttür der Bürgermeistervilla. Alleine der Anblick konnte schon sehr einschüchternd sein, denn zwei schlanke, weiße Steinsäulen, wie sie am Weißen Haus in Washington verbaut waren, stützten das elegante Steinvordach. Zwei plumpe Steinlöwen in Weiß zierten jeweils eine Seite. Die beiden Löwen lauerten direkt neben den Säulen und ragten mächtig in den Eingangsbereich. Matthis drückte auf die Klingel ... jedoch rührte sich nichts.

„Lass mich mal!", pflaumte Georg seinen Kollegen an.

Dieser verdrehte die Augen und sagte: „Als ob das etwas bringt, Georg."

Doch Georg ließ sich nicht beeinflussen und quetschte sich elegant, oder eher wie ein Elefant im Porzellanladen, an Matthis vorbei und schellte an der Tür.

Die Tür öffnete sich exakt in dem Augenblick, als Georg zurückweichen wollte und sich mit Matthis zwischen den seitlich stehenden Löwen verkeilte.

„Ja, bitte?", fragte eine junge, hübsche Dame mit langen, dunklen Haaren. Sie öffnete sehr zurückhaltend und vorsichtig die Tür. Als sie den prachtvollen Lockenkopf des kräftigen Polizisten erkannte, öffnete sie die Tür mit einem freundlichen Lächeln in ihrem zuckersüßen Gesicht. „Ich hätte nicht gedacht, Sie jemals wiederzusehen, so schnell wie Sie am Strand verschwunden waren, ohne meine Personalien überhaupt aufzunehmen. Gibt es Neuigkeiten wegen des gestohlenen Handys?"

Georgs Blick verriet ihn auf der Stelle. Da er in dieser Angelegenheit kein Potenzial sah, um sich für eine Rückkehr nach Bayern zu empfehlen, hatte er diesen Fall komplett vergessen.

Matthis hatte dem Diebstahl ebenfalls keinerlei Beachtung geschenkt, da er meinte, Georg hätte sich diese Geschichte als faule Ausrede ausgedacht. So versuchte Matthis, die Situation professionell herunterzuspielen. So professionell, wie man eben wirkte, wenn man den Kollegen gerade zur Seite drücken musste, um sich aus einer Verknotung zu befreien.

Ein wenig später nahmen die drei im Esszimmer an einer langen Tafel Platz. Der große Tisch in dem kühl eingerichteten Raum umfasste insgesamt zehn Stühle. Man hätte die Mäuse husten hören können, keiner sprach auch nur ein Wort.

Matthis und Georg hätten sich natürlich vorher absprechen können, taten es aber nicht. Irgendwann brach Matthis die Stille. „Wir sind leider nicht wegen des Handys gekommen. Wir müssen ihnen eine traurige Mitteilung überbringen. Ihr Partner wurde heute Morgen tot am Strand aufgefunden." Die junge Dame verzog sofort das Gesicht, sie wirkte geschockt und konnte ihre Emotionen nicht mehr verbergen. Sie brach in Tränen aus. Diese liefen ihr aber nicht nur aus Trauer über die Wangen. Sie kämpfte ebenfalls mit aufkommender Wut. Sie schämte sich so für den Verlust ihres Handys. Wenn sie es nicht verloren hätte, hätte sie vorher, wie jeden Tag, mit ihrem Lebenspartner telefonieren können. In ihrer puren Verzweiflung fragte sie die Polizisten, wo man die Leiche gefunden hatte.

„Am Strand im Joggingoutfit", offenbarte ihr der schlanke, kompetenter wirkende Herr. Doch der jungen Dame kamen Zweifel. „So etwas hat er doch noch nie gemacht."

Danach griff die junge Dame in ihre Schürze und zog ein Taschentuch hervor. Sie schnäuzte tief hinein, bevor sie nach dem Wie fragte.

„Erschossen", antwortete der schlanke Herr. Er versuchte, einfühlsam bei seinen Antworten zu sein, doch das gelang ihm überhaupt nicht. Georg schien in eine andere Welt abgetaucht zu sein.

„Aber wer macht denn so was?", fragte die junge
Dame. Georg zuckte zusammen, als hätte er seinen
Einsatz verpasst. Schlagartig setzte er sich auf. Er präsentierte seine breiten Schultern und sagte: „Das find
i, Kommissar Dimpel ... ahh Pampelhuber für Sie heraus, Frau Jensen, auf mich können Sie sich verlassen."

„Frau Jensen? Ich bin Irina Barisic, das Au-pair-
Mädchen, also geht es Andrej gut?"

„Andrej?", kam es sichtlich verwirrt in Stereo von
unseren Superspürnasen heraus.

Frau Jensen hatte einen komischen Tag. Erst hatte
ihr Mann sie und die Kinder nicht geweckt, wie sonst
doch so zuverlässig jeden Morgen. Daher hatte heute
ein unglaublicher Stress in der Villa geherrscht. Alle
waren viel zu spät aufgestanden. Für ein kleines, ge-
sundes Frühstück hatte niemand mehr Zeit gehabt.
Karla Jensen wunderte sich, dass es keine Nachricht
von ihrem Mann gab. Auf dem Handy war er nicht
erreichbar. Selbst im Rathaus war Fiete bislang nicht
erschienen. Karla war es einfach mulmig zumute.
Zum Glück sollte endlich die Mittagspause in ihrem
veganen Feinkostladen anbrechen. Endlich konnte sie
in Ruhe nach ihrem Mann suchen. Sie schloss den
Laden und fuhr nach Hause. Vielleicht ging es ihrem
Mann nicht gut und er lag einfach zu Hause im Bett
und schlief, dachte sie voller Sorge. Aber wieder fragte
sie sich, warum er dann nicht einfach mal kurz Bescheid geben konnte. Das war einfach nicht seine Art.

Endlich zu Hause angekommen, schloss sie mit
feuchten zittrigen Händen die Haustür auf. Sie hatte
noch nicht beide Füße im Flur, als sie eine fremde

Herrenstimme aus dem Esszimmer hörte. „Also ist der Tote ihr Chef?"

„Ja", bestätigte Irina erleichtert die Aussage, während Karla vor Schock im Eingangsbereich in sich zusammensackte. Georg erschrak von dem Gepolter und machte sich sofort auf den Weg zur Eingangstür. „Na klasse, Matthis, erst über hundert Jahre nichts und dann gleich zwei Tote an einem Tag."

Matthis stürmte aus dem Esszimmer. „Die ist nicht tot, die ist ohnmächtig, wahrscheinlich der Kreislauf nach einem Schock."

„Aha, und woher willst du das wissen?", versuchte Georg ihm das Wasser abzugraben.

„Ich war auf der Polizeischule, warst du da nicht? Aber außerdem ist mein Bruder Hausarzt, da bekommt man so manches mit."

„Oh, so was lernt man da?"

„Warst du da nicht, oder was?"

„Doch, doch ... manchmal schon ... aber eher mehr physisch als psychisch!"

„Das erlebe ich jeden Tag mit dir, reiß dich jetzt mal zusammen!"

„Hey! Du bist auch nicht viel besser!"

Doch bevor die Situation sich weiter anspannen konnte, kam Karla mit einem leichten Murren zu sich. „Was ist mit meinem Mann?", murmelte sie hörbar geschwächt.

„Ham se plattgemacht!", antwortete Georg, immer noch gereizt von seinem Kollegen.

Matthis konnte nicht glauben, was er gerade erlebte. Kaum war Frau Jensen wieder bei Bewusstsein, hatte

Georg sie in Windeseile mit vier Wörtern erneut ausgeknockt.

Beim nächsten Erwachen sollte jedoch Matthis das
Wort behalten. Langsam kam Frau Jensen wieder in
den Besitz ihres Bewusstseins. Matthis hatte Georg
währenddessen beauftragt, ein Glas Wasser aus der
Küche zu holen. Ein großer Fehler, wie sich nun her-
ausstellen sollte. Er hatte gerade Frau Jensen auf dem
Boden aufgesetzt, als Georg aus der Küche schoss. Er
blieb an der Kante des Läufers im Flur hängen. Ein
holpernder Ausfallschritt war das Ergebnis, und der
Grund, weshalb er den kompletten Inhalt des Glases in
Frau Jensens Gesicht ergoss. So vieles hätte er treffen
können, teure Bilder, Kunstwerke, Taschen, Schuhe,
Jacken, aber nein, es musste natürlich mittig ins Gesicht der armen Dame einschlagen. Wie entwürdi-
gend. Gerade als sie in das immer noch gut ange-
schwollene Gesicht des Elefantenmenschen blickte.

„Oh Herr, warum hab ich keinen Dackel als Partner
bekommen?", fluchte Matthis. „Einfach nur einen
verdammten Dackel!"

Georg spürte mittlerweile selbst, dass er heute wohl
wieder einen seiner legendären Paradetage hatte. Gerade an solchen Tagen, wenn es lief, sollte er einen
Bock nach dem anderen schießen. Gegen diesen Fluch
kämpfte er schon seit dem Kindergarten an. Genau
diese Erkenntnis spiegelte sich in seinen Gesichtszü-
gen wider.

„Ich weiß nicht, wer das war!", sagte Karla ein wenig
später von ihrem Platz an der Tafel. „Das war aber
wirklich sehr merkwürdig. Diese zwei großen Herren

kamen unangemeldet, ohne zu klingeln, durch die angelehnte Haustür. Sie liefen einfach rein, als würden sie sich in der Villa auskennen, und passten meinen Mann im Wohnzimmer ab. Ich konnte von draußen nur Bruchstücke der Unterhaltung verstehen. Ich bin dann ins Obergeschoss. Ich wollte Irina fragen, ob sie die Besucher hier schon mal gesehen hatte. Aber vorher schaute ich noch aus dem Fenster im Obergeschoss. Ich dachte, mir vielleicht waren die Herren ja mit einem Firmenwagen gekommen. Aber das Fahrzeug, ein protziger großer, dunkler Benz, den hab ich vorher noch nie gesehen. Dann wurde mir das alles immer suspekter, als ich so einen komischen Mann draußen auf der Straße entdeckte. Er beobachtete eindeutig unser Grundstück. Erst stand er gegenüber auf dem Bürgersteig, gebückt zwischen den parkenden Autos. Dann ist er durch die engste Lücke herumgestolpert, legte sich bäuchlings auf die Straße und robbte sich auf die andere Straßenseite. Dann steckte er seinen Kopf in unsere Hecke, bis er wie vom Blitz getroffen den Kopf herauszog und gegen die Laterne rannte. Erst ging er wie erschlagen zu Boden, dann stand er jedoch auf und rannte wie ein Bekloppter zum Strand runter, dabei schaute er permanent wie ein Paranoider zu unserem Haus zurück.“

„Das war dann wohl der Herr Kommissar!“, sagte Matthis abwertend.

„Jetzt macht das verschobene Gesicht auch Sinn ... Hat er nicht auch mein Buffet ...?“

„Jap, das war er auch.“

„Dann sind Sie ...?“

„Richtig“, unterbrach Matthis, „die ärmste Sau von Norderney.“

„Mein Beileid.“

„Ebenfalls, Frau Jensen.“

„Danke, wo haben Sie den Kollegen jetzt eigentlich hingeschickt?“

„Der feine Herr Kommissar hat das Auto verlegt, oder besser gesagt, nach der Laterne vergessen, dass es existiert.“

„Das wundert mich nicht, bei dem Einschlag! Die Laterne hat gute zehn Minuten gewackelt, und nachts blinkt sie jetzt, als hätten wir eine Disco vor dem Haus.“

„Gut, das erklärt ein paar Sachen, aber da muss es früher schon mehr Treffer gegeben haben ... Aber ich bin ja leider nicht wegen der Laterne hier. Wissen Sie, an was für einem Projekt Ihr Mann aktuell arbeitet?“

„Nein, er trennt Privates strikt von Beruflichem ... Ich hab nur mitbekommen, dass es wohl einen Streit zwischen Freddy und ihm gegeben hat. Er war sehr laut, als sie vorgestern das letzte Mal telefonierten. Dabei ging es wohl um einen Namen auf einem Kaufvertrag, aber mehr habe ich nicht verstanden.“

„Ok schade! Mit Freddy meinen Sie seinen Vertreter?“

„Oh, ja, Entschuldigung, er heißt Freddy Bartsch.“

„Wie ging das dann eigentlich nach der Flucht meines Kollegen hier weiter?“

„Ich fragte Irina, ob sie die beiden Herren schon mal in unserem Haus gesehen hätte. Doch sie verneinte meine Frage. Dann bin ich die Treppe wieder runter und hörte Fiete schreien, dass sie verschwinden sollen. Dann zogen die Herren auch schon ab."

„Haben Sie Ihren Mann gefragt, wer das war?"

„Ja natürlich. Aber Fiete winkte ab und sagte seinen Standardspruch: Feierabend ist Feierabend."

„Kennen Sie einen Olaf Weber?"

„Ja, flüchtig. Warum?"

„Er hat die Leiche gefunden und uns alarmiert."

„Das wundert mich nicht, der wohnt ja nur ein paar Häuser weiter und läuft wirklich sehr viel mit seinem Hund."

„Dann war es das erst mal, Frau Jensen, vielen Dank für die ehrlichen Antworten." Matthis erhob sich von seinem Platz, doch bevor er ging, wandte er sich erneut Karla zu. „Haben Sie von Ihrem Au-pair-Mädchen etwas wegen eines gestohlenen Handys mitbekommen?"

Karla wirkte überrascht und verneinte.

Im Flur der Villa stand Irina und wartete auf Matthis. „Haben Sie einen Moment?", fragte sie zögerlich, fast schon peinlich berührt. Matthis nickte freundlich und blieb bei ihr stehen. „Werden Sie bezüglich meines gestohlenen Handys ermitteln?", fragte sie.

„Ich muss ganz ehrlich sein", sagte Matthis. „Der Mordfall hat nun oberste Priorität. Aber sollten wir freie Kapazitäten haben, werden wir uns gerne dieser Angelegenheit widmen. Bei einem Handydiebstahl wird es schwer. Geben Sie mir trotzdem einmal Ihre Handynummer, vielleicht lässt sich das Gerät orten. Machen Sie sich aber nicht zu viele Hoffnungen."

Irina nickte traurig und überreichte Matthis einen geschriebenen Zettel. Auf dem Zettel fand er nicht nur ihre Nummer, sondern auch das Handymodell.

Matthis verabschiedete sich. Als er einen Fuß vor die Tür setzte, drehte er sich um und suchte mit seinem Blick die Hausherrin. „Wenn Sie Hilfe brauchen, melden Sie sich einfach. Wegen der Bestattung bekommen Sie von der Staatsanwaltschaft Bescheid, sobald der Leichnam von der Pathologie freigegeben wird."

Georg hatte in dieser Zeit den Caddy geholt und parkte an jener Stelle, an der einst der dunkle Benz gestanden hatte. Wer weiß, was in seinem Kopf umherging, wer weiß, was er signalisieren wollte, als er Irina und Frau Jensen an der Türschwelle sah? Auf jeden Fall lief Matthis gerade in seine Richtung, als der Caddy einen Schuss nach vorn machte und gegen die Laterne knallte.

„Sauber, Herr Kollege, 1-1, der Ausgleich in der Nachspielzeit. War das jetzt die Rache, oder was?"

„Scheiße, i wollt doch nur den Motor etwas aufheulen lassen!"

„Na, herzlichen Glückwunsch, und das bei einem E-Caddy!"

„Oh!", stöhnte der überforderte Kommissar auf.

Kapitel 24

Wache Norderney

„Wie geht es jetzt weiter?", fragte Georg, kaum nachdem sie zurück im Revier waren.

„Ich mache jetzt mal eine Telefonrunde", sagte Matthis. „Ich lade Freddy Bartsch sowie die Sekretärin vom Bürgermeister vor und rufe alle aus dem Stadtrat an, um sie über den Todesfall zu informieren. Und du nimmst augenblicklich die Füße vom Schreibtisch und schaust nicht ständig so verträumt das Bild von dieser Comicfigur an ... Du machst mich wahnsinnig."

Georg leistete keinen Widerstand und gehorchte ihm aufs Wort. Jedoch witterte er nun seine Chance. Während Matthis telefonierte, verabschiedete er sich mit den Worten, i bin mal auf dem Klo. Vorsichtig schlich er sich anschließend von seinem Schreibtisch zum Pausenraum. Er schaute noch einmal kurz um die Ecke, zurück zu Matthis. Die Luft war rein, Matthis telefonierte gerade. So nutzte der Kommissar die Gelegenheit und verschwand durch die Seitentür, unter das Vordach zu dem Dixiklo. Er öffnete die Plastiktür und schlug sie beherzt wieder zu. Er betrat jedoch nicht das Klohäuschen, sondern glitt sanft auf seinen Zehenspitzen in den Hof zu dem Caddy. Behutsam setzte er sich auf das ramponierte Gefährt.

Mit einem großen Ruck und einem fürchterlichen Schnalzlaut startete der Kommissar den Wagen.

Matthis traute seinen Augen nicht. Kurz nach einem fürchterlichen Schnalzlaut brach die Telefonverbindung ab. Er bemerkte sofort, dass nicht nur das Telefon von dieser Störung betroffen war, sondern dass die ganze Wache augenblicklich dunkel und ohne Strom war. Als Nächstes durfte er beobachten, wie der große Kommissar mit dem Caddy an der großen Fensterfront der Wache vorbeifuhr. Es hätte nur noch gefehlt, dass der Kommissar winkte.

Georg war so in Gedanken, dass er die komplette Fahrt über nicht bemerkte, dass er die nagelneue Wallbox Funken sprühend über den Asphalt hinter sich herzog.

Selbst die hupenden Autos hinter ihm brachten ihn nicht aus der Ruhe. Gedankenverloren hielt er den Caddy vor dem Rathaus.

Selbstsicher betrat Georg das Vorzimmer von Herrn Jensen. Seine Sekretärin musste gerade mit Matthis telefoniert haben, denn sie weinte um ihren Chef und blickte dabei schon fast apathisch hinter ihrem Bildschirm hervor.

Jackpot, dachte sich Georg, bevor er sich der Dame vorstellte. Dieses Vorgehen war vielleicht etwas pietätlos, vielleicht auch sehr dreist, aber Georg wusste, dass diese Mission nur heute klappen konnte.

„Guten Tag, ich soll die beschlagnahmten Waffen von Herrn Pampelhuber abholen. Herr Jüllich hat mich sicherlich bereits vorab telefonisch angekündigt." Es verstand kein Mensch, warum der Kommissar seine Stimme verstellte. Er hatte Frau Brunner bisher weder gesehen, noch gesprochen. Aber was soll's? Einen Georg Pampelhuber können eben nicht viele Menschen verstehen.

Die Sekretärin starrte den für sie fremden Herren an. „Was? Oh nein, das hat Herr Jüllich wohl am Telefon vergessen zu sagen. Warten Sie, ich lasse Sie ins Büro."

„Vielen Dank! Wissen Sie, wo alles eingelagert ist?"

„Ja klar, in der untersten Schublade am Schreibtisch! Stellen Sie sich einmal vor, selbst eine Pfeife musste der Bürgermeister diesem grausamen Menschen abnehmen."

„Das kann ich so nicht beurteilen", sagte Georg, hätte sich jedoch beinahe verschluckt. Während er alle seine konfiszierten Gegenstände aus dem Fach holte, bemerkte er ein zerknittertes Dokument. Vorsichtig friemelte er es heraus. Sein Blick fiel auf die Überschrift. Es war wohl irgendein Standartformular, aber so geschunden wie es war, musste es wohl einen emotionalen Wert für den Verstorbenen gehabt haben. Georg entschied, das Dokument ebenfalls zu entwenden und steckte es blitzschnell in seine Hosentasche.

„Sind Sie der Nachfolger?", fragte die Dame. Georg spielte perfekt mit. „Ja, man hat mich als Hilfe geschickt, ich bin zwar wegen des Gesichts noch krankgeschrieben ..."

„Aber immer noch fähiger als dieser Tölpel!", unterbrach Frau Brunner den Kommissar. Beide lachten für einen kurzen Augenblick.

„Darf ich fragen, was mit Ihrem Gesicht passierte, Herr ...?"

„Dimpelmoser. Das ist zwar geheim“, Georg hielt sich die Hand vor dem Mund und beugte sich zu Frau Brunner, als wäre er ein Fußballspieler und flüsterte dabei, „aber das war die Mafia!“

„HIER, auf der Insel?“, schreckte Frau Brunner auf.

„Psst, nicht so laut, das ist alles strenggeheim.“

„Ja, das kann ich verstehen. Dann gutes Gelingen, Herr Dimpelmoser!“

„Dankeschön!“

Das war mal tatsächlich einfach gewesen. Fast schon zu einfach, da war es wesentlich schwerer, einem kleinen Kind ein Lolli zu stibitzen.

Top ausgestattet und mit einem erleichterten Grinsen im Gesicht fuhr der Kommissar wie ein Verwirrter aus der Irrenanstalt zurück zur Wache.

Mit einem lauten Poltern fuhr er wieder an dem Fenster vorbei. Er parkte den Caddy, schlich zum Dixiklo, öffnete die Tür, stöhnte erleichtert auf, haute die Tür wieder zu und ging denselben Weg zurück zum Schreibtisch.

Matthis erwartete ihn bereits. „Na, haben wir einen guten Stuhlgang gehabt?“

„Mei, i kann nicht klagen, danke der Nachfrage, und du?“, antwortete Georg leicht verunsichert. Matthis war in jenem Moment furchtbar freundlich und zuvorkommend ihm gegenüber. So etwas hatte er von seinem Revierleiter bisher nicht erlebt.

„Ich nicht“, antwortete Matthis freundlich mit einem breiten Lächeln zwischen den Wangen. „Es war ja schon eine ganze Weile besetzt“, ergänzte der Revierleiter.

„Vielleicht sollten wir noch ein zweites Klo beantragen", schlug Georg vor. Doch die Stimmung, die ihm sein Revierleiter entgegenbrachte, kippte schlagartig. „Denkst du, ich bin blöd?", schrie Matthis ihn an.

Georg verstand nicht, sein Plan war doch perfekt gewesen. Gut, vielleicht etwas zu spontan, aber dafür in der Umsetzung dann doch perfekt durchgezogen. Deshalb war sich Georg keiner Schuld bewusst. „Nein, warum sollte i denken, dass du blöd bist, Herr Revierleiter Jüllich?"

„Hör gut zu, Georg. Die haben da was erfunden", Georg lauschte gespannt den Worten, „das nennt man Fenster. Weißt du, da kann man rausschauen und mir haben sie gleich drei dagelassen, hier sehe ich von meinem Platz das Dixiklo, und an den Fenstern bist du zweimal vorbeigefahren."

„MIST!", kommentierte Georg.

„Ja Mist! Ist dir am Caddy was aufgefallen? Ist er gesaust, elegant und lautlos wie immer?"

„Jetzt wo du es sagst, was war das?"

„Die neue Wallbox! Ich freu mich schon auf den Anruf beim Polizeipräsidenten später. Wenn ich erklären darf, weshalb eine nagelneue Wallbox von dem edlen Kommissar Pampelhuber gnadenlos aus der Wand gerissen wurde und weshalb die Wache Norderney keinen Strom mehr hat."

„Oh", stöhnte Georg auf.

„Das war ein bisschen viel *Oh* für einen Tag, meinst du nicht auch? Mir reicht das für heute, mach das du heimkommst, ich weiß nicht, ob das mit dir hier weiter Sinn macht."

„Aber Matthis!"

„Nenn mich nicht ständig Matthis! Ich glaube, allein bin ich viel besser dran, MACH UND VERSCHWIND!"

„Echt?", fragte Georg kleinlaut, bevor sich Matthis Stimme regelrecht in die Höhe überschlug: „RAUS!"

Kapitel 25

Wache Norderney

Matthis begutachtete, nachdem Georg die Wache verlassen hatte und abgezogen war, das Scherbenmeer, welches ihm in der Einfahrt hinterlassen worden war. Das konnte doch alles nicht möglich sein, dachte er sich. Wie konnte ein Mensch in so einer kurzen Zeit so viel Schaden anrichten? Es ging ja nicht nur um die Sachschäden. Der viel größere war der Imageschaden, den er diesem Projekt bereits beschert hatte.

Nachdem Matthis den Hof gefegt und alle Splitter und Scherben beseitig hatte, setzte er sich unter das lange Vordach und schaute nachdenklich in die Ferne.

Matthis brauchte etwas Zeit, um nachzudenken. Als er zu einem Ergebnis kam, war es ihm egal, dass die Sonne bereits im Meer versank und er eigentlich schon längst Feierabend hatte. Er betrat die dunkle Wache. Vorsichtig tappte er sich zu seinem Schreibtisch. Er holte seine Taschenlampe aus der Schublade und suchte nach einem Sicherungskasten in der kleinen Hütte.

Tatsächlich war durch Georgs Zwischenfall nur die Sicherung herausgesprungen und Matthis konnte die Polizeiwache wieder mit Strom versorgen.

Nachdem alle Geräte hochgefahren waren, setzte Matthis seine Entscheidung in die Tat um.

Kapitel 26

Am nächsten Morgen in der WG

Eine warme Sommernacht neigte sich dem Ende zu. Georg öffnete verträumt seine klebrigen Augen. Sein Gesicht sah immer noch nicht besser aus, wenn auch die Schwellung im Gesicht minimal zurückging.

In aller Seelenruhe bereitete Georg sich auf den bevorstehenden Tag vor. Doch was stand heute eigentlich an? Wenn er doch am Morgen nicht immer so planlos wäre, ärgerte er sich beim Frühstück. Vielleicht sollte er damit anfangen, sich abends Notizen zu machen, oder halt eben Matthis fragen. Ohje, Matthis. Da hatte er gestern ganz schön was losgetreten. Als er das letzte Mal eine Wache im Vollsprint hatte verlassen müssen, war er zwangsversetzt worden. Das gestern war also nicht gerade gut gewesen. Vor allem könnte dies seine ganzen Planungen zunichtemachen.

Matthis war gestern Abend so sauer gewesen, dass er ihm in der WG komplett aus dem Weg ging. Georg bekam keine Chance sich zu rechtfertigen oder zu entschuldigen. Selbst heute Morgen machte sich Matthis rar. Als Georg das bemerkte, entdeckte er, dass er schon viel zu spät dran war und die Wache bereits geöffnet sein sollte.

Als er feststellte, dass Matthis nicht mehr zu Hause war, machte sich der Kommissar gemütlich auf den Weg zur Wache.

Auch wenn Georg heute spät dran war, an seinem Gang merkte man dies nicht. Das war eine schlechte Angewohnheit, die er schon von klein auf mit sich führte. Er sagte sich nämlich schon als Kind, zu spät war zu spät. Wenn ich renne wie ein Bekloppter und zehn Minuten zu spät war, bekam ich Ärger, wenn ich alles gemütlich vollende und dreißig Minuten zu spät kam, bekam ich Ärger. Also warum beeilen, wenn es ohnehin einen Einlauf gab?

Als Georg die Wache betrat, würdigte Matthis ihn keines Blickes. Georg nahm an seinem Schreibtisch Platz und schaute bedröppelt zu seinem Vorgesetzten.

„Herr Revierleiter Jüllich, i glaub i muss mi entschuldigen.“

Matthis würdigte den Worten keine Aufmerksamkeit.

„Hallo, Herr Revierleiter, es tut mir leid!“, legte Georg lauter nach. „Sag mal, redest du jetzt nicht mehr mit mir?“

Doch Matthis reagierte kühl und abweisend, ohne seinen Kopf auch nur einen Millimeter in Georgs Richtung zu drehen. „Ich habe meine Konsequenzen gezogen. Du brauchst hier nicht einen auf räudigen Köter zu machen. Wir können uns über den Fall austauschen, aber privat brauche ich mich mit dir nicht mehr zu unterhalten.“

Rums, das saß. Diese Worte musste Georg erst einmal verdauen. Doch nach ein paar Minuten des Schweigens weihte Matthis ihn in seinen aktuellen

Gedankengang ein. „Ich suche immer noch nach dem Motiv für die Tat. Eine Kugel ins Herz, die feuert nicht jeder so präzise ab. Das wurde bestimmt von langer Hand so geplant. Aber warum? Welche Symbolik verband der Täter damit?“

Soweit hatte unser bayrischer Starermittler, also der mit den guten Ermittlergenen, noch gar nicht gedacht. Dennoch wollte er sich dies nicht anmerken lassen, und so flunkerte er: „Das hab i mir auch schon gedacht. Vielleicht handelt es sich um eine verlorene Liebe?“

„Weiß nicht. Ich kann mir nicht vorstellen, dass seine Frau mit der Tat in Verbindung steht. Ihr Schock kam für meine Augen nicht gespielt rüber. Und das Au-pair-Mädchen, hast du gesehen, wie erleichtert sie war, als es sich herausstellte, dass es sich bei dem Toten nicht um ihren Freund, sondern um ihren Chef handelte?“

„Aber was wenn es noch eine Dame in seinem Leben gab? Eine mit gebrochenem Herzen?“, fragte Georg.

„Das wäre möglich, aber wir dürfen uns nicht auf eine Affäre versteifen. Denn das mit dem Herzschuss könnte auch dich verdächtig machen.“

„Bitte!?“, stöhnte Georg auf.

„Die Versetzung nach Norderney brach dir das Herz, du musstest dein geliebtes Bayern verlassen. Du möchtest um alles in der Welt so schnell wie möglich zurück, aber dank deiner Verfehlungen, gerade die dem Bürgermeister gegenüber, welcher dein oberster Vorgesetzter war, wird das verdammt schwer. Ich will sogar sagen, unmöglich … Aber dagegen spricht, dass der tödliche Schuss kurz vor sechs Uhr morgens abgegeben worden ist. Um so eine Uhrzeit zersägt der feine Herr Kommissar noch bei uns in der WG Bäume. Es spricht ebenfalls dagegen, dass du zu dem Zeitpunkt keine Pistole hattest. Aber siehst du, auch so etwas könnte zu der Symbolik passen."

„Wow, du hast mi grad ganz schön geschockt", offenbarte Georg. „I hatte schon Angst, dass du mi gleich wegen Mordes in die kleine Zelle im Pausenraum sperrst."

„Nein, noch nicht."

„Bitte was?"

„Du musst dich jetzt wirklich mal zusammenreißen. Ich wollte das zwar nicht mehr ansprechen, aber so geht es halt nicht weiter. Irgendwann kann durch deine Fehler auch mal jemand ernsthaft zu Schaden kommen. Sollte das eintreffen, musst du mit den Konsequenzen klarkommen. Mehr sage ich zu dem Thema nicht."

Georg nahm die Worte auf, versuchte jedoch das Gespräch wieder von sich wegzulenken. „Denkst du, das gestohlene Handy könnte in Verbindung mit dem Mord stehen?"

„Das kann ich mir nicht vorstellen. Warum sollte er erschossen werden, nur weil das Handy von seinem Au-pair-Mädchen gestohlen worden ist?"

„Vielleicht war da was drauf. Vielleicht irgendein Beweis, was in den Dünen vor sich geht."

„Mensch, das hab ich bisher nicht in Betracht gezogen. Als Au-pair bist du ja meistens zu Hause. Da bekommt man was mit. Und war sie nicht sogar auf der Demo? Warte mal kurz!" Matthis wühlte prompt seine Posteingangsfächer neben dem Schreibtisch durch.

Als er unten ankam, schaute er irritiert und begann wieder, alle Dokumente von oben zu durchsuchen. Es dauerte einen kleinen Moment, ehe er einen verknitterten Zettel herausfischte. „Den hatte mir Irina mitgegeben.“

„Was, sie hat dir sofort ihre Nummer gegeben?“, sagte Georg erstaunt. „Respekt, i dacht net, dass du so an Frauenheld bist.“

„Das ist die Nummer von dem gestohlenen Handy, du Vogel. Damit kann man das orten.“

„Ach so.“ Georg wirkte erleichtert.

„Mir geht es aber gerade nicht ums Orten, mich interessiert der Wert von dem Gerät. Sie hat nämlich auch das Modell dazugeschrieben. Dann schauen wir mal, was das Internet zu dem Modell sagt.“ Matthis tippte kurz auf der Tastatur herum. Ein paar Klicks später lachte er auf. „Du könntest rechthaben, Georg, das Telefon ist ein altes Model, das bekommst du gebraucht schon für unter fünfzig Euro nachgeschmissen. Also könnten die Daten, die sich darauf befinden, wesentlich wertvoller sein. Dann werde ich nun eine Ortung in Auftrag geben.“

„Aber Moment“, widersprach Georg, „ergibt das Sinn? Das Handy ist ja vor dem Mord entwendet worden.“

„Deswegen könnte ja irgendetwas Belastendes drauf sein, welches uns das Motiv näherbringt.“

Während Georg versuchte, seine Gedanken zu sortieren, klopfte es an der Tür der Wache. Matthis blickte zur Uhr. „Das ist Freddy Bartsch, den habe ich für heute vorgeladen. Ich leite die Befragung. Und du hältst dich zurück, ist das klar?“

Georg nickte, während Matthis zur Tür ging, um den Stadtratsvorsitzenden hineinzubitten.

Kapitel 27

Gemeinsam gingen die Herren in die kleine Verhör-ecke. An dem rechteckigen Tisch ließ Matthis Herrn Bartsch an der hinteren Stirnseite des rechteckigen Tisches Platz nehmen. Aus psychologischer Sicht war dieser Platz am besten geeignet. So hatte es zumindest Matthis am Anfang, als sie die Wache einrichteten, erklärt. Tatsächlich gab dieser Platz hinten in der Ecke einem ein beengtes Gefühl. Vor allem, wenn an der Längsseite des Tisches rechts und links ein Polizist seinen Platz fand, erschien jeder Fluchtversuch un-möglich.

„Erst einmal möchten wir Ihnen unser aufrichtiges Beileid aussprechen", begann Matthis das Gespräch. Georg nickte wohlwollend.

„Einfach nur grausam, was passiert ist. Es tut mir so leid, vor allem die beiden Kleinen, Lucy-Lou und Tim, wissen Sie. Es ist einfach eine Tragödie, wenn Kinder so jung und dann noch auf diese Weise ihren Vater verlieren."

„Können Sie sich jemanden vorstellen, der zu so et-was in der Lage wäre?", fragte Matthis.

„Nein ... warum auch? Fiete war überall beliebt, es gab mit niemandem auch nur irgendein Problem." Freddy wirkte aalglatt, sogar etwas schmierig, mit seinen glänzenden, gegelten, dunklen Haaren. Georg musterte ihn wie ein Profiler, der auf ein verdächtiges Nervenzucken wartete. Dabei kam er dem schlanken Herrn mit seinem Gesicht immer näher.

„Und hier stimmt etwas nicht, Herr Bartsch", widersprach ihm Matthis. „Laut Frau Jensen hatten Sie einen Streit mit dem Bürgermeister."

„Nein, das ist Quatsch …"

„Das sehe ich nicht so. Wir haben eine Demo wegen der Sperrung der Dünen gesehen, als wir hier ankamen. Niemand konnte uns bis jetzt einen plausiblen Grund nennen. Aber immer taucht Ihr Name dabei auf. Selbst uns gegenüber sagte Herr Jensen, dass er diese Angelegenheit mit Ihnen klären muss."

Freddy wurde immer nervöser. Er rieb sich die Hände an seiner Stoffhose ab und dabei blickte er zu Georg dann wieder zu Matthis, ehe er „Davon weiß ich nichts!" von sich gab.

„Glaube ich nicht", sagte Matthis energisch, „laut Frau Jensen war das letzte Telefonat, das er mit ihnen führte, etwas lauter geworden. Also, was wird hier gespielt?"

„Hier wird nichts gespielt!", bockte der schmierige Herr.

„Warum wurde das letzte Telefonat dann laut?"

„Ach das! … Da war ich unterwegs und hatte sehr schlechten Empfang. Fiete musste fast schreien, damit ich ihn hören konnte. Das Telefonat war aber privat."

„Wissen Sie etwas von den zwei Herren, gekleidet wie das FBI, die den Bürgermeister zu Hause besucht haben?"

„Nein, das höre ich zum ersten Mal. Sowas hätte er mir, seinem Stellvertreter, sicherlich anvertraut."

„Werden Sie nun das Bürgermeisteramt und alle offiziellen Amtsgeschäfte leiten?"

„Ja. Da im Herbst der Wahlkampf beginnt, werde ich
so lange in seinem Willen seine Arbeit fortsetzen."

„Wissen Sie etwas von einem gestohlenen Handy
von Irina, dem Au-pair-Mädchen des Bürgermeisters?"

„Nein ... Oje die Arme, dann kann sie wohl nicht
mehr wie sonst achtmal täglich nach Hause telefonieren. Gerade die langen Nummern fürs Ausland weiß
man heutzutage nicht mehr auswendig."

„Noch einmal zu den Dünen. Warum wurde über
Nacht ein kilometerweites Gebiet eingezäunt?"

„Okay, okay, Sie lassen mir sonst ohnehin keine Ruhe. Bei dieser Aktion handelt es sich um eine Naturschutzmaßnahme. Mehr werde ich dazu nicht sagen."

„Das nehme ich Ihnen so nicht ab. Was kostet so eine
Maßnahme? So ein Riesenzaun? Mein Kollege hat ein
Tor gesehen, welches sich automatisch öffnete, und
ein Militärtruck verließ das Gebiet. Also, wer soll so
einen Zaun finanzieren, ohne eine Gegenleistung zu
erhalten?"

Freddy verschränkte die Arme und schmetterte die
Worte mit Folgendem ab: „Sie haben eine blühende
Fantasie."

„Sie bekommen von uns in dieser Angelegenheit
keine Ruhe mehr", drohte Matthis energisch.

„Ich bin jetzt Euer Vorgesetzter. Ich verbiete euch, in
dieser Angelegenheit weiter zu ermitteln. Es handelt
sich um ein Naturschutzprojekt. Fertig! Mehr habt ihr
nicht zu wissen. Falls ihr den Befehl missachtet, werde
ich dieses Pilotprojekt der Polizeiwache persönlich
beenden." Freddy zeigte auf Georg. „Ich habe von aus

reichend Fehltritten gehört, um euch von der Insel zu verjagen. Ist das klar, meine Herren?"

„Gut …", sagte Matthis. Er schaute zu Georg und fragte: „Hast du noch etwas?"

Georg zuckte zusammen, beugte sich zurück und schaute zu Matthis. Er forderte ihn auf: „Komm mal mit!"

Die beiden gingen für einen kurzen Augenblick aus dem Raum. „I bin mir sicher, Matthis. Der lügt wie gedruckt!"

„Ja Georg, ich weiß, aber lass ihn uns in flagranti erwischen, das spart Kraft und schafft Beweise", flüsterte er ihm zu. Georg bestätigte dies.

Beide kamen somit entschlossen in den kleinen Verhörraum zurück. „Das war es dann, Herr Bartsch", sagte Matthis. „Vielen Dank für das nette Gespräch."

Der Stuhl knarzte, als Freddy nach hinten rutschte, um aufzustehen. „Ach Moment, wo waren Sie eigentlich gestern zwischen 5:30 Uhr und 6:00 Uhr?", hakte Matthis nach.

„Im Bett. Falls Sie das jetzt überprüfen wollen: Ich war da mit meiner Freundin drin und mehr werde ich dazu nicht sagen. Auf Wiedersehen!"

Das war also das erste, richtige Verhör im Mordfall Jensen.

Kapitel 28

Die Sonne erreichte an diesem heißen Tag ihren Höhepunkt. Die kleine Wache hatte sich den gesamten Vormittag gut aufgeheizt. Der Schweiß tropfte nur so von Matthis' Stirn.

„Gleich kommt Frau Brunner, die Sekretärin des Bürgermeisters, zum Verhör."

„Oh, oh, die Brunner musst du alleine machen."

„Warum?"

Georg zeigte auf seine Pistole. „Oder du bestätigst, dass i gestern in der Mittagspause überraschend geheiratet habe und jetzt Kommissar Dimpelmoser heiß."

„Warum das? Obwohl, nein, ich will es nicht wissen. Dann mache ich mich auch nicht mitschuldig. Geh du aufs Klo, bevor die kommt, ich mache das Fenster hinter dem Dixiklo auf und führe dieses Verhör am Tisch des Pausenraumes, so kannst du alles mithören."

„Das klingt doch nach einem Plan! ... Wann geht es los?"

„Vierzehn Uhr!"

„Das ist ja gleich, dann geh i schon einmal aufs Dixi."

Frau Brunner betrat die Wache um Punkt vierzehn Uhr. Die Sonne erreichte an diesem heißen Tag ihren Höhepunkt. Die kleine Wache hatte sich den gesamten

Vormittag gut aufgeheizt. Der Schweiß tropfte ihnen nur so von der Stirn.

Matthis führte die Dame zielstrebig in den Pausenraum und öffnete wie vereinbart das Fenster.

Frau Brunner atmete schwer gegen die stehende Hitze an. Dabei wedelte sie sich mit einem kleinen Handtuch etwas Luft zu. Das Thermometer am Fenster zeigte exakt vierzig Grad Außentemperatur an.

Georg sollte eigentlich einfach nur wie ein Priester im Beichtstuhl sitzen und stumm zuhören. Als Matthis jedoch das Fenster öffnete, dauerte es keine zwei Minuten, ehe ein Stöhnen und lautes Pupsen, sowie ein anschließendes Plumpsgeräusch die Ruhe störten.

„Widerlich, ist das ihr Kollege?", fragte die Dame angewidert.

„Nein, nein, der ist unterwegs, im Einsatz."

„Ich verstehe schon." Die Dame zwinkerte Matthis zu, denn sie wusste um den neuen Kommissar Dimpelmoser Bescheid.

Erneut sollte ein lauter Furz die Atmosphäre stören.

„Sagen Sie, wer verrichtet denn dort sein Geschäft? Können Sie bitte das Fenster schließen … das ist ja widerlich!" Frau Brunner wurde immer energischer.

Doch Matthis wollte seinen Plan noch nicht aufgeben. „Puh, es ist schon viel zu warm hier drin. Das ist bestimmt nur ein Hafenarbeiter, die kommen gerne hierher."

„Na, jeder, wie er will." Wieder plumpste etwas in die Tiefe, gefolgt von einem dumpfen Brummen. Matthis schloss dann doch das Fenster.

Wenn die Außentemperatur am Hafen zur Mittagszeit vierzig Grad betrug, wie war dann wohl die Luft in einem so kleinen, engen Raum aus Plastik? Wie heiß und stickig konnte so ein kleiner Kokon werden, vor allem, wenn einem der flotte Otto quälte, da die restlichen mit Schinken umwickelten Ananasstückchen zum Frühstück wohl doch nicht Georgs beste Idee gewesen waren, oder zumindest nicht nach einem pikanten Zwiebelmettbrötchen verzehrt werden sollten.

Vielleicht nannte man dies aber auch Karma, wenn man seit über einer Stunde die Hölle in dem kleinen Sarg, gefüllt mit Methan und einer Hitze wie aus dem Fegefeuer, durchlebte. Vielleicht war das Karma nicht gerade auf seiner Seite, wenn man feststellte, dass die Tür klemmte. Vielleicht bekam man sogar Angst vor dem Karma, wenn man feststellte, dass man es selbst war, der wie bekloppt provokativ gestern die Tür zweimal zugeschlagen hatte, um sich aus der Wache zu schleichen.

Als Matthis mit dem Verhör durch war, klopfte er an die Tür des Dixiklos. Er vernahm ein leichtes Wimmern und hörte einen zögerlichen Hilferuf. Daraufhin klopfte der Revierleiter etwas fester. Der Hilferuf von Georg wurde lauter. Matthis zog kräftig an der Tür, und sah, dass sie sich verkantet hatte. Von außen konnte er die verbogene Stelle leicht mit einem sanften Tritt an das Plastik beheben und die Tür sprang auf.

Schlagartig konnte Matthis nicht mehr böse auf seinen Kollegen sein. Georg saß schweißgebadet auf dem Thron. Es stieg eine Hitze, und vor allem ein Geruch, aus der Burg auf, die Matthis sofort zeigten, Georg war da in der Hölle gefangen gewesen. Das tat dem edlen

Kommissar sicherlich einmal gut. Was für einen eisernen Willen musste der Kommissar an den Tag gelegt haben, dass er nicht jämmerlich um Hilfe gerufen hatte? Das beeindruckte Matthis tatsächlich.

„Das hat nicht so gut funktioniert, Matthis. I konnt fast nichts verstehen."

„Wir dafür schon!"

„Oje, i hat den ganzen Tag schon so einen leichten Druck auf dem Magen. Aber als i dann so saß und wartete, ging das los. I hätt wohl nicht Ananas auf Zwiebelmett ..."

„Ist schon gut, so genau will ich das jetzt nicht wissen. Komm, ich erzähle dir die Kurzfassung: Der Herr Bürgermeister war bei seiner treuen Wählerschaft sehr beliebt, auch eine fünfte Amtszeit wäre ab Herbst nicht ausgeschlossen gewesen. Jedoch durch seine Frau ist der schon immer gründenkende Politiker und bekennende Vegetarier zum Veganer und Hardcore-Öko mutiert. Freddy Bartsch war sein bester Freund seit dem Kindergarten. Doch seit jeden Freitagnachmittag nach offiziellem Dienstschluss Stadtratssitzungen auf Antrag von Herrn Bartsch stattfanden, bei denen Frau Brunner nie teilnehmen durfte, um Protokoll zu führen, da der Herr Bartsch meinte, sie würden auf Wunsch von dem Herrn Bürgermeister immer nur Pizza bestellen, gehen sich die beiden regelrecht aus dem Weg."

„Also haben wir mit der Freitagssitzung einen neuen Anhaltspunkt?"

„Warte, es geht noch weiter. Die Sitzungen begannen kurz bevor die Dünen gesperrt wurden. Also musste Fiete Jensen doch gewusst haben, was da los war und weshalb die Dünen gesperrt wurden? Aber jetzt kommt es. Frau Brunner fragte Freddy einmal, warum sie bei dem Pizzaessen nicht dabeisein darf. Daraufhin sagte Freddy der armen Dame, dass sie als Tippse nur für das Protokoll zuständig sei und er keinen Bericht bräuchte in dem *schmatz, schmatz, lecker ist die Salami-pizza gut*, steht."

„Was für an Arschloch!"

„Du sagst es, Georg."

„Ah. Warte mal, der Bürgermeister war doch Vega-ner?"

„Richtig, Kommissar Schweinstein", bestätigte Matthis ihn.

„Also müssen wir rausfinden, um was es bei den Sit-zungen ging. So könnten wir das Rätsel um die Dünen lösen und kommen vielleicht auch dem Täter auf die Spur."

„Genauso sieht das aus, Georg! Und da heute Freitag ist, können wir mal so eine Sitzung crashen."

„Aber was ist, wenn der Vize-Bürgermeister uns dar-aus einen Strick dreht?"

„Dann sage ich das so der Staatsanwaltschaft. Der Herr Bartsch kann doch nicht einfach eine Morder-mittlung blockieren. Was denkt der, wer er ist?"

„Das stimmt, dann schauen wir uns das doch mal an."

„Genau ... obwohl, es wäre wohl besser, wenn wir noch kurz bei der WG halten und du dich umziehst, so schweißgebadet und mit der Duftnote sollten wir kei-ne Stadtratssitzung stürmen."

Kapitel 29

Keine Menschenseele war im Rathaus, alle Türen waren verschlossen, als sie wenig später dort frisch umgezogen ankamen.

„Lass uns ein paar Minuten hier warten, Matthis", forderte Georg.

„Das kann doch nicht sein", erwiderte der Revierleiter, als er durch eines der dunklen Bürofenster schaute.

Anschließend folgte Matthis Georgs Vorbild und setzte sich ebenfalls auf die Parkbank neben seinen Kollegen. Die hellbraune Holzbank bot eine schöne Sicht auf das Rathaus und stand inmitten des prunkvoll glitzernden Vorgartens. Den Eingang hatten sie nun fest im Blick. Jedoch sollte nichts mehr geschehen, nicht einmal ein Tourist rutschte auf einer Bananenschale aus ... gut, es lag auch keine da, hätte aber sein können.

„Matthis, schau mal die Zulassungsstelle neben dem Rathaus hat genau dieselben Öffnungszeiten wie wir."

„Oje, meinst du, das ist ein Zufall?" Beide dachten an Frau Brunner, die gute alte Labertasche, wie sie dasaß und jedem mit ihrem Urlaubsgefasel nervös machte. Da wohnt die Dame schon am Meer und spricht nur noch über Urlaub an der See.

„Gut, i sag jetzt nix, wenn du nix sagst!", unterbrach Georg die Stille.

„Deal!", erwiderte Matthis und schlug in Georgs ausgestreckte Hand ein.

Ein Glockenspiel in der Ferne signalisierte, dass es mittlerweile schon fünf Uhr war. Hier wird sich wohl nichts mehr tun, dachte Matthis. Deshalb entschied der Revierleiter, alle Zelte für heute abzubrechen. „Georg, wir sollten aufgeben und Wochenende machen ..."

„Denkst du?", fragte der Kommissar.

„Das sind Beamte! Wer soll freitags um 17 Uhr denn da noch was erreichen?"

„Hast recht."

„Aber der Bürgermeister ist erst seit gestern tot, vielleicht trauern die ja?"

„Oder sie haben, was sie wollten, Matthis!"

„Also der Bartsch, ginge doch sicherlich über Leichen", gab Matthis zu bedenken.

„Das glaub i auch! Zumal man alles erreichen kann, wenn man es nur will. Alles nur Kopfsache!"

„Was meinst du damit, Georg?"

„Schau, i hab früher als Kind Fußball gespielt beim 1. FC Prutting ..."

„Schau an", Matthis schmunzelte, als sie zu ihrem Caddy liefen, doch Georg ließ sich nicht unterbrechen.

„Da gab es das Peterle, der ist so mit dem Kopf an den Pfosten gedotzt, dass er dachte, er sei Peterdinho höchstpersönlich, er schob seinen Oberkiefer über die Unterlippe und ging ab wie Sau. Er hat fünf Buden geschossen!"

„Ja, und?"

„Unser Peterle wog 150 kg und war unser Torwart, weil er nicht richtig laufen konnte und mit seiner

Breite gerne mal angeschossen wurde. Im richtigen Moment kann der Glaube Berge versetzen."

„Ja, das stimmt", kommentierte Matthis.

An jenem Wochenende sollte nichts Relevantes mehr passieren, denn die Wache war laut den Öffnungszeiten geschlossen, und daran hielten sich die beiden natürlich. Der Inselnotruf war wie immer auf den Anrufbeantworter geschaltet.

Kapitel 30

Es war wieder Montag und die beiden waren gerade frisch an die Arbeit gegangen, als das Fax sein Lied mit Geräuschen längst nostalgischer Internet-Modems begann. Ein Lied voll Liebe, Luft und Freiheit.

„Da schau an, Georg, die Ballistik hat die Kugel analysiert."

„Und?"

„Ja, warte, ich muss es erst noch lesen … Aha, also der Bürgermeister ist mit einer Kugel ins Herz getötet worden."

„Wenn die das wissen, können wir den Rechtsmediziner in Rente schicken."

„Nein, das steht da nicht, das hab ich für dich wiederholt. Die Kugel hat ein Kaliber von 9 x 19 mm. Das ist nichts Besonderes, aber anhand eines Linksdralls und Kratzspuren, welche aus dem Lauf stammen, und was sie nicht alles gefunden haben, können sie bestimmen, dass die Tatwaffe eine Zastava CZ-99 war."

„Das steht da so drin?", fragte der angespannte Kommissar.

„Mit tausenden Fachausdrücken … ja."

„Okay, und wer hat sowas unter seinem Kopfkissen versteckt? Schau doch mal im Waffenregister nach."

„Moment", Matthis hämmerte in die Tastatur. „Auf der Insel … haben … exakt …", das Rädchen auf dem Monitor drehte und drehte sich. Doch endlich sollte das Ergebnis stolz von der veralteten Software präsentiert werden: „Nulltreffer.“

„Hast du das auch richtig geschrieben?“

„Ja, ich kann sowas im Gegensatz zu dir! Siehst du, Z A S T A V A C Z – 99.“

„Okay, okay, und wie machen wir jetzt weiter?“

„Wir müssen alles hinterfragen und durchleuchten. Fang doch schon einmal mit der Recherche über den Bürgermeister an. Überprüfe alles, was das Netz hergibt. Jede noch so kleine Kleinigkeit könnte uns weiterbringen. Ich muss die Berichte von den Vernehmungen noch abtippen und an die Staatsanwaltschaft übermitteln. Vielleicht kommt derweil auch der Verbindungsnachweis vom Provider per Fax rein. Ich glaube, das hast du nicht mitbekommen, den hab ich angefordert, bevor du die Wallbox aus der Wand gerissen hattest. Ach, und heute Mittag befragen wir mal getrennt voneinander die restlichen Mitglieder des Stadtrats.“

„Alles klar“, kommentierte Georg und haute elegant mit zwei Fingern in die Tasten.

Nach einer Weile entdeckte er etwas und alarmierte Matthis über seinen Fund. „Da schau her, der feine Herr Bürgermeister war auch Fußballtrainer von dem Fußballclub hier auf Norderney.“

„Ja, und?“

„Mensch Matthis, was weiß i, aber mein Gespür sagt mir, das i hier auf der richtigen Fährte bin. Gerade in so einer Mannschaft gibt es doch Intrigen und Skandale. Affären, geplatzte Träume und, und, und. Oder vielleicht war auch einer zu lange am Kopfballpendel oder was weiß i!“

„Ja, aber deshalb erschieße ich doch keinen, oder?"

„Du, i hab gelesen, dass heute Abend Training ist, und da fahren wir vor Feierabend einfach mal hin."

„Okay, falls sich unter den Fußballern doch ein Geheimnis verbirgt, will ich das nicht vom Kommissar vorgehalten bekommen."

Georg freute sich immer noch über seinen Fund, als er den blinkenden Posteingang seines E-Mail-Programms erkannte. Gespannt klickte er auf das Symbol. Der Posteingang enthielt exakt eine Nachricht. Das war tatsächlich die erste E-Mail, die an ihn, den großen Kommissar, adressiert war. Doch der Absender sagte ihm nichts. Kurz überlegte er, ob er sie überhaupt öffnen sollte. Es könnte sich ja schließlich auch um eine Betrugsmail handeln und bei dem Lauf, den er hatte, könnte er es sicherlich fertigbringen, mit einem Klick die Wache erneut komplett vom Netz zu nehmen.

Aber seine Neugierde siegte zum Glück. Die Nachricht kam von der Reederei. Als er das kapierte, druckte er die E-Mail stolz aus und überbrachte sie Matthis.

„Hier, die Reederei hat uns die Reservierungsdaten von dem besagten Truck übermittelt."

„Super! Wer war es?"

„Das kapier i net. Deshalb hab i dir das mal ausgedruckt."

„Alles klar, ich schaue mir das später mal an."

„Du, Matthis", sagte Georg selbstsicher. „I werd zum Tatort fahren ... i hab 'ne Idee, warum der Täter keine Fußspuren hinterließ."

„Alles klar, dann bis später ... Ach, und bau keinen Scheiß, ist das klar?" Georg nickte wie ein Kind, das so gerne Schokolade hätte.

Mit einem kräftigen Rauschen sprudelten die Wellen gegen den alten Steg am verlassenen Strand. Wegen des mittlerweile schon mehrwöchig anhaltenden Hochs *Gustav* erlebte die Insel einen extrem heißen und viel zu trockenen Sommer. Doch an diesem Strand, besonders in der Nähe des alten Steges, kam außer ein paar vereinzelten Joggern oder Spaziergängern niemand vorbei. Keine Badegäste, keine Touristen und vor allem keine Anwohner. Aber warum war das so?

Georg setzte sich auf einen der Anlegepoller und blickte über den einsamen Sandstrand zu den Häusern. Das angrenzende Wohngebiet war das Villenviertel Weststrand.

Anschließend befragte Georg einen Jogger und auch die Anwohner, welche er aus den Häusern schellte, sollten seinen Fragen zum Opfer fallen, ehe er seine Antwort fand.

In der Wache tippte Matthis die Verhörprotokolle für die Staatsanwaltschaft ab, ehe erneut ein Lied über Liebe, Luft und Freiheit den Raum in eine nostalgische Atmosphäre hob.

Das Fax kam vom Provider und war der angeforderte Verbindungsnachweis des Festnetzanschlusses von Familie Jensen. Es gab nicht viele Telefonate, die ein- oder ausgingen, aber eines stach Matthis sofort ins Auge. Freddy Bartsch hatte keinen schlechten Handyempfang bei dem besagten Telefonat gehabt haben können, da er jenes Telefonat über sein Festnetz geführt hatte.

Matthis nutzte die Unterbrechung und schaute kurz auf den Ausdruck, welchen Georg ihm gebracht hatte. Er studierte die Daten und brachte daraufhin seine Computertastatur regelrecht zum Glühen. Tatsächlich waren die Daten sehr verwirrend und verschleiert. Das Kennzeichen des Militärtrucks war litauisch und gehörte einer Firma, welche im Auftrag des Militärs die Fahrzeuge pflegte und zur Verfügung stellte. Diese Firma hat jedoch die Reservierung nicht bestätigt. Sie lief stattdessen auf eine Firma mit Hauptsitz in Südafrika. Das war aber nicht alles. Bezahlt wurde mit einer Kreditkarte, welche auf eine andere Firma mit Hauptsitz in Katar verwies.

Kein Wunder, dass Georg hier nicht weiterkam. Auf diese Daten konnte sich auch Matthis keinen Reim machen. Fakt war, dass die Geschehnisse in den Dünen immer mysteriöser wurden. Operierte etwa eine ausländische Militäreinheit in den Dünen? Aber warum sollte sie das tun?

Georg kam zurück und freute sich, dass er etwas herausgefunden hatte, womit sie das Netz um Freddy Bartsch immer enger spannen konnten. Freudestrahlend betrat er die Wache und baute sich vor dem Empfang auf. „So, i hab da was ermittelt!“

„Oje, Hilfe, wo brennt's?“, sagte Matthis eiskalt und hob bereits den Hörer vom Telefon an.

„Gar nichts brennt, es gab auch keine Explosionen oder so. Also keine Sorge. I hab mich gefragt, warum

der Weststrand trotz des unglaublich heißen Wetters
so verlassen ist. Weißt du was? Die Antwort auf diese,
wie auf viele Fragen, lautet: Freddy Bartsch.“

„Wie das?“, unterbrach Matthis den überschwänglich agierenden Kommissar.

„Wart ab …“, Matthis rollte zwar kurz mit den Augen,
aber insgemein war er auf Georgs Ermittlungen gespannt, denn außer der Falschaussage von Freddy
Bartsch hatte Matthis noch nicht viel für die Staatsanwaltschaft in der Hand. Welche ebenfalls täglich
gespannt auf Resultate von den neuen All-in-One-
Cops, wie er sie scherzend am Telefon bezeichnet hatte, wartete.

„Freddy Bartsch wohnt in der Nähe, wahrscheinlich
sind ihm die Badegäste und der Krach von spielenden
Kindern auf den Sack gegangen, sodass er Analysen
des Fischbestandes veranlasst hatte.“

„Oh, da ist unser grüner Bürgermeister sicherlich sofort Feuer und Flamme gewesen.“

„Natürlich, Matthis, und was kam raus? Das Riff ist
überfischt, Fischerboote dürfen am alten Steg nicht
mehr an- und ablegen, sowie in der näheren Umge-
bung auch nicht fischen. Ebenso gilt ein Badeverbot
für den Bereich um das Nobelviertel.“

„Praktisch … aber dass sich selbst die Touristen daran halten?“

„Gibt ja nix!“, erwiderte der Kommissar.

„Hä?“

„Wo kein Kiosk ist, also wo es nix zu essen und nix
zu trinken gibt, da geht doch heutzutage keiner mehr
hin. Zwei Kilometer entfernt ist der Strand am Pub

und einenhalb Kilometer weiter in der anderen Richtung ist das Strandkiosk *La Piña Colada*.“

„Stimmt!“

„I hab mir den Weg mal angeschaut. Freddy Bartsch braucht von seiner Villa neun Minuten bis zu dem Steg … oder besser gesagt, i brauch neun Minuten, bin aber auch im Sand kurz hingefallen, dann schafft der das sicherlich in vier Minuten, denn der ist gut durchtrainiert. Und jetzt der Knaller … Was wäre, wenn der Täter, also Freddy, ein Schlauchboot hatte?“

„Du meinst also …?“

„Richtig, der Freddy Bartsch hat von seiner Villa bis zum Wasser keine zwei Minuten Fußweg. Die Nachbarhäuser sind von den Fenstern auch eher auf den Strand ausgerichtet. Der könnte also problemlos von seinem Garten ein kleines Boot ungesehen zum Strand tragen. Die kurze Strecke zum Steg rudern. Dann am Poller warten. Den Bürgermeister abknallen und mit dem Boot zurückfahren. Das würde erklären, warum wir keine Spuren im Sand haben. Es wäre auch idiotisch, wenn er Spuren hinterlassen würde, die genau auf sein Grundstück führen.“

„Das könnte tatsächlich eine Lösung sein, aber wie sollen wir das beweisen? Und wieso feuert Freddy ihm eine Kugel ins Herz? Ich sehe da bisher keine Erklärung für die Symbolik. Was dieser Theorie helfen würde, wäre halt die Tatwaffe.“

„Mei, das stimmt. Wenn i aber lese, dass die Waffe ein ziemliches Gelumpe ist, zum Beispiel wegen des Linksdralls, dann frag i mi, ob der Freddy diese Waffe nicht sogar ins Meer geschmissen hat.“

„Ja, das ist auch gut möglich. Wir wissen aber auch nicht, in welche Richtung der Täter den Steg verlassen hat."

„Mei, der kann in alle Richtungen gefahren sein. Lass den mal Trainingskleidung angehabt haben. Dann kann der vor der größten Menschenmenge an Land gehen und ihn bemerkt keine Sau!"

„Also wissen wir faktisch nur, dass Freddy die Möglichkeit gehabt hätte. Wir wissen, dass irgendetwas Mysteriöses in den Dünen vor sich geht, aber das finale Motiv, welches auch die Kugel im Herz erklärt, fehlt uns definitiv noch."

„Wie machen wir dann weiter?", fragte der ratlose Kommissar. „Sollen wir Freddy erneut verhören, ihn mit seinen Lügen konfrontieren, oder stellen wir ihm eine Falle?"

„Weder noch, lass uns erst mal herausfinden, was in den ominösen Sitzungen abgeht. Vielleicht finden wir dort sogar ein stichfestes Motiv. Also lass uns erst mal die Stadtratsmitglieder befragen. Auf jeden Fall können wir damit den Druck auf Freddy erhöhen und das Netz enger spannen."

Georg nickte zustimmend.

„Ach, übrigens", ergänzte Matthis. „Ich habe mir die Daten von der Reederei angeschaut. Ein litauischer Militärtruck, der die Fahrt von einer südafrikanischen Firma reserviert bekam, welche eine Firma in Katar bezahlte, ist mitgefahren. Das kann nichts Seriöses sein. Das Thema Naturschutz kann ich mit solchen Daten nicht vereinen."

„Jo, das ist doch mal 'ne Aussage."

„Womit fangen wir an, Georg?"

„I hab Hunger! Wie wär's mit Pizza? Dann befrag' ich mal Giovanni, ob er freitags das Rathaus beliefert."

„Das ist eine gute Idee, dann können wir das auch gleich widerlegen, falls uns da einer vom Stadtrat mit der Pizza-Geschichte kommt."

„Ah, guten Tag Herr Wachtmeister, Pizza Hawaii, wie immer?"

„Jupp, und einmal die Speziale für den Kollegen."

„Kein Problem, sagen wir zehn Minuten."

„Jo, kein Stress, i hab Zeit, bin im Dienst." Ein beherztes Lachen schallte durch den kleinen, weißgekachelten Verkaufsraum.

„Sag mal Giovanni, gibt es außer dir noch jemanden, auf der Insel, der Pizza ausliefert?"

„Was? Ise was mit der Teig?" Der kleine, dickbäuchige Italiener mit lockigen, dunklen Haaren unter seiner albernen weißen, hohen Kochmütze schaute irritiert. Sein Schnauzbart schien schief im Gesicht zu sitzen.

„Nein, nein, alles gut ... ich frag nur, weil die im Rathaus doch jeden Freitag Pizza bestellen und so schwärmen."

„Wer?"

„Ja, der Stadtrat."

„Moment!", Giovanni drehte sich um und brüllte durch die Durchreiche: „Luigi, ravvivl il municipio il venerdi?"

„Il vecchio pesce?", folgte prompt.

„Si", erwiderte Giovanni.

„No!", folgte unter tosendem Gepolter aus der Küche.

„Luigi sagte", übersetzte Giovanni für Georg, „dass er das Rathaus freitags nicht beliefert. Weitere Fahrer hab ich nicht."

Georg grinste breit. „Danke, das dachte i mir. Angeblich sollte der Bürgermeister immer selbst bestellt haben." Giovanni begann sofort zu lachen, als hätte Georg einen Witz gemacht.

„Was ist denn?", fragte der Starermittler.

„Der Bürgermeister aß doch nur noch den veganen Kram seiner Frau ... Nichts, ähh anderes war gut genug, der hat hier noch nie angerufen."

„Interessant!"

Luigi reichte zwei unglaublich gut riechende Pizzakartons an die Durchreiche. Was für ein Duft aus mediterranen Kräutern, zart schmelzendem Käse und frisch gebackenem Hefeteig! Georg lief das Wasser im Mund zusammen, als er zurück zum Revier fuhr. Für Pizza machte Georg sogar das Martinshorn an und fuhr wie eine gesengte Sau, damit die Gute selbst an seinem Schreibtisch noch dampfte.

„Wahnsinn, Georg, ist die Pizza gut, dass du die sogar brennend heiß hierherbekommst, sagenhaft."

Wenn Matthis wüsste, wie Georg mit Pizza auf dem Beifahrersitz fuhr, und wenn er wüsste, dass er das Martinshorn erst in der Nähe ausschaltete, sodass Matthis es nicht mitbekam, würde er das sicherlich nicht so freudig kommentieren.

„Ach, i hab da meine Tricks, Herr Kollege ... mehr verrate i net", offenbarte Georg. „Ah ... und Luigi, der einzige Fahrer von der Pizzeria, hat noch nie das Rathaus beliefert."

„Da war ich mir schon vorher sicher, aber so haben wir es schwarz auf weiß.“

Kapitel 31

Nachmittags machten sich beide auf den Weg zu den restlichen zwei Stadtratsmitgliedern.

Georg radelte zu dem Gemüseladen von Cem Ali Ataman, um den Beisitzer in die Mangel zu nehmen.

Matthis durfte mit dem Caddy aufs Land, weit außerhalb der eigentlichen Wohngebiete. Hinter den abgesperrten Bereich Weiße Dünen lebte in einem einsamen Aussiedlerhof die Rentnerin Nela Rüdenstein, welche ebenfalls im Stadtrat saß. Matthis erwischte sie auf ihrer Veranda mit gerade aufgebrühtem, wahnsinnig gut riechendem Pfefferminztee und frisch gebackenen Keksen. Der Vorbau des großzügigen alten Holzhauses, welches fast schon einer amerikanischen Baumwollfarm aus den Fünfzigerjahren glich, hatte eine unglaublich tolle Aussicht über die spärlich bewachsene Bucht. Ein Nachbarhaus suchte man weit und breit vergebens. Hier in der Einsamkeit, zwischen Brandung und Felsklippen, war es der Wind, der die Geschichten erzählte. Ein Traum.

Nela freute sich sichtlich über die Gesellschaft, welche ihr Matthis bot. Wenn sie nicht gerade im Dienst der Insel unterwegs war, war die Dame Mitte siebzig doch sehr einsam auf ihrem Landsitz. Familie hatte sie leider keine mehr auf der Insel.

FLATSCH!!!

„Was soll das denn heißen?" Die nächste Tomate traf Georg zentral ins Gesicht. Georg verschanzte sich daraufhin hinter einer Verkaufstheke. Ataman war außer sich vor Wut. Georgs Feingefühl und Menschenkenntnis ließen den temperamentvollen Gemüsehändler brüllen wie einen hungrigen Löwen. Dabei hatte ihn unser selbst ernannter Starermittler doch lediglich gefragt, ob er etwas zu den Freitagstreffen sagen könne. Dieser verneinte, also war die nächste Frage, wie viel Geld man ihm fürs Schweigen bezahlt hatte. Als der Kommissar dann aber arrogant hinterherschoss, dass er gerne bereit sei, die lächerlichen zwölf Mark fünfzig zu verdoppeln, eskalierte die Lage.

Ataman wurde rot vor Zorn und sprintete zu seiner Auslage. Seitdem flogen Tomaten, Gurken, Karotten und sogar Äpfel durch den Obst- und Gemüseladen.

Der schwere Beschuss schien nicht nachzulassen. Der Kommissar kauerte sich immer tiefer hinter der Verkaufstheke zusammen. Doch auf einmal endete das Feuergefecht. Entweder bemerkte Herr Ataman, dass er den arroganten Ermittler in seinem Versteck nicht treffen konnte, oder seine Munition, also die Tomaten, ging aus.

Der Laden glich einem Kriegsschauplatz. Überall die roten, prallen, von ihren jeweiligen Aufschlägen zermatschten Tomaten.

Georg kauerte noch immer regungslos hinter der Theke. In seiner Hand hielt er einen großen, knackigen, saftigen Apfel, welchen er locker und leicht in seiner Hand auf und ab warf. Er schloss die Augen, um sich auf die nähernden Schritte seines Widersachers zu konzentrieren.

Klack ... Klack, schwere, einzelne Schritte näherten sich seinem Standort. Georg atmete tief durch die Nase ein und über den Mund aus. Ein und aus ... ein und aus. Er konzentrierte sich, spürte das Qi fließen, das Yin und Yang im Einklang.

„Das sind unglaublich leckere Kekse, Frau Rüdenstein."

„Danke, die habe ich heute frisch gebacken, das ist ein kleines Hobby von mir ... Ja, ich backe fast mehr, als ich essen kann. Aber deshalb sind Sie wohl kaum hier."

„Da haben Sie leider recht. Es geht um den Mordfall Jensen. Aber viel wichtiger ist momentan die Frage, worum es in den ominösen Freitagssitzungen im Rathaus geht."

„Oh, die müssen endlich mal enden, jede Woche dieselbe Leier."

„Um was geht es denn da genau?"

„Genau weiß das fast keiner."

„Ja, da schweigt jeder ... Niemand weiß was, aber trotzdem sitzt man jeden Freitag zusammen, also warum? Ich nehme euch das mit dem Naturschutz und Pizzabestellen nicht mehr ab."

„Nein, also das Warum weiß keiner außer den Chefs."

„Ich stehe auf dem Schlauch, Frau Rüdenstein."

„Dann fange ich mal von vorn an. Möchten Sie noch einen Keks?", die Dame reichte Matthis erneut den Teller. Bei solch leckerem Gebäck griff er selbstverständlich beherzt zu. „Freddy will das Naturschutzgebiet Weiße Düne auflösen lassen, Fiete natürlich nicht, ich auch nicht. Aber warum, das sagt uns Freddy nicht. Auch Fiete winkte in dieser Angelegenheit nur gereizt ab. Jede Woche machte also Freddy als Stadtratsvorsitzender sein Recht zur Abstimmung geltend und so wurde jeden Freitag neu abgestimmt. Am Anfang stand Freddy alleine da, aber mittlerweile hat sich Ataman auf seine Seite gestellt, und so stimmen wir jede Woche zwei Stimmen dafür und zwei dagegen. Jetzt, wo Fiete tot ist, wird Freddy wohl damit durchkommen. Der feine Herr Vize-Bürgermeister hat außerdem seine außerordentliche Freitagsabstimmung auf Dienstagvormittag, also auf morgen, verschoben."

„Das erklärt den Streit …"

Nela runzelte die Stirn und unterbrach Matthis prompt: „Fiete war stocksauer auf Freddy."

„Aber was bringt denn die Aufhebung eines Naturschutzgebietes?"

„Dadurch kann das Gebiet industriell erschlossen und bebaut werden."

„Ah, und da man sich absolut sicher ist, dass man damit durchkommt, wurde die gesamte Gegend bereits für die Bevölkerung abgesperrt, damit keiner weiß, was da geplant wird."

„So sieht das sicherlich aus", bestätigte ihn die rüstige Rentnerin.

„Denken Sie, Freddy würde für diese Angelegenheit einen Mord in Betracht ziehen?"

„Ich weiß es nicht. Freddy und Fiete, das waren immer die besten Freunde. Die sind auch jedes Jahr zusammen in den Urlaub gefahren. Freddy hat irgendwo im Süden ein Ferienhaus und es war immer Tradition, dass die zwei ein paar Tage gemeinsam entspannten. Aber auf einmal war Freddy ein anderer Mensch. Ich weiß nicht, was vorgefallen ist. Erst wurde er, sagen wir einmal, etwas angespannter, oder nein, sogar unfreundlicher. Er wirkte oft gedanklich abwesend und dann fingen die Abstimmungen im Rathaus an. Den Rest habe ich ja bereits erzählt."

Nela wirkte nachdenklich, doch Matthis fand die richtigen Worte und versprach, diese Sitzungen irgendwie zu verhindern, solange zumindest keiner wusste, was da genau vor sich ging. Danach schlürfte er erneut genüsslich an seinem frischen Pfefferminztee.

Georg wartete den richtigen Augenblick ab, um hinter der Theke aufzuspringen, und pfefferte mit voller Kraft den Apfel aus nächster Nähe Ali ins Gesicht. Ali ging sofort zu Boden.

Ein wenig später klickten die Handschellen und Georg führte den Gemüsehändler zu seinem Rad. Die drei Kilometer zur Wache ließ Georg den wütend schimpfenden Obst- und Gemüsehändler mit Handschellen neben sich herlaufen. Damit er nicht fliehen konnte, band er eine Schnur, welche er im Gemüseladen gefunden hatte, um die Ketten der Handschellen und knotete diese an das Gestänge seines Fahrrads.

Matthis war als Erster wieder zurück im Revier. Er staunte nicht schlecht, als Georg mit dem Stadtratskollegen ans Rad gefesselt ankam.

Er schüttelte ungläubig den Kopf und fragte prompt: „Was machst du jetzt? Sklavenhandel ist illegal, Herr Kollege!“

„Hör zu!“, sagte Georg. „Der hat mi angegriffen und dabei seinen halben Laden zerlegt. Und das nur wegen der Frage, was er für einen Preis beim Bestechen hat!“

„Georg, etwas Feingefühl wäre gelegentlich wünschenswert ... aber das hast du gutgemacht, pack ihn in die Verwahrungszelle.“

„Jo, so wie der flucht und schimpft, befrag i den heut nicht weiter.“

Georg packte den wütenden Herren am Kragen und schubste ihn in die Zelle. Ataman war immer noch auf Temperatur, seine Beschimpfungen hatten das Deutsche längst verlassen, er fluchte auf Türkisch, dass es einem Angst und Bange werden konnte.

Matthis brachte Georg auf den neuesten Stand. Gemeinsam beschlossen sie, Herrn Ataman bis zum Ende der Abstimmung morgen Vormittag hierzubehalten, denn so konnten Nela und Freddy nur Stimmengleichheit und somit wieder keine Einigung um das Naturschutzgebiet erzielen.

Kapitel 32

So rückte der Feierabend immer näher. Ali Ataman wurde für die Nacht an die Küstenwache überführt. Die Küstenwache besaß nicht nur komfortablere Zellen, sondern bot ebenfalls den Vorteil einer ununterbrochenen Aufsicht.

Jetzt stand nur noch eine Angelegenheit zwischen ihnen und dem Feierabend. Matthis versuchte zwar, Georg zu überzeugen, dass das Mordmotiv nicht auf dem Fußballplatz lauerte, sondern sicherlich mit dem Treiben in den Dünen in Verbindung stand. Aber Georg wirkte auf diesem Ohr taub. Er blieb stur und verharrte auf seinem Standpunkt. Also fand Matthis sich in einer Pattsituation wieder, denn alleine wollte er den Kommissar nicht auf das traditionsreiche Vereinsleben von Norderney loslassen.

So saß Matthis nachdenklich neben Georg im Caddy. Georg steuerte den Wagen zielsicher auf das Gelände des Fußballvereins. Die komplette Anlage wirkte unglaublich professionell. Vor dem großen, länglichen Gebäude befand sich ein breiter Parkplatz. Das Vereinsheim war ein moderner Neubau mit mehr Glasscheiben als solidem Mauerwerk, selbst die Fensterrahmen präsentierten die blau-schwarzen Vereinsfarben.

Matthis wunderte sich, dass der Parkplatz fast leer war. „Komm, lass es gut sein. Da ist heute fast keiner da. Das ist alles noch viel zu frisch, lass uns in die WG fahren.“

„Nein Matthis, das sind Sportler. Die sind da. Schau mal da hinten, da stehen einige Fahrräder. I geh da rein.“

„Die Räder sehen aber ein bisschen klein aus, oder?“

„Na, des täuscht durch die Entfernung.“

Georg ließ nicht locker und stiefelte stur weiter zu der pompösen Eingangstür.

„Guten Tag, die Herren“, sagte eine kräftige Frau mit kurzen, braunen Haaren. Die Dame stand hinter einem Tresen, welcher einer Rezeption eines vornehmen Hotels glich.

„Stimmt es, dass der Herr Jensen die Fußballmannschaft hier trainierte?“, fragte der Kommissar forsch.

Die Dame verzog ihr Gesicht. „Das ist so schrecklich, was passierte.“

„I weiß, deshalb möchte i mir die Burschen mal zum Verhör vornehmen.“

„Was?“, rief die Dame auf. „Aus der Mannschaft war das sicherlich keiner.“

„Da wäre i mir net so sicher, also wo san die Burschen?“

„Nein, da lege ich meine Hand ins Feuer, hier sind Sie auf dem Holzweg.“

„Da haben sich schon einige die Finger verbrannt, also wo san die Burschen?“

Die Dame bockte, verschränkte die Arme und drehte den Kopf zur Seite. Matthis hatte genug gesehen und trat ein paar Schritte vor. „Hören Sie, lassen Sie ihn doch kurz zur Mannschaft schauen. Ich schaue schon, dass er nichts anstellt. Aber so bekommen Sie sicherlich keine Ruhe von dem. Ich kann nicht rund um die Uhr auf den aufpassen und irgendwann steht der wieder hier."

Die Dame überlegte kurz und willigte ein. „Das läuft dann aber auf ihre Verantwortung. Platz Nummer drei, den Gang geradeaus bis zu dem Mannschaftsfoto der Altherren da vorn und dann linksrum durch die blaue Eisentür und Sie stehen schon fast auf dem Platz."

So machten sie sich auf den Weg. „Mensch Georg, sei halt nicht immer so stur. Ich sagte dir doch, das ist ein Fehlgriff. Schau dir das Ambiente doch mal an. Das ist ein Vereinsheim hier, das ist so sauber und steril, da könntest du in der Halbzeit jemanden den Blinddarm herausoperieren. Hier hat noch nie jemand auch nur an ein Bier nach dem Training gedacht. Bei diesem Verein gibt es jetzt nicht so direkt das Vereinsleben, wie du es vielleicht aus Bayern kennst. Das ist hier kein Wirtshaus, wo alle nach dem Training zusammensitzen."

„Stille Wasser sind tief und mein Spürsinn wittert auch hier einen Verdacht."

„Du wirst hier nichts finden! Lass uns kurz auf den Platz schauen und fertig. Ok?"

„Na, du wirst schon sehen!", polterte Georg. Mittlerweile befanden sie sich vor der Tür, welche direkt zu dem Trainingsplatz führte.

Georg griff an den schwarzen Türknauf, zog seine Pistole und plärrte dabei: „Alle stillgestanden!"

Das war ein geschichtsträchtiger Moment, als Matthis in Windeseile dem Kommissar die Pistole aus der Hand nahm und ihm eine saubere Watschen über sein immer noch leicht angeschwollenes Gesicht gab. Etwas anderes konnte Matthis in diesem Augenblick einfach nicht tun. Er konnte nicht so schnell reagieren, wie der Kollege neben ihm mit gezogener Waffe aus der Tür stolperte und die Bambinis des Fußballvereins, geblendet von dem Flutlicht, anbrüllte.

Ach, hätte Matthis doch ebenfalls vorher recherchiert, so hätte er gewusst, dass der Bürgermeister die Kindermannschaft, in welcher auch sein Sohn spielte, trainierte.

Kapitel 33

Es war ein sonniger Dienstagmorgen, welcher für Georg alles verändern sollte. Matthis befand sich gerade auf dem Weg zur Küstenwache, um Ataman aus seiner Verwahrungszelle abzuholen. Das alles machte Matthis sehr gemütlich, denn nur so konnten sie die Abstimmung des Stadtrates für diese Woche beeinflussen.

Georg saß allein in der Wache, als der Postbote Herbert die Wache betrat und einen großen Umschlag an den Empfang legte. Nach einem kleinen Plausch schnappte sich der Kommissar den Briefumschlag und trug seine Beute gierig an seinen Platz. Neugierig schaute er auf den Absender, als sein Herz ihm vor Aufregung in die Hose rutschte.

Der Brief kam vom bayrischen Polizeipräsidium. Alleine beim Lesen der Anschrift des Münchner Standortes bekam er eine Gänsehaut. Endlich war es soweit, dachte er sich. Man wird mich endlich zurückholen. Die werden erkannt haben, dass ein Pampelhuber zurück nach Prutting muss.

Erleichterung machte sich in seinem Antlitz breit. Doch dann bemerkte er, dass der Brief nicht an ihn, den großen Starermittler, adressiert war, sondern an Matthis.

Seine Hände waren klatschnass, als er zu dem Brieföffner griff, um den Umschlag zu öffnen. Aber dann beruhigte er sich auch wieder. Es war ja klar, Matthis war schließlich der Revierleiter, und diesen musste man informieren, wenn man ihm sein stärkstes Pferd aus dem Stall klaute.

Dennoch entschied er sich, den Umschlag weiter zu öffnen. Nervös friemelte er den Brief heraus und las freudestrahlend die folgenden Zeilen.

Sehr geehrter Herr Jüllich,

Vielen Dank für das entgegengebrachte Vertrauen, welches Sie uns in dieser heiklen Angelegenheit erbracht haben. Wir bedauern zutiefst die beschriebenen Verfehlungen Ihres Kollegen und können den damit verbundenen Imageschaden des Pilotprojektes nachvollziehen.

Dennoch bitten wir Sie, Ihre Entscheidung noch einmal gründlich zu überdenken, denn aufgrund des laufenden Ermittlungsverfahrens wegen unterlassener Hilfeleistung gegen Georg Pampelhuber ist eine Rückführung in den bayrischen Polizeidienst ausgeschlossen. Ihre Entscheidung hätte somit den Ausschluss aus dem Polizeidienst zur Folge.

Wegen der genannten Sachschäden und der Übertretungen ihres Kollegen, befürworten wir jedoch diese Maßnahme. Wir werden das Ausschlussverfahren einleiten, sobald wir Ihre Zustimmung bekommen oder innerhalb von zehn Tagen keine Rückmeldung erhalten haben.

Mit freundlichen Grüßen,

J. R. Sendlmaier
Polizeipräsident Bayern

Rums, das saß. Georg nahm den Umschlag und rannte weinend aus der Wache. Was war das denn für ein Gefühl? Er spürte schlagartig eine tiefe Leere in seiner Seele.

Nachdem er die Wache verlassen hatte, wollte er einfach nur noch weg. Raus aus dem Hafen und raus aus der Stadt Norderney. Er fühlte sich so dumm und hatte deshalb einen großen Zorn gegen sich selbst, sodass er bitterlich weinte, als er sich an die Kante einer Steilklippe setzte. Die Steilklippe hatte eine unfassbare Höhe, so saß er gute fünfzig Meter über den rauschenden Wellen und starrte auf das offene Meer. Die ganze Welt schien sich gegen ihn verschworen zu haben. Wie konnte er nur so blind sein? Alles, was er wollte, war doch einfach, sich für eine Rückkehr zu empfehlen. Zur Not lautete sein Plan: Den Revierleiter stürzen, die Leitung der Wache übernehmen und seine Rückversetzung selbst einleiten. Aber was stand in dem Brief: Eine Rückkehr, also sein großes Comeback, sei ausgeschlossen? Punkt. So einfach war sein einziger Antrieb, den er hatte, abgebügelt. Hatte er alles auf die falsche Karte gesetzt? Durch sein Verhalten und auch seine übermütigen Handlungen, welche ihm eigentlich zugutekommen sollten, wenn sie nicht so verdammt in die Hose gegangen wären, hatte er wohl doch alles noch viel schlimmer gemacht. Schlussendlich hatte ihn das alles in die Lage gebracht, dass Matthis nichts mehr mit ihm zu tun haben wollte und er hinter seinem Rücken alles einfädelte. Oh Mann, der Brief war sicherlich an dem Abend nach dem Fiasko wegen der Wallbox verfasst worden, dachte sich Georg. Matthis hatte dann ja am nächsten Morgen gesagt, er habe seine Konsequenzen gezogen und er würde schon sehen, was er davon habe. Das alles nur, weil die blöden Jugendlichen am Anfang nicht auf ihn hörten, und weil er unbedingt auf cool machen musste, und sich deshalb weigerte, seine Uniform zu tragen. Sonst wäre ihm wohl auch nicht die Waffe im Vollsprint aus der Arschtasche gefallen. So ging Georg einsam alle seine Fehler durch, während er immer weiter in Tränen versank.

Matthis wunderte sich, als er mit Ataman vom Festland zurückkam, dass Georg verschwunden war. Er dachte sich aber eigentlich nichts Großes dabei. Er verhörte Ataman und wartete auf eine Nachricht von Frau Rüdenstein, dass die Abstimmung gescheitert war. Danach setzte er den mittlerweile schweigenden Obst- und Gemüsehändler auf freien Fuß.

Georg saß stundenlang an dieser Steilklippe. Er wollte nicht mehr aufstehen. Warum auch? Er hatte den Sinn verloren. Wie soll es jetzt mit ihm weitergehen? Wenn er hier seine Koffer packte, dann war es mit ihm als Polizist vorbei und was kam dann? Was sollte sein Weg sein und vor allem wo sollte dieser sein? Wenn er schon mit nur einem einzigen Kollegen nicht zurechtkam, wie sollte das dann woanders klappen? Welche Branche könnte für ihn eine offene Tür bieten? Schon von klein auf hatte es für ihn nur einen Wunsch gegeben: Polizist werden. Wie alle männlichen Pampelhuber. Kein anderer Job kam für ihn jemals infrage. Er hatte schon immer gesagt, er würde nie in einem Job arbeiten, nein, er würde seiner Berufung folgen und den Weg einschlagen, welches das Schicksal bereits vor seiner Geburt für ihn parat hielt. War das vielleicht doch alles viel zu großer Druck, den er sein Leben lang schon mit sich führte? Hatten alle Menschen um ihn herum einfach recht? Alles, was er die letzten Jahre durchlebt hatte, sah er plötzlich mit ganz anderen Augen. Auf einmal erkannte er, dass er es auf Norderney doch eigentlich ganz schön hatte. Warum hatte er das nicht schon vorher erkennen können? Wieder ärgerte er sich über seinen eigenen Dickschädel. Er wollte so sehr wieder zurück, dass er sich hier bislang nicht wirklich umgesehen hatte.

In diesem Moment entsprang irgendwo tief in Georg ein neuer Funke. Ein Funke, welcher ein neues Feuer entfachte. Er wollte auf einmal hierbleiben und kämpfen. Scheiß auf Bayern, scheiß auf Prutting und die alberne Tradition, dachte er sich plötzlich. Jetzt wollte er lieber das Gespräch mit Matthis suchen und um eine letzte Chance bitten. Doch Georg bemerkte, da gab es ein Problem.

Er spürte auf einmal sein linkes Bein nicht mehr, während er seit Stunden seine Beine über der Kante der Klippe baumeln gelassen hatte, war ihm der komplette Fuß eingeschlafen.

„Na klasse ... und jetzt?", sagte er laut zu sich selbst.

War das ein Zeichen? Einfach herunterfallen lassen und fertig? Sollte es doch heute so enden? War das etwa die Aufgabe, welcher er in diesem Leben von oben erhielt? Also versagen und feige in den Abgrund stürzen?

Lassen wir das Schicksal entscheiden, war das Ergebnis seiner Gedanken, wenn er mit nur einem zittrigen Fuß hochkam, welcher in diesem Moment ebenfalls zu kribbeln begann, sollte er es also wirklich schaffen und nicht von der Klippe stürzen, dann so stand sein Entschluss fest, er würde sich von Grund auf ändern.

Georg holte tief Luft, ein kurzes Stoßgebet sollte in himmlische Richtung über seine Gedanken versandt werden. Doch nun sollte das Schicksal, Gott, der große Wamptumba, oder wer auch immer die Fäden lenkte, über sein Schicksal entscheiden.

Matthis fühlte sich nicht wohl, als er am Abend das Revier schloss und in den Feierabend ging. Er hatte Georg den gesamten Tag nicht mehr gesehen. Erreichen konnte man den Handyverweigerer ohnehin nicht. Also tappte Matthis weiter im Dunkeln, wo sich der werte Herr Kollege aufhielt.

Dennoch war Matthis in dem Mordfall ein kleines Stück weitergekommen. Er hatte sich den gesamten Nachmittag mit der Tatwaffe beschäftigt. Diese war in Europa wegen eines Konstruktionsfehlers durch den Linksdrall nicht gerade sehr beliebt oder weitverbreitet. Aber das jugoslawische Militär nutzte diese Waffe und deshalb sollte das Verbreitungsgebiet stark auf den ehemaligen jugoslawischen Raum zurückzuführen sein. Es war tatsächlich so, dass diese Waffe in einigen Ländern kinderleicht auf dem Schwarzmarkt zu erwerben war.

Jetzt mussten sie nur noch schauen, ob irgendjemand im Umfeld des Bürgermeisters eine Verbindung zu dem ehemaligen Jugoslawien hatte. Vielleicht fanden sie sogar bei Freddy Bartsch irgendwelche Wurzeln oder Verweise, welche ihm mit dieser Gegend in Verbindung setzten, dachte Matthis, während er die Tür zur WG öffnete.

Eigentlich wollte Matthis auch Georg loben, da die Ortung von dem gestohlenen Handy ergeben hatte, dass das Handy zuletzt mit dem Funkmast am Hafen verbunden gewesen war, als genau zur selben Zeit der Militärtruck mit der Fähre die Insel verlassen hatte. Nachdem die Fähre die Reichweite des Netzes verlassen hatte, war das Handy abgeschaltet oder ins Meer geworfen worden. Fakt war aber, dass dieses Handy auf der Fähre gewesen und wie der Truck von der Bildfläche verschwunden war. Vielleicht gab es also doch einen ominösen Beweis auf dem Handy, so wie sie es bereits vermutet hatten?

Aber Georg war nicht in der WG, er hatte keine Nachricht und keine Anzeichen hinterlassen, dass er, nachdem sie die gemeinsame Wohnung an jenen Morgen zusammen verlassen hatten, noch einmal aufgesucht hatte.

War es knapp? Oh ja! Trotzdem schaffte es Georg, irgendwie vorsichtig vom Abhang weg zu krabbeln und langsam aufzustehen.

Georg wollte aber noch nicht nach Hause. Er wollte unbedingt einen kühlen Kopf erlangen und ohne jegliche Emotionen das Gespräch mit Matthis suchen. Es war an der Zeit etwas zu verändern, um seinen neugefassten Entschluss zu untermauern und zu belegen. Also was nervte Matthis am meisten? Fragte er sich. Sicherlich war seine Smartphone-Phobie und die daraus folgende miserable Erreichbarkeit für Matthis ein Dorn im Auge. Da Georg auch das Funkgerät viel lieber ausgeschaltet am Gürtel trug, war er unmöglich zu erreichen.

Also schlappte Georg tatsächlich in den einzigen Handyladen auf der Insel und besorgte sich ein Smartphone. Seine Auswahl fiel auf das neueste Model. Er war baff, was für ein unglaublich gutes Angebot er bekam. So ein unfassbar gutes Gerät bekam er tatsächlich für nur einen Euro.

Morgen früh, soweit sollte sein Plan stehen, wollte er sich bei Matthis entschuldigen und ihn auf den entwendeten Brief ansprechen. Desweiteren hatte er noch eine Überraschung für Matthis. Heute jedoch wollte er dem Kollegen keine weitere Fläche zur Eskalation bieten.

So nahm er sich ein Zimmer im Hotel *Zur Friesischen Möwe* und richtete sein nagelneues Handy ein. Er lag auf dem Bett und studierte die kleine Betriebsanleitung:

„Aus Gründen des Umweltschutzes", las er laut vor, „liefert der Hersteller keine Ladegeräte mehr mit der Packung aus, da die meisten Kunden bereits ein Ladegerät vom Vorgängerhandy besitzen." Das ist ja nett, dachte er sich, doch unten auf derselben Seite zierte ein Warndreieck das untere Viertel und so las er laut für sich weiter. „Jetzt neu mit optimiertem Ladeanschluss!" Georg lachte laut auf. Was für Gauner und

Verbrecher in dieser Welt. Unfassbar, dass sich die Leute so etwas gefallen ließen.

Doch trotzdem sollte dies im Hotel kein Problem darstellen, die gängigsten Ladegeräte gab es an der Rezeption.

„Apfel muss man mit Birne laden", erklärte ihm der Sohn des Wirtes, welcher ihm ein graues Ladegerät mit einer Birne darauf verkaufte.

Nach dem üppigen Abendmahl ging es für Georg zurück auf sein Zimmer. Das neue Smartphone war mittlerweile vollständig geladen. Er legte sich auf das Bett und spielte mit dem Handy, als er beschloss, das erste Mal zu Hause anzurufen. Es war zwar noch nicht Weihnachten, aber dennoch kann man sich ja mal melden, nachdem er heute an der Klippe dem Tod in die Augen gesehen hatte und gerade noch so von der Schippe springen konnte.

„Hallo Mama!", begrüßte er ein wenig später fast schon mit kindlicher Stimme seine Mutter am Telefon.

„Junge, geht es dir gut?", fragte sie erschrocken, da sie vor Weihnachten nicht mit einem Anruf gerechnet hatte.

„Ja, soweit geht es mir ganz gut, was macht Papa?"

„Der ist ja so stolz auf dich!"

„Sonst macht der Kerl nichts, oder was?", schmunzelte Georg prompt zurück.

„Ach, du kennst ihn doch", erwiderte seine Mutter. „Er glaubte nicht, dass du auch nur eine Woche durchhältst in der Ferne."

„Ja, aber vielleicht hat sich das bald erledigt. Vielleicht muss i bald wieder heim, Mama!" Georg flossen erneut die Tränen über das nur noch leicht geschwollene Gesicht. Doch seine Mutter sollte an diesem Abend die richtigen Worte finden. Während aus dem kleinen Radiowecker neben ihm leise der Song einer Newcomerband aus Süddeutschland anlief. *„Es sind die Bilder der Zeit, die dich prägen, die dich begleiten auf all deinen Wegen.“*

Vielleicht war es die Gesamtsituation, vielleicht auch der Song mit seiner unmissverständlichen Botschaft, vielleicht waren es aber auch die Worte seiner stolzen Mutter, welche das Feuer tief in ihm immer stärker entfachten. Seine Entscheidung sich zu verändern, sollte sich immer fester in ihm zementieren.

Kapitel 34

Matthis hatte eine furchtbare Nacht. Er machte sich immer größere Sorgen um seinen Kollegen. Auch wenn er ihn am liebsten nicht mehr auf Norderney, oder besser gesagt nicht mehr als seinen Partner, hätte, so stand er aber immer noch in seiner Verantwortung. Er machte sich Vorwürfe, was er doch für ein lausiger Revierleiter sei, wenn er schon bei einem Mitarbeiter, welcher seiner Weisung unterstellt war, so kläglich versagte.

Irgendwann konnte sich Matthis, der auf dem Balkon der WG saß, etwas ablenken. Von dem Platz, den er auf dem kleinen rechteckigen Balkon hatte, konnte er ihren Eingangsbereich zum Mehrfamilienhaus im Blick halten und hier auf Georg warten.

Doch je länger Matthis wartete, beziehungsweise je länger er seinen aktuellen Kriminalroman auf dem Balkon verfolgte, umso schwerer wurden seine Augen, bis sie ihm tatsächlich zufielen. So verbrachte der besorgte Revierleiter die ganze Nacht auf dem Balkon. Selbst das kleine Gewitter konnte Matthis nicht wecken.

Als er am Morgen aufwachte, stellte er fest, dass er ziemlich durchnässt war. Langsam erhob er sich von seinem Stuhl und massierte sanft seinen verspannten Nacken. In dem ersten Moment konnte er kaum seinen Kopf bewegen.

Georg war immer noch spurlos verschwunden. Er entschloss sich, die Insel abzuklappern, um ihn zu suchen.

Erst das Krankenhaus, dann die Hotels, danach die Pensionen, die Klippen, die Strände, den Hafen. Irgendwo musste der Kommissar ja sein, dachte er sich. Matthis holte den ramponierten Caddy und fuhr los.

Georg fand ein reichhaltiges Frühstücksbuffet im Speisesaal vor und tänzelte leichtfüßig um die anderen Gäste herum. Immer wieder tauchte er elegant in die Lücken, welche die anderen Hotelgäste ihm boten.

So schaffte es Bruder Leichtfuß in kürzester Zeit, drei große Teller und einen Brötchenkorb zu befüllen.

Nachdem er den ersten Gang vernichtet oder eher inhaliert hatte, ließ er seinen Blick durch den Saal schweifen, als ihn ein eiskalter Blick traf.

Einer der beiden Fremden, welche er damals im Wohnzimmer des Bürgermeisters beobachtet hatte, saß keine zwanzig Meter von ihm entfernt und starrte ihn an. Obwohl, sicher konnte der Kommissar sich nicht sein, denn der dunkelhäutige Herr trug sogar beim Frühstück seine Sonnenbrille.

Ein kleiner, dicker, weißhaariger Mann, gekleidet wie ein reicher, verrückter Texaner, kam mit dem zweiten, großen, kräftigen Herrn an den Tisch. Sie hatten ebenfalls viel auf den Tellern aufgeladen.

Das konnte doch kein Zufall sein. Das Schicksal meinte es gut mit ihm. Heute ließ er die ominösen Herren nicht so einfach entkommen, beschloss der Kommissar. Denn ab heute würde er nicht mehr so überstürzt und unüberlegt handeln, wie noch vor ein paar Tagen, als eine Straßenlaterne sein Endgegner gewesen war. Auch wenn sein Gesicht wieder fast normal war, diese Lektion würde er nicht mehr vergessen.

Zum Glück hatte sich Georg gestern Abend, als die Wache schon geschlossen war, das E-Bike geholt, um sich ein wenig auf Norderney umzusehen. So verfolgte er nach dem Frühstück die drei Herren in dem dunklen Benz.

Innerorts ging das mit dem E-Bike auch richtig gut, aber etwas später außerorts in Richtung Weiße Dünen war der dunkle Benz schnell außer Sichtweite.

So fuhr Georg zurück zum Hafen, um mit Matthis ein dringend notwendiges und klärendes Gespräch zu führen.

Matthis machte sich nach dem glücklosen Versuch im Krankenhaus auf den Weg, alle Hotels in Hafennähe abzuklappern. Doch so weit sollte es dann nicht mehr kommen, da Georg ihm auf dem Fahrrad entgegenkam.

Beide bremsten. Matthis wirkte in diesem Augenblick tatsächlich erleichtert. Georg spürte das in diesem Moment, als er zu Matthis sprach: „I glaub, wir müssen uns jetzt einmal ernsthaft unterhalten."

„Das seh' ich genauso", erwiderte der Revierleiter.

Kapitel 35

Gemeinsam machten sich die beiden auf den Weg zur Wache.

Die Sonne machte immer noch einen unglaublich guten Job und brannte erbarmungslos vom Himmel. Matthis lenkte Georg, als sie an der Wache waren, zu dem Steg, an dem einst das Speditionsboot festgemacht hatte. Die beiden setzten sich an das vorderste Ende, zogen ihre Schuhe aus und tauchten ihre Füße ins Wasser.

Georg suchte noch einen Augenblick den richtigen Einstieg, doch dann entschloss er sich, mit dem Herumgerede Schluss zu machen. Er griff in seine Jackentasche und zog einen zerknitterten, braunen Briefumschlag hervor. „Du hast gestern diesen Brief vom bayrischen Polizeipräsidenten zugestellt bekommen. I war furchtbar neugierig und habe ihn geöffnet. Das tut mir leid. Das hätte i nie machen dürfen." Der Kommissar schnaufte immer schwerer und kämpfte gegen seine Tränen.

Matthis bemerkte das, doch er nahm den Umschlag an sich und las den Brief.

Georg starrte auf Matthis' Pupillen, wie sie Zeile um Zeile aufmerksam verfolgten. Dieser Vorgang fühlte sich für den Kommissar mit den gläsernen Augen nahezu unendlich an.

„Tja, Georg, das tut mir leid für dich. Aber ich weiß nicht mehr, was ich noch tun soll. Weißt du, ich habe noch nie Vertrauen in dich gehabt. Das klang jetzt komisch. Also was ich meine, ist … Ich kann dich nicht … zu einem Einsatz schicken. Ich brauche aber einen Kollegen, den ich eigenständig herausschicken kann, ohne Angst zu haben, dass er aus Versehen beim Stolpern die Bambinis von Norderney erschießt.“

„Mei, das war ein Riesenfehler. Aber darf i den kurz erklären?“

„Ich weiß nicht, was du groß rechtfertigen möchtest. Gerade als Polizist sollte man Situationen deeskalieren und nicht selbst eskalieren.“

„Das war ja so nicht geplant“, stotterte der Kommissar fast.

„Wie war es denn dann geplant?“, fragte Matthis.

„Mein großes Ziel war es, hier so schnell wie möglich alleine einen großen Fall zu lösen, um mi für eine Rückkehr nach Prutting zu empfehlen. I wollt' dann auch wegen des medialen Drucks als Starermittler mei Comeback einleiten. Falls das nicht klappt, war es mein Ziel, deine Autorität zu untergraben, um dich zu stürzen und mi als Revierleiter sozusagen aufzudrängen, um mi dann selbst nach Bayern zu versetzen.“

Matthis schnaubte entsetzt auf. „Das ist mal eine Ansage, und dann wunderst du dich, dass ich dich rauswerfe.“

Georg konnte seine Tränen nicht mehr verbergen. Matthis erschrak. Wer hätte gedacht, dass er jemals den großen Starermittler weinen sah? „Aber Georg, es ist zu viel passiert. Wie soll ich das alles jemals rechtfertigen? Was hast du dir dabei gedacht?“

„I wollt am Anfang überhaupt nicht hier sein. I hab'
am Abend vor der Amokanreise erfahren, dass i nach
Norderney muss. I hab' zwei Tage net geschlafen."

„Gut, das erklärt deine Unfreundlichkeit auf der
Fähre. Ich habe auch mitbekommen, dass du ein bisschen Platzangst hast. Deshalb hast du mich dann auch
bei der Demo verlassen. Der Sekretär auf dem französischen Balkon, gut, nach zwei Tagen ohne Schlaf
kann man schon mal was verwechseln. Aber die Waffe fahrlässig geladen und ungesichert in der Gesäßtasche zu führen, das geht gar nicht. Du hättest unter
anderem das Patenkind vom Bürgermeister verletzen
können. Verstehst du das? Ich will jetzt nicht alles
aufarbeiten. Du hast das Projekt bei der Eröffnung des
Kindertherapiezentrums ins Lächerliche gezogen ...
Ich habe das runtergeschluckt. Aber dann müssen wir
zu einem Tatort wandern, weil du den Caddy vergessen hattest. Du hast es nicht geschafft, die Rechtsme-
dizin zu alarmieren. Wenn ich niemanden habe, der
mir den Rücken freihält, dann mache ich das Pilotprojekt lieber alleine ... Weißt du eigentlich, dass ich den
besten Ausbildungsabschluss bundesweit in meinem
Jahrgang habe? Ich möchte mir hier eine Zukunft aufbauen. Ich will eine Wache installieren und mich um
alle Fälle kümmern, um mich irgendwann einmal für
höhere Aufgaben zu empfehlen. Ich kann da nicht auf
eine kleine Familientradition Rücksicht nehmen ... Du
stehst in meiner Verantwortung und wenn du jemanden erschießt, auch wenn du das nicht wolltest, weil
du ausgerutscht bist, mache ich mich trotzdem mitschuldig. Dann endet meine Karriere an diesem Tag
auch, verstehst du das?"

Georg nickte. „Das hört sich schon so kalt und abgeklärt an, wenn du das sagst. Ist das schon final entschieden?"

„Von meiner Seite aus, ja", offenbarte Matthis.

„I war ein Riesenrindvieh und i akzeptiere deine Entscheidung, solltest du sie so treffen. Aber geb mir bitte doch noch eine Chance. I will dir zeigen, das i mich verändern kann."

„Ich weiß nicht, ob das wirklich Sinn macht. Eine Veränderung findet doch nicht einfach über Nacht statt. Ich glaube, bis du an dem Punkt wärst, dass ich dir vollständig vertrauen kann, da bist du schon in Rente."

„Lass mich es doch beweisen. Du hast doch nichts zu verlieren. Der Ausschluss läuft doch bereits. Wenn du nichts sagst, bin i in zehn Tagen arbeitslos ..."

„Ich weiß nicht, ob du noch so lange für Norderney tragbar bist", unterbrach ihn Matthis.

„Dann entscheide doch von Tag zu Tag!", forderte Georg ihn auf. „I kann mich verändern und i werd mich verändern. I war so in meinem Wahn, dass ich überhaupt nicht bemerkt habe, in was für einem Paradies ich hier arbeiten darf."

Matthis geriet ins Wanken. Sollte er dem traurigen Bayer doch noch eine Chance geben? Das Thema zurück nach Bayern war ein für alle Mal durch. Die Nummer mit der Autorität zu untergraben, um sich als Revierleiter selbst zu versetzen, war ebenfalls gestorben, da das Polizeipräsidium es schwarz auf weiß ablehnte ihn zurückzunehmen. So blickte Matthis zögerlich auf die offene See.

„Wie kann i dir beweisen, das i mich ändern möchte? ... Ah warte mal." Georg kramte in seiner Hosentasche und holte ein nagelneues Smartphone hervor. „I
hab mir gestern ein Handy gekauft, um in Zukunft für
dich erreichbar zu sein."

Das beeindruckte Matthis dann doch ein klein wenig. Er hatte schon mehrfach versucht, Georg zu einem Handy zu überreden. Doch Georg wehrte sich
immer vehement dagegen und protestierte, welche
Daten man doch da über sich preisgab. „Ach, und außerdem schau mal hier, was i für einen Beweis besorgt
habe, als i meine Waffen im Rathaus zurückgeklaut
hab'." Georg zeigte seinem Vorgesetzten ein stark zerknülltes Standartformular E38, welches von Freddy
Bartsch als Antrag zur Erschließung von gewerblichen
Interessen des Naturschutzgebietes gestellt worden
war.

„Also gut, Georg, das ist schon einmal ein Zeichen in
die richtige Richtung. Aber das alleine reicht mir bei
Weitem nicht. Da muss noch viel mehr kommen und
geschehen ..."

„Heißt das ...?", unterbrach Georg.

„Nein, auf gar keinen Fall", sagte Matthis energisch.
„Ich überlege, ob ich dir noch zwei bis drei Tage geben
soll."

„Ja bitte! Das wäre so schön!"

„Es gibt ja wegen des Mordes noch einiges zu tun. Zu
zweit ginge es schon schneller voran", sagte Matthis
nachdenklich, ehe er zu Georg sagte: „Ok, ich gebe dir
eine allerletzte Chance. Auch wenn ich denke, dass
diese schon nach dem Mittagsessen aufgebraucht ist."

Danach brachte Matthis Georg auf den neuesten Stand im Fall Jensen und Georg erzählte von seiner missglückten Verfolgung. Gemeinsam gingen sie anschließend in die Wache. Matthis holte den nagelneuen Flipchart raus und so analysierten sie den Fall und die Daten aus dem Formular und heckten bis spät in die Abendstunden einen Plan für den morgigen Tag aus.

Kapitel 36

Georg hatte früh am Morgen Stellung vor dem Hotel bezogen. Diesmal war er top aufgestellt und vorbereitet. Heute sollte ihm nicht das Fahrrad oder der viel zu langsame Caddy bei einer möglichen Verfolgung in die Quere kommen.

Gemeinsam hatten sich die beiden Polizisten gestern Abend für ein anderes Gefährt entschieden. So saß Georg wartend in einem silbergrauen Leihwagen, welchen sie bei der ansässigen Autovermietung geliehen hatten. Mit mehr als hundertsechzig Pferden unter der Haube konnte er heute definitiv mit dem dunklen Benz mithalten. Diesmal musste er also nicht zu schnell die Flinte ins Korn werfen, wenn die verdächtigen Personen wieder außerorts aufs Gaspedal drückten.

Doch noch war alles ruhig vor dem kleinen Hotel. Georg beschloss, sein Fahrzeug zu verlassen, und versuchte hinter dem Gebäude eine Einsicht in den Speiseraum zu bekommen.

Tatsächlich saßen die beiden großen Herren wieder mit ihren teuren Maßanzügen und den dunklen Sonnenbrillen am Frühstückstisch. Der kleine, dicke Herr fiel Georg ebenfalls prompt ins Auge. Unauffälligkeit war wohl keine Tugend, welche dieser Herr bevorzugte. Denn auch heute kam er in Lederstiefeln an den Tisch, welche ihm fast bis zu den Knien reichten, und einem Cowboyhut, unter dem sich die langen, weißen Haare verbargen. In der Hand hielt er einen üppig beladenen Frühstücksteller.

Es wirkte, als würde der Cowboy, oder was auch immer er darstellen wollte, gern und ausgiebig speisen.

Georg überlegte gerade, welchen Sinn es hatte, die Herren beim Frühstück zu beobachten, und fragte sich, ob er nicht besser im Auto aufgehoben wäre.

Doch dann sollte etwas Unglaubliches geschehen. Freddy Bartsch betrat den Raum. Zielstrebig und mit einem sicheren Gang eilte er zu den ominösen Herren. Georg nahm sein nigelnagelneues Handy aus der Hosentasche, öffnete die Kameraapp und erschrak, als ihm der Blitz regelrecht ins Gesicht schoss ... Verdammter Selfie-Modus, fluchte er innerlich. Jedoch funktionierte sein zweiter Versuch. Der Blitz wurde zum Glück von niemandem aus dem Speisesaal bemerkt. Nun hatte er definitiv etwas Hieb- und Stichfestes gegen Freddy Bartsch in der Hand.

Freddy wirkte gegenüber der geheimnisvollen Gruppe arrogant und setzte sich direkt gegenüber von dem Herrn mit dem Cowboyhut. Dieser gestikulierte wild mit seinen Händen. Freddy ging nicht auf das Temperament seines Gegenübers ein und antwortete so aalglatt, wie sie den Politiker bereits im Verhör erlebt hatten.

Georg ärgerte sich, dass er nichts von der Unterhaltung hören konnte. Aber ein Eingreifen würde ihnen in diesem Moment nicht weiterhelfen. Deshalb verfolgte Georg den Plan so, wie sie ihn sich gestern stundenlang ausgedacht hatten.

Eine gute Stunde später verließ Freddy die Runde.

Die drei Herren verließen danach ebenfalls das Gebäude und stiegen in den dunklen Benz. Georg erwartete sie bereits und nahm sofort die Verfolgung auf.

Anfangs ging es vom Hotel durch die Innenstadt von Norderney. Diese Strecke hatte er bereits bei seinem ersten Versuch, die Herren mit dem Fahrrad zu verfolgen, kennengelernt. Auch dieses Mal ging es außerorts auf die Landstraße. Felder und Wiesen zogen an Georg vorbei, als die Gegend immer rauer wurde.

Der Boden wurde sandiger, die Vegetation spärlicher. Langsam wurde auch der gewohnte Verkehr auf der Landstraße sehr dünn. Georg musste das Tempo verringern, um einen größeren Abstand zu dem dunklen Benz zu bekommen, da er sonst als einziges Fahrzeug hinter ihnen aufgefallen wäre.

Matthis hatte währenddessen unter einem Vorwand Irina in die Wache einbestellt. Zuerst ließ er sie in der Verhörecke Platz nehmen. Danach ließ Matthis sie wie geplant eine gute halbe Stunde warten. So konnte die Nervosität steigen. Und tatsächlich war dies eine fabelhafte Idee von Georg. Denn als Matthis sich endlich zu ihr gesellte, bemerkte er ein leicht nervöses Zucken an ihren Händen. In diesem Augenblick begann Matthis mit seinen vorbereiteten Fragen.

„Wir konnten dein Handy orten. Es befand sich auf der Fähre und verließ Norderney exakt auf derselben Verbindung, die auch ein Militärtruck nahm, den mein Kollege von den abgesperrten Dünen verfolgte. Also ergibt sich bei uns die Frage, was du über die Sperrung weißt?"

Irina wirkte immer nervöser. „Ich weiß nichts über die Sperrung."

„Ok, das ist absoluter Schwachsinn, Irina. Du warst auf der Demo und vermisst seit genau diesem Tag dein Handy und dann ist es auf der Fähre, als jemand aus dem Naturschutzgebiet die Insel verlässt. Das kann doch kein Zufall sein."

„Das muss es aber!", blockierte die junge Dame.

Matthis ließ sie sitzen und verließ die Verhörecke, ohne auch nur ein Wort zu sagen.

Nach einigen Kilometern bog der Benz von der Landstraße ab, um auf einen schmalen Pfad zu wechseln. Dieser Weg sollte kein leichter sein. Der dunkle Benz hatte auf dem extrem sandigen Boden dank seines Allradantriebes keine Probleme. Doch Georg kam ins Schlingern. Sein Fahrzeug hatte nur Frontantrieb und so brach ihm bei jeder Kurve buchstäblich der Hintern weg. Das ging zwar ein paar Mal gut, aber er verlor zu viel Tempo. Dadurch verlor er auch den Sichtkontakt auf den dunklen Benz. Irgendwann musste er das Risiko erhöhen und so rutschte er in einer scharfen Linkskurve mit dem Hinterteil komplett weg und hinein in eine hohe, weiße Düne.

Jetzt war er heute so weit gekommen und doch hatte es wieder nicht gereicht. Er versuchte alles, um der sandigen Kuhle zu entrinnen. Er probierte, die Kupplung langsam kommen zu lassen, doch seine Räder drehten durch. Anschließend versuchte er, die Kupplung hart schnalzen zu lassen, doch der Kombi fand einfach auf diesem viel zu sandigen Boden keinen Halt.

Nach einer Weile bekam er die Idee, wenn er den Wagen mit Absicht abwürgte, könnte er vielleicht aus dem sandigen Graben heraushoppeln ... Das funktionierte super, er erkämpfte sich Millimeter für Millimeter Richtung des Weges zurück, ehe ihm der Karren endgültig absoff und sich fortan weigerte, überhaupt noch einmal anzuspringen.

Der dunkle Benz war sicherlich bereits über alle Berge. Aber was zum Teufel wollte der hier draußen in den Weißen Dünen, so weit ab vom Schuss, überhaupt?

Georg stieg aus dem Fahrzeug aus und beschloss, auf die Düne zu klettern.

Von ganz oben hatte er die Chance, sich neu zu orientieren, denn die Orientierung hatte er schon lange verloren. Schätzungen gehen auf das Jahr 1993 zurück, als er im Kindergarten von der Schaukel fiel ... äh, doch dies soll eine andere Geschichte sein. Also zurück zu Georg.

Er stand auf dem Kamm der sandigen, hohen Düne und erblickte am Fuße des Hügels den gigantischen Zaun. Wäre er nicht in der Kurve aus der Bahn geflogen, so wäre nach der Biegung ohnehin sein Ende gekommen, da auch hier der mächtige Zaun ein vollautomatisches, verschlossenes Tor aufwies.

Der Kommissar entdeckte sogar eine Überwachungskamera, welche auf die Einfahrt gerichtet war. So wäre er also definitiv aufgefallen. Zum Glück war die Kamera nur auf die sandige, schmale Straße ausgerichtet. So fiel der Kommissar von oben nicht ins Bild.

Erleichtert drehte der Ermittler sich um und rutschte die Düne hinab, um zu seinem Fahrzeug zurückzukehren. Es war an der Zeit für Phase zwei ihres Plans.

Matthis kehrte nach einer weiteren halben Stunde zu Irina zurück und befragte sie erneut über die Dünen und das verschwundene Handy. Diesmal war die junge Dame etwas gesprächiger und Matthis nutzte die Gelegenheit. „Also, könnte es auch sein, dass Sie ihr Handy bereits bei der Demo nicht mehr bei sich hatten?"

„Das hatte ich so nicht durchdacht, aber ja. Ich hatte zuletzt am Morgen versucht, meinen Freund zu Hause zu erreichen. Er ging aber nicht dran. Dann machte ich meine Hausarbeit und ging auf die Demo."

„Also könnte sogar der Bürgermeister das Handy an sich genommen haben?"

„Rein theoretisch, ja. Aber er war an diesem Tag mit seiner Frau und den Kindern auf einem Ausflug. Soweit ich weiß, waren sie nicht einmal auf der Insel zu dieser Zeit."

„Und dass, obwohl eine Demo genehmigt war?"

„Ja", sagte das hübsche Au-pair-Mädchen.

„Hätte jemand anderes Zugang zur Villa gehabt? Frau Jensen wunderte sich zum Beispiel über die Zielstrebigkeit der beiden Herren, welche den Bürgermeister im Wohnzimmer aufsuchten."

„Das verstehe ich nicht."

„Die Herren wussten auf Anhieb, wo das Wohnzimmer in dem großen, verwinkelten Haus war."

„Vielleicht Zufall?"

„Ausgeschlossen", flunkerte Matthis.

Irina blinzelte einmal zu oft für Matthis Geschmack, er nutzte den Moment und schlug mit der Faust auf den Tisch, als er sie bedrohlich anschaute. Wieder und wieder fragte Matthis, wieso sich die Herren in der Villa auskannten.

Irina brach ein: „Ich hatte die Terrassentür vergessen, als ich zur Demo ging. Ich muss bei diesem Wetter ordentlich lüften. Bitte, sagen sie Karla nichts …"

„Also doch!", unterbrach Matthis. „Welche Daten waren auf dem Handy? Weshalb waren die Herren aus den Dünen hinter dem Gerät her?"

„Ich weiß es nicht!"

Matthis wiederholte seine Frage immer und immer wieder, doch Irina brachte außer Tränen nichts hervor. So machte Matthis erneut eine Pause und ließ das arme Mädchen alleine in der Verhörecke zurück.

Zur selben Zeit wanderte Georg bewaffnet mit einem großen Seitenschneider an dem Zaun entlang. Er suchte nach einer geeigneten Stelle, um unentdeckt ein großes Loch in den Draht zu schneiden.

Weit abseits des vollautomatischen Tores setzte er an und schnitt sich in aller Seelenruhe eine große Öffnung in den Zaun.

Er ging hindurch und wanderte auf dem verbotenen Boden immer geradeaus mitten ins Herz der Weißen Dünen.

Mit der Zeit bemerkte er, wie weitläufig dieses Areal war. Wieder bestieg er eine hohe, steile Düne. Denn wenn die Sterne auf seiner Seite standen, könnte er vielleicht von der Spitze der höchsten Düne die mysteriösen Gestalten beobachten.

Schritt für Schritt erkämpfte er sich Meter um Meter im Sand, während die Sonne mit all ihrer Kraft ihm Schweißperlen auf die Stirn trieb. Unter der Herausforderung des steilen Sandbergs bemerkte der Kommissar, dass ihm der Schweiß längst nicht mehr nur über die Stirn tropfte. Sein T-Shirt wurde, wie alles an ihm, klatschnass geschwitzt. Seine Augen begannen zu brennen. Nirgends konnte er sich die brennenden Augen reiben, selbst an seiner Kleidung fand er keine trockene Stelle mehr.

Wie gerne hätte er sich aber wenig später die Augen gerieben, nicht nur wegen des Schmerzes, sondern auch wegen des unnatürlichen Anblickes, welcher ihm das Naturschutzgebiet bot.

Eine Düne um die andere reihte sich, soweit das Auge reichte, aneinander. Berge wie in der Sahara trieben Georg langsam die Angst ins Gemüt. Hier gab es nichts außer Sand. Kein dunkler Benz, keine groß gewachsenen Herren in Maßanzügen und kein kleiner, dicker Mann mit Cowboyhut. Außer der brennenden Sonne und dem immer heißer werdenden Sand zu seinen Füßen existierte hier weit und breit nichts.

Matthis ließ Irina erneut lange warten, bis er freundlich zu ihr zurückkam. Nun war es so weit. Das junge Mädchen packte aus. Sie konnte den Druck nicht mehr standhalten.

Irina hatte eine Yoga-Gruppe gegründet und hielt jede Woche einen Kurs in den Dünen. Hierbei verdiente sie sich ein gutes Geld dazu. Das durfte sie aber wegen der Statuten der Vermittlungsagentur für Au-pair nicht. Da sie auf ihren Job und den Nebenverdienst angewiesen war, hatte sie Angst auf diese Weise alles zu verlieren. Es sei tatsächlich so, dass die junge Dame mit den illegal durchgeführten Yoga-Stunden in den Dünen viel mehr verdiente als mit dem Job als Aupair. Würde sie diesen jedoch aufgeben, hätte sie keine Aufenthaltsgenehmigung, weiter in Deutschland zu leben.

Als die Dünen gesperrt wurden, verlor sie den Ort, an dem sie die beliebten Kurse heimlich durchführte.

Irina wirkte erleichtert, als sie alles erklärte. Matthis glaubte ihr. Aber für das gestohlene Handy ließ sich noch immer keine Erklärung finden. Dennoch ließ Matthis es für heute gut sein und schickte die junge Dame nach Hause.

Es herrschte eine Totenstille in der sandigen Einöde. Keine Vögel zwitscherten, keine Wellen der Nordsee waren zu hören, nicht einmal eine erfrischende Brise sollte an jenem Vormittag sanft über die weißen Dünen wehen.

In welche Richtung sollte Georg nun gehen? Er blickte zur Sonne und richtete den Stundenzeiger seiner Armbanduhr auf das Gestirn aus. So entschied er, seine Richtung zu ändern, und wanderte querfeldein. Er kämpfte sich auf die nächste Düne und rutschte diese ungeschickt von oben wieder herunter. Danach bestieg er die Nächste. Immer wieder zückte er sein Handy, um seinen Standort zu ermitteln. Doch den fehlenden Empfang in dem Naturschutzgebiet hatten sie bei der Planung nicht einkalkuliert.

Matthis wartete unterdessen in der Wache auf eine Nachricht von seinem Kollegen, um Phase drei des Planes einzuleiten. Doch Georg lief und lief unter der brennenden Sonne und versuchte ständig, sein Handy mit dem Netz zu verbinden. Nach einer Weile machte ihm der Akku endgültig einen Strich durch die Rechnung. Nun stand er also da, mitten im Nirgendwo. Jetzt blieb ihm nichts anderes übrig, als zu improvisieren. Denn Matthis hatte gestern gesagt, sollte die Kommunikation in den Dünen ausfallen, so muss er irgendwie anders dafür sorgen, dass Matthis seinen Standort lokalisieren konnte. Nur wie um alles in der Welt sollte er aus dieser Bredouille herauskommen? So lief er immer weiter. Nichts konnte seinen Gang irritieren. So wanderte der durstige Kommissar wie an einer Schnur gezogen durch die Ödnis. Bis er sich an das neue Kindertherapiezentrum in den Weißen Dünen erinnerte.

Der Hof war am Rande der Dünen und bot die optimale Möglichkeit, sich für Matthis bemerkbar zu machen. Eigentlich müsste die Einrichtung sogar in seiner Laufrichtung sein. Doch wäre es klug, einfach den Hof zu betreten und den Betreiber um Hilfe zu bitten?, fragte sich Georg. Wer so weit draußen und so nah an dem abgesperrten Ort in Ruhe und Frieden leben konnte, der konnte genausogut in der Angelegenheit mit drinstecken. Also müsste er irgendwie anders Matthis informieren und seinen Standort übermitteln. Auf einmal kam ihm eine Idee. Der Kommissar wusste sofort, dass er in seiner Bewährung gegenüber Matthis ein großes Risiko einging, aber eine bessere Idee kam ihm einfach nicht in den Sinn. So wanderte er immer weiter, bis sich endlich die Konturen der Einrichtung schwach vor seinen Augen bildeten. Sein Mund war trocken, er hatte noch nie in seinem Leben so einen Durst verspürt. Die Sonne brutzelte mit aller Kraft immer weiter vom Himmel und Georg konnte gefühlt mittlerweile nicht mehr schwitzen. Je weiter er lief, umso mehr dehydrierte sein Körper. Eine Flasche Wasser hatte er idiotischerweise nicht mitgenommen. Aber wer hätte auch gedacht, dass Deutschland eine kleine Wüste hatte, und das nicht im heißen Süden, sondern im rauen Norden? Warum musste auch ausgerechnet dieses Jahr ein Rekordsommer sein, ärgerte sich Georg.

Gestern war der heißeste Tag des Jahres gewesen, schrieb eine landesweit agierende Tageszeitung, doch heute sollte es laut ihrer Prognose noch heißer werden. Aber zurück zu Georg. Mit einem Ziel vor Augen ließ es sich schon viel leichter wandern. Doch kurz bevor er den Kamm der letzten Düne erreichte, streckte ihn ein Wadenkrampf heimtückisch nieder.

Ach, gab es etwas Schöneres im Leben, als den Moment, wenn die Schmerzen nachließen und man den müden Muskel endlich wieder durchgestreckt bekam?

Als der Krampf endlich überstanden war, konnte er die letzten Meter antreten und seinen neuen Notfallplan in die Tat umsetzen.

Kasper Simmen, der Leiter des Therapiezentrums, saß gerade an seinem Bürotisch im zweiten Obergeschoss des alten Bauernhauses. Von hier hatte er, während er die Abrechnungen und Berichte anfertigte, einen sagenhaften Ausblick über die Dünen und den Hof. Selbst einige Ponys im Stall konnte er, wenn er kurz verträumt aus dem Fenster sah, erblicken.

Doch nun sah er, dass sich ein Herr seinem Hof über die sandigen Hügel näherte. Er stand einsam auf der Düne und ließ sich auf den Bauch plumpsen ... Kasper meinte, durch das gekippte Fenster ein „Huiiih" gehört zu haben, als der Mann mit einem Bauchplatscher die Düne herunterrutschte. Als Nächstes ging der Herr zielstrebig zum Stall. Jetzt war der Fremde so nah, dass Kasper ihn als den selbst ernannten Inselkommissar identifizieren konnte. Der Kommissar ging, ohne zu zögern, in den Stall und senkte seinen Kopf in den Wassertrog. Es sah fast so aus, als ob er den Tieren das Wasser wegsaufen wollte. Doch was dann passierte, machte Kasper fassungslos, er konnte nicht begreifen, was gerade vor seinen Augen geschah.

Kapitel 37

„Er hat was?!?", Matthis konnte seinen Ohren nicht trauen, als Kasper Simmen panisch ins Telefon brüllte.

…

„Mensch, das kann doch nicht sein!", fluchte Matthis irritiert in den Hörer.

…

„Okay, ich mache mich sofort auf den Weg und suche ihn!"

Das Bild musste man sich mal vorstellen: weiße, hohe Dünen, soweit das Auge reichte. Die Sonne brannte mit all ihrer Kraft vom Himmel und mitten in dieser unwirklich anmutenden Atmosphäre: Georg. Aber nicht allein, er saß direkt zwischen den beiden Höckern von Abdul, dem Therapiekamel, und sang die Strophen von *The House of the Rising Sun*.

Nach einer Weile stoppte der Kommissar das Kamel, denn er hörte endlich Stimmen. Hinter der nächsten Düne waren sie also. Georg schwang sich vom Kamel, schlich nach oben auf die Düne und blickte über das kleine Tal, welches sich dahinter verbarg.

Matthis erreichte das Kindertherapiezentrum und befragte Herrn Simmen direkt vor der großen Stalltür nach dem genauen Tathergang.

„Der feine Herr Kommissar rutschte diese Düne da
hinten auf dem Bauch herunter", sagte Herr Simmen
und zeigte mit seinem Zeigefinger auf die besagte An-
höhe. „Er rief dabei etwas wie *Huiiih!* und ging danach
zum Stall."

„Und was passierte dann?", fragte Matthis immer
noch ungläubig.

„Dann tauchte er seinen lockigen Schädel in die
Wassertränke. Ich dachte mir, der säuft jetzt den Ponys das Wasser leer, als er kurz vor dem Ersticken
endlich seinen Durst gestillt hatte und den Kopf aus
dem Wasser nahm. Schaute er sich verwirrt in meinem Stall um, näherte sich dann gezielt der Box von
Abdul ... Abdul genoss einfach nur die Sonnenstrahlen,
welche durch sein Dachfenster strahlten. Er liebt es
doch so, in dem gleißenden Licht zu baden, wissen
Sie?"

„Und dann hat sich mein Kollege einfach auf das
Kamel gesetzt und ist aus dem Stall geritten?"

„So ist es. Er hat noch die Seitentaschen, die an dem
Sattel zwischen den Höckern hingen, beim Ausreiten
durchsucht. Ich habe gesehen, dass er noch einen
Feldstecher aus der Tasche zog. Aber dann ritt er zielstrebig hinfort und verschwand in den Dünen."

„Haben Sie versucht, ihn aufzuhalten?", fragte
Matthis den aufgebrachten Kamelbesitzer. Seine
Stimme wirkte etwas heiser.

„Ja, ich habe geschrien, so laut ich konnte, aber der
feine Herr Inselkommissar hat nicht einmal mit der
Wimper gezuckt."

„Okay, machen Sie sich keine Sorgen, ich folge den
Spuren und bringe Ihnen Abdul selbstverständlich

unversehrt zurück", versuchte Matthis, die Lage zu deeskalieren.

Danach schaute sich Matthis auf dem Hof um. Zügig entdeckte er die Spuren von Abdul und so machte er sich auf den Weg in das Naturschutzgebiet.

Georg lag mit dem Feldstecher vor den Augen im Sand verborgen wie einst die Beduinen. Von seiner hohen Düne aus beobachtete er das rege Treiben unten im Tal. Je mehr Einzelheiten der Kommissar entdeckte, umso tiefer vergrub er sich im Sand, bis nur noch Kopf und Feldstecher herausragten.

Unten im Tal waren ungefähr zehn Personen am Werk. Der Texaner passte unglaublich gut in das Landschaftsbild und stiefelte nervös auf und ab. Die zwei großen Herren in den Maßanzügen standen dabei dicht an seiner Seite.

Zwei weitere Herren kämpften mit einem Vermessungsgerät und maßen sich den Wolf. Alle Formationen wurden immer und immer wieder vermessen. Es wirkte, als wären die zwei Herren nicht ganz bei Trost.

Der litauische Militärtruck stand ein paar Meter von dem texanischen Cowboy entfernt. Georg beobachtete, wie vier Personen einen riesigen Bohrer von der Ladefläche hievten. Dann entdeckte Georg unweit der Vermessungsingenieure unzählige schmale Löcher im Boden.

Schade, dass sein geborgter Feldstecher nicht über eine Zoomfunktion verfügte, dachte Georg, während er die fünf weißen Baucontainer unweit des Treibens genauer unter die Lupe nahm. Er erkannte, dass es sich hierbei um Wohncontainer handelte. Er registrierte sogar einen Herrn, der vor einem der Container auf einem Stuhl saß und auf ein paar kleine Monitore auf dem Tisch vor sich schaute. Dieser Herr regelte bestimmt die automatischen Tore und hielt die Überwachungskameras im Auge.

„Und siehst du was?" Georg zuckte nicht schlecht zusammen, als Matthis bäuchlings neben ihm angekrochen kam und mit ihm das Tal beobachtete.

„Zum Glück hat mein Notfallplan funktioniert", flüsterte Georg.

„Warum hast du nicht einfach angerufen?", fragte Matthis leicht enttäuscht.

„Sorry, hier draußen gibt es keinen Handyempfang. I konnt dir den Standort net übermitteln."

„Aber warum hast du nicht von dem Therapiezentrum aus angerufen?"

„Du sagtest, i soll niemanden trauen und bei der Ausführung heute verschrecken. I weiß net, ob der Simmen da net mit drinhängt. Du, der wohnt so nah hier dran und hat nichts mitbekommen? Das glaub i net."

„Na ja gut, ich sagte, wenn die Kommunikation ausfällt, musst du improvisieren. Da hab ich dir einen großen Spielraum gegeben. Aber was war das für eine Art und Weise, wie du das Kamel geklaut hast?"

„Erstens", flüsterte Georg, „hab i das net geklaut, sondern geborgt. Zweitens habe ich einen Hitzschlag vorgetäuscht und mich deshalb sehr seltsam verhalten."

„Mensch, das war eine gute Idee!", lobte ihn Matthis. „Das kann ich später als Ausrede verwenden. Das erklärt dann auch, weshalb du deinen Kopf in den Wassertrog getaucht hast."

„Na, das war echt. Mir brannte der Schädel von der Sonne und i hatte einen Durst wie noch nie im Leben."

Matthis hatte alle Mühe, sein Lachen zu unterdrücken. Danach nahm Matthis den Feldstecher an sich und studierte das Treiben in dem Tal.

„Meinst du, wir sollten das wie geplant stürmen?", fragte Georg. Doch Matthis winkte ab, nahm den Feldstecher von seinen Augen und blickte zu seinem Kollegen. „Dahinten bei den Containern, da sind gerade zwei Typen mit Sturmgewehren raus. Ohne Verstärkung geht hier nichts."

„Ach du Scheiße!", kommentierte Georg. „Ah, i hab bei der Observierung heut' Morgen im Hotel Freddy Bartsch erwischt, wie er diesen kleinen, dicken Cowboy besuchte."

„Das ist nicht wahr! Können wir das irgendwie beweisen?"

„Klar, i hab ein Foto mit dem Handy gemacht."

„Super, dann lass uns Freddy verhaften und mit dem Bild in die Mangel nehmen!"

„Vielleicht kannst du noch an paar Aufnahmen von denen da unten machen, bevor wir das Kamel zurückbringen. Mein Handyakku ist leer."

„Das mache ich!", sagte Matthis, ehe sie sich dann mit Abdul auf den Rückweg zum Kindertherapiezentrum begaben.

Kapitel 38

„Zugriff ... Halt ... Hoppla ..." *Klick*

Keine Minute brauchten unsere beiden Helden, um Freddy Bartsch pünktlich zum Feierabend vor dem Rathaus zu verhaften.

Freddy war nichts ahnend mit seiner dunkelgrünen Aktentasche aus der Tür des Rathauses gekommen, als er hinter einer weißen Säule jemanden hörte, wie er „Zugriff!" rief. Freddy zuckte vor Schreck zusammen. Dabei hörte er „Halt!" von einer anderen Person, links von ihm. Während er sich verdutzt umdrehte, machte er keine gute Figur mit seinen frischpolierten Lackschuhen auf dem glatten Steinboden. Er rutschte und landete direkt vor Georgs Füßen auf dem harten Boden. Matthis kam vor Augen aller Schaulustigen um das Rathaus angerauscht und drehte den Übergangsbürgermeister auf den Bauch. Riss seine Arme nach hinten und legte Freddy Handschellen an.

„Spinnen Sie? Ich bin ihr Vorgesetzter! Ich bin jetzt der Bürgermeister!", schrie Freddy mehrfach die beiden Beamten an. Diese ignorierten jedoch seine Worte und verfrachteten ihn zu dem Caddy.

„Und jetzt rein da!", forderte Matthis den Vize-Bürgermeister auf.

„In den Caddy? Ne ... Aua, ich mach' ja schon!"

Lange sollte die Fahrt zur Wache nicht dauern. Freddy konnte nicht so schnell schauen, wie er von den beiden Polizisten in die Verhörecke verfrachtet wurde.

„Was soll das?", fragte Freddy. Eines war er sich sicher: So ließ ein Freddy Bartsch sich nicht behandeln. Die Methode, welche die Gesetzeshüter gewählt hatten, als sie nach der Arbeit regelrecht über ihn herfielen, machte ihn ungeheuer wütend. Außerdem sollte schon in Kürze der reguläre Wahlkampf beginnen. Eine Verhaftung passte ihm überhaupt nicht in sein Bild.

Matthis saß dem Gefangenen direkt gegenüber und erwiderte den eiskalten Blick. „Sie haben gelogen!", warf er seinem Arrestanten vor.

„Was jetzt genau? Ich bin Politiker, ihr Eumel, lügen ist mein verdammter Job!"

Georg übernahm das Wort und präsentierte Freddy das Foto aus dem Frühstücksraum des Hotels. Freddy wirkte ertappt und begann zu schweigen. Alle Aufforderungen brachten nichts, so entlockten sie dem Herrn keine Silbe. Deshalb entschied sich Matthis für einen kurzen Themenwechsel: „Warum haben sie ein Standardformular E38 zur Auflösung des Naturschutzgebiets gestellt?"

Freddy erstarrte für einen Moment, ehe er mit seiner eiskalten und arroganten Art zu sprechen begann. „Das ist alles Fiktion. Ich weiß nicht, wer so etwas behauptet. Hier wird gar nichts aufgelöst. Das Formular kenne ich nicht. Ich habe euch doch bereits offenbart, was wir freitagnachmittags Böses und Heimliches machen ..."

Georg unterbrach ihn: „Schnauze Arschloch, der Bürgermeister war ein extremer, bekennender Veganer. Der fraß nur den leblosen Schmarrn, den seine Frau zusammengepanscht hatte, und der soll a Salami-Pizza bestellen? Mei, außerdem hat der einzige Pizzalieferdienst nicht eine einzige Fahrt, nicht eine einzige Bestellung jemals zum Rathaus geliefert. Aber vielleicht erinnert sich der feine Herr ja an die Wahrheit, wenn wir ihm ein Bild aus den Dünen zeigen", polterte der Kommissar.

„Bitte was?", wetterte Freddy. Matthis verlies kurz die Verhörecke und holte die vorbereiteten Ausdrucke. Alles Bilder aus den Dünen.

Freddy schaute sich die Bilder aufmerksam an.

„Was wird hier gebohrt?", fragte Matthis. Doch Freddy wirkte wie versteinert. Ab diesem Zeitpunkt schenkte er den beiden keine Beachtung mehr.

Immer weiter verstrickten sich die Vorwürfe um ihn, Matthis und Georg präsentierten eine Variante nach der anderen, weshalb der Mord an Fiete Jensen notwendig gewesen war.

Für Freddy wurde die Lage immer ernster. So wählte er seinen nächsten Schachzug. Er klatschte auf einmal langsam mehrfach in die Hände, als wäre er bei einer langweiligen Schultheateraufführung. „Ist ja gut Jungs … ich habe Fiete nie etwas angetan. Er war mein bester Freund."

„Halt, Arschloch", unterbrach Georg erneut, „weißt du noch, das mit dem schlechten Handyempfang, weshalb das letzte Telefonat so laut war? Das stimmte natürlich auch nicht, hier ist der Verbindungsnachweis … nur deine Festnetznummer, und Festnetz funktioniert hier und eine Störung war zu dieser Zeit auch nicht gemeldet."

Wieder klatschte er müde Applaus und verneigte seinen Kopf. „Das war eine gute Laiendarstellung, Jungs! Hut ab, aber das Projekt mit der Wache Norderney endet jetzt sofort! Ich werde gleich den Polizeipräsidenten informieren."

„Sie denken doch nicht etwa, dass wir Sie nach all den Vorwürfen heute einfach laufen lassen?", fragte Matthis.

„Doch genau das denke ich! Da ich euer Chef bin, befehle ich euch, das alles hier sofort einzustellen. Ich werde eine Anzeige wegen Freiheitsberaubung stellen."

„Nichts da!", sagte Georg. Doch ab diesem Zeitpunkt forderte Freddy sein gutes Recht ein. „Ich möchte meinen Anwalt anrufen und verweigere ab sofort die Aussage!"

Rechtlich gab es darauf keinen Handlungsspielraum. So mussten sie dieser Forderung widerwillig nachkommen.

Es dauerte nicht lange, ehe ein schlanker, großer Mann, elegant gekleidet, mit teurer Aktentasche, an der Wache klingelte. Der Herr mittleren Alters schaute durch eine große, moderne Designerbrille und hinterließ mit seinem ordentlichen Auftreten einen sehr professionellen Eindruck.

Als der Anwalt die kleine, stickige Verhörecke betrat, rümpfte er die Nase und forderte erstens einen anderen Raum, da es hier drin roch, als säße ein Kamel mit am Tisch, und zweitens ein paar Minuten allein mit seinem Mandanten.

Matthis waren die Hände gebunden, rechtlich musste er zustimmen. Nach einer Weile empfing der Anwalt sie zusammen mit seinem Mandanten wieder an dem Tisch im Pausenraum.

„Mein Mandant hat mit dem Mord nichts zu tun."

„Das mag ja sein", erwiderte Matthis. „Aber er lügt zu allen Themen."

„Ja, und Herr Jüllich, sind Lügen denn immer strafbar? Was haben Sie konkret in der Hand? Warum halten Sie meinen Mandanten hier fest?"

„Oh, da gäb' es einiges!", sagte Matthis. Er holte die Ausdrucke von den Beweisfotos und zeigte dem Anwalt die Bilder aus dem Frühstücksraum des Hotels.

„Das geht Sie zwar überhaupt nichts an. Aber mein Mandant hat zu Hause mit seiner Freundin ein paar ernsthafte Probleme, weshalb er im Hotel übernachtete. Das war also eine rein zufällige Begegnung."

„Schwachsinn!", erwiderte Matthis. Dann blickte er zu Georg und sagte: „Der Herr Kollege übernachtete auch schon einmal in diesem Hotel."

Der Anwalt wirkte kurz irritiert, versuchte dies jedoch zu verbergen, und antwortete blitzschnell: „Nur weil Freddy mit dem Geschäftsführer von Solution Tech frühstückt …"

„Solution Tech!", unterbrach Matthis. „Das ist doch so eine ominöse Briefkastenfirma, oder?"

Freddy wandte sich seinem Anwalt zu. „Klasse, Bernd, wirklich super! Wofür bezahle ich dich?"

„Langsam wird ein Schuh draus", flunkerte Georg, um den Druck auf eine neue Ebene zu hieven.

Matthis tippte derweil auf seinem Handy herum. „Solution Tech, dass ist der Schlüssel, der mir zu dem Firmen-Wirrwarr fehlte. Schau an, die haben sogar eine Homepage, und da schau an, Georg: Sie werben mit Tochterfirmen rund um die Welt, ob in Südafrika, Russland oder in Litauen. Das Impressum der Homepage verweist auf eine Firma in Katar. Jetzt können wir auch die Reservierung der Fähre zurückverfolgen. Ach, ist das toll, dankeschön, Herr Rechtsanwalt Holm … Ich lache mich schlapp. Solution Tech, ihr Partner für saubere, grüne Energie von morgen … Ach ne, und was haben wir hier? Mehrfache Berichterstattung über illegale Fördertechnologien, unter anderem illegales Fracking. Deshalb sind die Dünen abgesperrt. Damit keiner erfährt, dass der feine Herr Bartsch hier mitten in der Energiekrise mit unkonventionellem Erdgas mitmischen möchte."

„Das war dann wohl der Grund, weshalb Herr Jensen sterben musste", kommentierte Georg.

Freddy Bartsch schüttelte den Kopf und starrte zu seinem Anwalt. „Prima Bernd, jetzt haben wir den Salat! Das kannst du Charles persönlich beibringen."

„Charles?", fragte Matthis. „Das wird ja immer besser. Sind wir jetzt bei *Wünsch dir was?*"

„Mei, sei froh, wenn die schon unsere Arbeit machen", Georg drehte sich dem Anwalt zu. „Hat der Charles auch einen Nachnamen? Dann muss der Kollege net so lange tippen. Der kriegt ja sonst ganz rote Finger."

Herr Holm schaute zu den Inselcops: „Mein Mandant wird ab sofort jegliche Aussage verweigern!"

„Dann geht es jetzt in U-Haft!", polterte Georg.

Doch Herr Holm widersprach. „Das ist nicht so einfach möglich, ich werde, eine sofortige Haftprüfung ansetzen.“

Doch Georg fühlte zum ersten Mal den Aufwind in seiner Karriere und schenkte den Worten wenig Beachtung. „Nix da, wir wissen, dass Sie als Anwalt alle Namen kennen. Also können wir nicht abschätzen, inwieweit nicht Sie die Fäden in der Hand halten.“

Von dem Tisch des Pausenraumes waren es keine drei Meter bis zu der kleinen, kuscheligen Arrestzelle. Georg trieb die Herren hinein und verriegelte die Tür. Einen kurzen Augenblick später öffnete er erneut die Tür und warf den Herren einen kleinen Eiseneimer vor die Füße.

„Was soll das?“, fragte der Anwalt.

„Entschuldigung, das wäre die Sanitäranlage, meine Herren. Die hab i vorhin leider vergessen. Viel Spaß euch zwei und eine angenehme Nacht!“

Matthis telefonierte inzwischen mit dem Staatsanwalt, um die aktuellen Ermittlungen weiterzuleiten und eine Überführung in die U-Haft einzuleiten.

Doch leider widersprach ihm die Staatsanwaltschaft hier. Eine Untersuchungshaft war beim Stand dieser Ermittlungen noch viel zu früh und außerdem bestand keine Flucht- oder Verdunkelungsgefahr. Deshalb ließ die Staatsanwaltschaft lediglich die Ausweise für eine mögliche Abreise mit der Fähre sperren und befahl Matthis, die beiden Herren wieder auf freien Fuß zu setzen.

Kapitel 39

Ein wenig später zu Hause bei Freddy Bartsch

„Charles? Freddy hier am Apparat ... Bernd hat sich verplappert!"

...

„Diese dämlichen Inselcops haben einige brisante Beweise gesammelt. Sie haben mich mit allem in Verbindung gebracht und mich in Handschellen aus dem Rathaus geführt. Dank dir ist mein Ruf im Arsch."

...

„Ja, ich weiß ... Deshalb habe ich mich ja dafür eingesetzt, nicht einfach eine Wache aufzubauen, sondern irgendwelchen Pfeifen ein betreutes Ermitteln zu bieten. Wer kann schon ahnen, dass es zu einem Mord kommt? Warum konnte Fiete nicht einfach wie ich die 500.000 Euro plus den kleinen Firmenanteil annehmen, und gut ist? Sogar Ataman hat die halbe Million genommen, oder?"

...

„Was? Das hat er nicht!"

...

„Was, den hast du schon mit 5.000 Euro auf deine Seite gebracht? Hut ab!"

...

„Ich weiß, Nela ist gefährlich, die hättest du nie, für kein Geld der Welt, bekommen. Ich kann das schon verstehen. Du musstest als Geschäftsmann eine Entscheidung treffen. Fiete oder Nela. Aber war Fiete wirklich die richtige Idee?"

…

„Hast du nicht? … Ich verstehe nicht! Aber ich will es lieber nicht wissen, bevor mein Anwalt das auch noch rausposaunt."

…

„Der Mist ist, die wissen von deinem Decknamen: Solution Tech. So hat dieser dünne Cop sofort am Handy dein Firmennetzwerk durchleuchtet."

…

„Ja, und jetzt, wo bist du?"

…

„Okay, aber pass auf, die haben Bilder aus den Dünen. Welche Taktik schlägst du vor?"

…

„Ach du Scheiße, im Ernst?"

…

„Ist das dein letztes Wort? Meinst du, das bekommen wir vertuscht?"

…

„Okay, ich verstehe!"

…

„Dann treffen wir uns erst wieder, wenn der Job erledigt ist. Alles klar."

…

„Bis dann, Charles!"

Kapitel 40

Nachdem sie die Herren freigelassen hatten, war auch für die tüchtigen Ermittler der Feierabend gekommen. Heute hatten sie ein wirklich großes Stück des Puzzles lösen können.

Matthis war sichtlich zufrieden mit ihrer Leistung. Georg hätte zwar zu gerne noch weitergemacht, da ihnen seiner Meinung nach nur noch ein Puzzlestückchen bis zur kompletten Auflösung fehlte, jedoch erkannte auch er, dass Matthis recht hatte und es mit überstürzten Handlungen heute nicht mehr weiterging.

Auf dem Heimweg zur WG fachsimpelten die beiden Spürnasen und diskutierten über ihre nächsten Schritte.

„Nein Georg, das wäre viel zu auffällig."

„I weiß net, wäre das nicht für diesen Charles sehr überraschend, wenn jetzt ein Sondereinsatzkommando käm' und wir noch mitten in der Nacht den Lagerplatz in den Dünen stürmen würden?"

„Ich verstehe deinen Gedankengang, aber wir haben ordentlich Wind gemacht. Stell dir vor, jetzt käme ein Sondereinsatzkommando. Wie sollen die hierherkommen? Die Fähre fährt erst morgen wieder regulär. Heute müssten die mit dem Helikopter oder einem Schiff von der Küstenwache anreisen. Mit diesem Lärm haben wir die ganze Insel auf den Beinen. Das würde den Herren von Solution Tech nur zugutekommen. In so einem Chaos ist eine Flucht nicht unbedingt das, was als Erstes auffällt."

„Ja, aber auf was willst du warten?", fragte der Kommissar energisch.

„Wir gehen jetzt nach Hause", fasste Matthis zusammen. „Morgen früh teilen wir uns wieder auf. Ich leite alles für das Sondereinsatzkommando ein. Spätestens zur Mittagsstunde haben wir den Lagerplatz von Charles und seinen Männern gestürmt. Du gehst morgens zur Bürgermeistervilla. Jetzt, wo wir den Decknamen kennen, wissen wir auch, nach welchen Unterlagen wir suchen müssen. Also, du durchsuchst im Arbeitszimmer des toten Bürgermeisters alles zum Thema Solution Tech. Jedes noch so unscheinbare Dokument könnte diesen Charles oder Freddy belasten."

Der bayrische Kommissar wirkte ein wenig enttäuscht. „Ach menno", sagte er. „Jetzt hab i richtig Puls, i tät lieber etwas stürmen, ein bissel umeinander schießen, anstatt mich mit Papierkram herumzuärgern."

„Bitte was? Du bist nach wie vor auf Bewährung!", erinnerte Matthis ihn. „Hier wird nicht *ein bissel umeinander geschossen*, ist das klar?"

„Ja, du hast ja recht ... Du, Matthis aber ein klein bisschen rumballern wäre doch ok, oder?"

„Nein, du bist hier nicht im Wilden Westen. Ich erinnere dich nur: Der Deal steht nach wie vor. Wenn du dir auch nur irgendeinen Fauxpas leistest, kannst du deine Koffer packen und nach Hause fahren oder je nachdem eine Arrestzelle in der Küstenwache beziehen."

Georg nickte wortlos und betrübt Matthis zu, während sie die Eingangstür ihres Wohnblocks erreichten.

So sollte dieser erfolgreiche Tag endgültig sein Ende finden. Noch war es für sie unvorstellbar, dass ein weiterer Mitspieler stumm in ihr Spiel einstieg, leise auf sie lauerte und die Nacht nutzte, um ebenfalls einen klugen nächsten Spielzug zu spielen.

Kapitel 41

Im Villenviertel nahe des Weststrands war es am Morgen noch sehr ruhig. Kein Anwohner hatte einen Rasen zu mähen. Niemand wollte grundlos herumschreien. Kein Hund bellte und kein Kind weinte.

So ruhig kannte es der bayrische Kommissar aus seiner ländlichen Heimat in Bayern nicht. In seiner Nachbarschaft gab es immer jemanden, der die Magie des neuen Tages brach.

Georg grüßte ehrfürchtig die ramponierte Laterne, als er mit dem Caddy langsam an ihr vorbeifuhr, um direkt hinter ihr zu parken. Vorsichtig blickte er wie einst durch die Hecke, jedoch konnte er niemanden entdecken. Wahrscheinlich waren Frau Jensen und die Kinder schon außer Haus. Jedoch musste laut den Angaben das Au-pair-Mädchen Irina zu dieser Zeit ihre Aufgaben im Haushalt erledigen.

Der Kommissar ging gerade von seinem Parkplatz auf die Haustür zu, als sich diese öffnete und Irina zügig das Gebäude verließ. Zum Glück schaute sie weder nach rechts noch nach links und so bemerkte sie weder den Kommissar noch den ramponierten Dienstcaddy vor der lädierten Laterne.

Irina stürmte so aus der Villa, dass sie nicht einmal bemerkte, dass die Tür nicht richtig hinter ihr ins Schloss fiel.

So blieb der Starermittler für einen Augenblick zögernd auf dem Bürgersteig stehen. Seine Gedanken drehten sich im Kreis. Tür oder Au-pair, Tür oder Au-pair? Er fragte sich, was sein Revierleiter in diesem Moment von ihm fordern würde. Mission erfüllen oder Risiko eingehen und einer möglichen neuen Spur folgen? Während er so nachdachte, bemerkte er, dass seine Füße längst eine Entscheidung getroffen hatten, denn er verfolgte schon mit einem guten Abstand das gestresste Mädchen.

Sie legte einen flotten Gang an den Tag, so hatte der Kommissar wenigstens keine Mühe, einen sicheren Abstand zu halten. Der Marsch zog sich und Irina wurde vor seinen Augen immer kleiner. Georg musste tatsächlich leicht joggen, um in Sichtweite zu bleiben.

Irina lief in einen angrenzenden Stadtpark. Die Parkanlage umfasste sogar ein kleines Waldstück. Zwischen den Bäumen erwartete ein junger, nervöser Kerl sie. Der schmächtige Bursche hampelte von einem Fuß auf den anderen. Je näher Irina kam, umso ruhiger wurde er. Ein erleichtertes Grinsen schlich sich in sein Gesicht. Georg beobachtete sicher aus der Ferne, wie Irina ihm einen kleinen Korb überreichte. Danach küssten sie sich heiß und innig. Als Nächstes öffnete der Fremde den Deckel des Korbes. Er holte unter anderem eine Wasserflasche und Zigaretten heraus. Als der Fremde mit zittrigen Händen eine Schachtel Zigaretten öffnete und sich umgehend eine anzündete, entschied sich Georg, hier an dieser Stelle abzubrechen und zurück zur Villa zu gehen.

Aber vorher zoomte er mit seiner Handykamera auf den jungen Casanova. Zum Glück stand er ihm fast gegenüber, sodass sein folgendes Foto perfekt das Gesicht abbildete.

Als Georg wieder an der Villa ankam, war die Tür immer noch einen Spalt geöffnet.

Georg klopfte sicherheitshalber, bevor er die Villa betrat. Er hatte ein mulmiges Gefühl. Irgendetwas stimmte nicht. Der Kommissar fühlte sich beobachtet, deshalb zog er die Pistole aus seinem Holster. Seine Schritte wurden immer langsamer und vorsichtiger. Er hörte nichts außer seinem eigenen, trägen Atem. Vielleicht, so dachte Georg, war das mulmige Gefühl auch nur Einbildung?

Trotzdem hielt er die Waffe weiterhin im Anschlag. Kurz vor dem offenen Eingangsbogen zum Esszimmer lauschte der Kommissar. Er hörte nichts und so schwang er sich mit der Waffe um die Ecke und überprüfte das leere Esszimmer. Das Wohnzimmer und die Küche fand er ebenfalls verlassen vor. Doch auf einmal erklang ein kurzes Rascheln von der oberen Etage.

Ein Adrenalinstoß schoss ihm durch den Leib. Für eine Weile erstarrte er regelrecht vor Angst. Er konzentrierte sich und versuchte, weitere Geräusche zu lokalisieren, aber er konnte nichts hören. Langsam kamen ihm Zweifel. Vielleicht hatte er sich das Rascheln auch nur eingebildet? Deshalb ging er vorsichtig zur Treppe und rief mit verstellter Stimme: „Hallo, hier Paket!"

Nichts erwiderte seine schauspielerische Glanzleistung. So entschied er sich, die Treppe in das Obergeschoss zu nehmen. Doch mit jeder Stufe spürte er mehr, dass er nicht allein im Haus war.

Die moderne Holztreppe knarrte bei jedem seiner Schritte. Verdammt, dachte Georg. Warum musste er nur so schwer sein? Doch der Kommissar konzentrierte sich auf sein Gehör. Kein weiteres, fremdes Geräusch kam ihm entgegen.

Langsam und vorsichtig knarzte er sich also seinen Weg weiter nach oben, als er plötzlich noch einmal deutlich ein Rascheln vernahm.

Hoffentlich nur ein humpelnder Hamster, dachte sich der einsame Kommissar.

Doch mit der Zeit konnte er den Raum mit der Aktivität lokalisieren. Je näher er kam, umso eindeutiger konnte er seine These mit dem Hamster widerlegen. Plötzlich ertönte ein Räuspern aus dem Zimmer.

Gut, das Thema Hamster war dann endgültig vom Tisch. Mit dieser Erkenntnis schlich er sich weiter auf die Stube zu.

Kurz vor der offenen Tür blieb er stehen. Er lehnte mit dem Rücken an dem Türrahmen, aber seine Beine weigerten sich, einen Schritt weiterzugehen. So lauschte der Kommissar und atmete tief ein und aus.

Endlich nahm er all seinen Mut zusammen und hüpfte um die Ecke und schrie wie ein Wahnsinniger nicht zusammenhängende Satzfetzen.

In dem Raum stand einer dieser großen Herren im Maßanzug und durchwühlte gerade die Schubladen des Schreibtisches.

Ab jetzt sollte alles sehr schnell gehen. Der hellhäutige Riese griff sofort unter sein Jackett.

Georg erkannte die Gefahr, kalkulierte blitzschnell und schoss sofort und ohne mit der Wimper zu zucken mit seiner Dienstwaffe.

Seine Kugel sollte den Oberschenkel treffen, der Herr ging zu Boden.

Schreiend vor Schmerz krümmte der Mann sich auf dem Teppich.

Georg hatte die Waffe immer noch am Anschlag und näherte sich vorsichtig. Er schob dessen Jackett zur Seite und entdeckte eine Pistole in der Seitentasche.

Also hätte der Typ ihn wahrscheinlich ohne ein Wort abgeknallt. Doch Georgs fulminanter Wurstfinger war schneller gewesen.

Georg sicherte die Waffe und durchsuchte alle weiteren Taschen. Nichts weiter verbarg der wimmernde Herr vor ihm. Also kein Handy, kein Geldbeutel, keine Schlüssel. Wer geht denn so aus dem Haus, fragte sich der pfiffige Pistolero.

Sein Opfer schien höllische Schmerzen zu erleiden. Er schloss beide Hände fest um seinen Oberschenkel. Der Typ blutete wie ein Schwein. Georg schaute sich seinen Treffer an und bemerkte, dass seine Kugel rein von der Arithmetik in der Nähe des Ischiasnervs eingeschlagen haben musste. Als Nächstes entdeckte der Kommissar, dass sein Schuss einen ordentlichen Wumms gehabt hatte, denn die Kugel ging glatt durch den Oberschenkel. Eigentlich versuchte Georg gerade, den Herrn zu verhören, doch seine Blutung wurde immer stärker. Deshalb zückte der Kommissar sein Mobiltelefon und rief gnädigerweise einen Krankenwagen.

„Grüß Gott, Kommissar Pampelhuber am Apparat.“

...

„Was?“

...

„Ach so, ja, der Pampelhuber. Kommt zur Bürgermeistervilla, i hab einen daschossen!“

...

„Was weiß i, wo genau? Ortet halt das Handy!“

...

„Ach was, nee, so lange hat der, glaub i, net mehr.“

...

„Ach Mensch, sag’s doch gleich, Norderney bin i.“

...

„Ja, das passt, solange geb i dem noch. Aber wo soll er auch groß hin mit nur einem Bein?“

...

„Ja ja, ist schon recht, dann bis gleich.“

Wegen des Gestöhns und Gewimmers verstand er am Telefon schon fast kein Wort mehr. Für das nächste Telefonat brauchte er absolute Ruhe und da der unfreundliche Herr am Boden dies nicht einsah, verließ Georg kurzerhand die Villa.

Er lehnte sich vor der Haustür an einen Steinlöwen und wählte die Nummer der Wache.

Matthis erkannte sofort die Nummer auf dem Display und begrüßte den Kommissar mit „16 20 4“.

Georg verstand nicht. „Was?“

„Das ist die Nummer der Stadtwerke, die sind für die Instandsetzung von Straßenlaternen zuständig!“

„Ach Schmarrn, Matthis, viel besser, i hab einen daschossen!“

„Bitte wiederholen!", forderte ihn Matthis auf. Noch kurz hatte Matthis die Hoffnung, dass er sich verhört hatte. Er wünschte sich, dass der Kommissar etwas anderes gesagt hätte. Doch Georg nahm ihm postwendend diese Hoffnung.

„I hab einen daschossen!"

„Sauber ... Ach, warum denn auch nicht?", kommentierte Matthis, ehe sich seine Stimme überschlug. „SAG MAL, SPINNST DU?!"

„Na, i hab 'nen Gorilla erledigt."

„Klär mich auf, bist du im Tierpark oder besoffen?"

„Weder noch, Matthis, i bin in der Bürgermeistervilla."

„Bleib da, ich komme!", war das Letzte, was Matthis in den Hörer sprach, bevor er auflegte und aus der Wache stürmte.

Was für eine Wut überkam Matthis, während er sich auf das E-Bike schwang und so schnell er konnte zum Villenviertel radelte.

Wie hatte er so dumm sein können, dem werten Kollegen noch eine Chance zu geben? Jetzt war exakt das geschehen, wovor sich Matthis gefürchtet hatte. Seine Karriere würde ebenfalls enden, wenn Georg wirklich jemanden im Dienst grundlos abgeknallt hätte. Das Pilotprojekt würde sofort eingestellt werden und auch gegen ihn würde eine interne Ermittlung eingeleitet werden. Matthis' rote Rübe brannte vor Zorn auf dem Rad. Sein Gesicht war feuerrot, als er wenige Minuten später die Villa erreichte.

Ein unglaubliches Bild spielte sich vor seinen Augen ab. Vor der Villa standen zwei Krankenwagen, ein Notarztwagen, weinende Kinder, eine hysterisch schreiende Karla Jensen und mittendrin der Kommissar Pampelhuber.

Immer mehr Nachbarn versammelten sich vor ihren Gebäuden und schauten neugierig zu dem regen Treiben vor dem Haus.

Matthis schnappte sich umgehend Georg. Er packte ihn am Kragen und zog ihn ein paar Meter zur Seite. „Sag mal, Georg, spinnst du?! Schau dir an, was du hier angestellt hast! Ich dachte, du wolltest dich ändern. Das war es jetzt für dich!"

Georg wirkte irritiert. Leicht tätschelte er seinem Chef die Schulter. „Du musst di beruhigen, Matthis!"

„Ich soll mich beruhigen? Schau dich doch mal um. Was ist hier los?"

„Mei, Matthis, i hab hier was ermittelt ..."

„Das nennst du ermitteln?", unterbrach ihn Matthis. Doch Georg ließ sich nicht aus der Ruhe bringen. „Irina hat vorhin hektisch das Haus verlassen. I bin ihr gefolgt. Sie hat wen im Park getroffen ... Stell dir vor, hier hat's 'nen Park, sogar einen kleinen Wald hat's hier!"

„Toll, Georg! Und warum genau tragen die Sanis einen schreienden Mann auf einer Trage raus?"

„Ja Moment, Irina hat die Tür nicht richtig zugebatscht. Deshalb bin i rein, um nach Unterlagen und Beweisen zu suchen."

„Du, mir reicht es gleich. Warum schreit der Typ da dann vor Schmerzen? Da gibt es immer noch eine kleine Bildungslücke in deinen Worten!"

„I hab den erwischt, wie er im Arbeitszimmer des Bürgermeisters den Schreibtisch durchwühlt hat. Er sah mich, zog die Waffe und na ja ...", Georg formte seinen Zeigefinger und den Daumen zu einer Pistole. Er pustete elegant an seinen Zeigefinger und sagte dabei: „I war schneller!"

„Scheiße, und wer ist das?", fragte Matthis zum ersten Mal in einer normalen Gesprächslautstärke.

„Ach so, hast mi net verstanden. Das war einer dieser Anzugstypen von Solution Tech."

Matthis verstand sofort den Ernst der Lage. Sie waren den Herren zu nah gekommen. Offensichtlich befanden sie sich auf der Abschussliste. Wahrscheinlich war der Bürgermeister ebenfalls an diesen Punkt angekommen und hatte deshalb am Strand sein Leben lassen müssen. Jetzt musste er definitiv einen kühlen Kopf bewahren. So fragte Matthis kühl seinen Kollegen: „Hast du die Waffe von dem Angreifer sichergestellt?"

„Selbstverständlich!", erwiderte der Kommissar und begann, alle seine Taschen suchend abzutasten. Matthis bemerkte dies natürlich. „Echt jetzt!"

„Mei, vorhin hat' i sie doch noch!"

„Au Mann!", kommentierte Matthis. „Komm, zeig mir den Tatort. Ach, und warum weinen die Kids?"

„Zssst!", Georg winkte angewidert ab. „Die Jugend heutzutage, hält nichts mehr aus. Die sind hier aufgetaucht, nachdem i mit dir telefoniert hab. I hab nur gesagt, die solln an Moment warten, da i drin vorhin geschwind wen daschossen hab! Seitdem plärren die hier umeinander."

Matthis schüttelte wie so oft seinen Kopf, dabei zog er angespannt die Augenbrauen hoch. „Also, bei dem Dialekt, den du da an den Tag legst, hätte ich als Kind auch Angst gehabt. Was für ein sagenhaftes Fingerspitzengefühl du doch hast! Du läufst hier herum und sagst: Moment, ich habe drinnen jemanden erschossen. Georg, Lucy-Lou und Tim haben gerade ihren Vater auf diese Art verloren, und der Mörder läuft noch frei herum. Lass mich raten, deshalb hat die Jensen hier auch herumgeschrien."

„Jup!"

„Ach Georg, du bist kein Bulle, du bist ein Rindvieh! Hat dein Opfer denn was gesagt?"

„Nein, der sagte nichts. I hab sogar mit dem Schlagstock mal gegen den Oberschenkel gehauen."

„Spitze, Georg, das war Folter!"

„Na! Echt jetzt?"

„Klar, der kann dich anzeigen."

„Oje!", murmelte der Kommissar, während die beiden die Treppe in das Obergeschoss hinaufstapften. Georg ging nun, nachdem die Gefahr gebannt war, mutig voraus und präsentierte Matthis das Arbeitszimmer des verstorbenen Bürgermeisters.

Der Anblick hinterließ bei Matthis ein mulmiges Gefühl. In dem quadratischen Raum stand ein mächtiger Holzschreibtisch. Auf ihm befanden sich tausende lose Blätter. Das Chaos reichte bis weit über die Arbeitsfläche des Tisches hinaus. Alle Schubladen waren herausgezogen, der Inhalt auf dem Boden verteilt. Schranktüren waren sperrangelweit geöffnet. Der Angreifer hatte, bevor Georg ihn erwischte, ordentliche Arbeit geleistet. Matthis entdeckte in all der Unordnung eine großflächige Blutlache. „Also, genau hier lag dann der Herr?"

„Ja genau!", bestätigte Georg.

„Hast du wenigstens was Verdächtiges gefunden?"

Georg blickte verlegen aus dem Fenster.

„Lass mich raten, der große Herr Kommissar hat bisher nicht geschaut."

„Leider ja."

„Wenigstens hat der Kommissar die Waffe ungesichert und kinderfreundlich da hinten auf der Fensterbank liegengelassen." Georg bemerkte den Zynismus seines Vorgesetzten, doch er schenkte dem keine Beachtung.

Als Georg dann die Pistole erneut sicherte und als Beweismittel für die Staatsanwaltschaft zum Caddy brachte, schloss er sie sicher ins Handschuhfach ein.

So langsam beruhigte sich der ganze Trubel. Die Krankenwagen waren bereits weg. Nur der Notarzt schrieb noch eifrig seinen Bericht, während er auf dem Fahrersitz seines Wagens saß. Die Kinder hatten sich fürs Erste beruhigt. Die neugierige Nachbarschaft war längst zurück in ihren großen Anwesen verschwunden.

Matthis nutzte die Zeit und durchsuchte die Papiere im Schreibtisch.

Georg kam, kurz bevor die Hausdame das Bürozimmer betrat, zurück. Karla schaute sich die Unordnung an. Die Ruhe um Matthis war augenblicklich verschwunden. Die Dame des Hauses legte ein Temperament an den Tag, das Georgs Blut in den Adern gefrieren ließ. Die stattliche Frau fluchte und schrie wie wahnsinnig, da der feine Teppich voller Blut und sogar ein paar Spritzer an der Wand gelandet waren.

„Das kriegen sie mit Cola raus", versuchte Georg die Dame zu beruhigen.

„Oh ja, danke!", sagte Karla. „Dann ist das Blut weg und dafür alles voller Colaflecken? Sie Tölpel!"

Matthis wartete noch einen kleinen Moment ab. Er genoss die Zickereien, die sein Kollege in den folgenden Minuten über sich ertragen musste. Doch bevor die Worte zu sehr die norddeutsche Tugend verließen, unterbrach Matthis. „Ich habe hier was! Ein Charles du Broit von Solution Tech machte Herrn Jensen ein offizielles Jobangebot für den Aufsichtsrat. Bei diesem Job sollte er eine halbe Million Euro als Handgeld abstauben und ein fürstliches monatliches Gehalt als Teilhaber einstreichen."

„Ach was?", rief Georg auf. „Warte mal ab, i würd mich net wundern, wenn der Bartsch das Angebot auch bekommen hat."

„Ja klar, deshalb haben sich der Bürgermeister und Herr Bartsch wohl gestritten. Aber warte mal, wir haben gleich zwölf Uhr, das bedeutet, das Sondereinsatzkommando müsste jeden Moment an unserer Wache eintreffen."

„Dann schnappen wir uns mal diesen Charles du Broit und seine Wachhunde", sagte Georg euphorisch, als sich beide umgehend auf den Weg zur Wache machten.

Kapitel 42

Was war das für ein unglaublich geiles Gefühl, dachte sich Georg, während er stolz seine schusssichere Weste betätschelte.

Entschlossen gingen Matthis und Georg in dem Naturschutzgebiet voran. Die zehn Herren vom Sondereinsatzkommando staunten nicht schlecht, als sie in dieser Unwirklichkeit eine Düne um die andere erklommen.

Auch heute stand die Sonne wieder erbarmungslos am Himmel. Matthis hörte einige der zehn SEK-Beamten ordentlich unter ihren Schutzanzügen und Helmen durchatmen.

Nach einer Weile stoppte der Trupp vor einer hohen Düne, da Georg, der immer noch mit Matthis voranging, stehen blieb, seine Faust ballte und den Arm angewinkelt nach oben riss.

Dieses Zeichen hatte er einmal in einem Film gesehen und er war erstaunt, dass es wirklich funktionierte.

Auf dem Boden vor ihnen konnte man immer noch deutliche Spuren von einem gelangweilten Kamel erkennen.

Also waren sie zweifelsfrei an der richtigen Stelle angekommen.

Langsam und vorsichtig setzte sich die SEK-Truppe nun vor die Inselcops. Sie erstiegen geschmeidig die

Düne. Kurz vor dem Kamm legten sich die Spezial-
kräfte bäuchlings auf den Boden.

Matthis und Georg warteten ungeduldig ein paar
Meter von der Truppe entfernt. Sie beobachteten, wie
der Einsatzleiter sein Fernglas zog und das Tal observierte. Danach stand der kräftige Herr auf, drehte sich
um und rief nach ihnen. „Ist das euer Ernst? Dafür
schlappen wir hier durch die Pampa!"

Georg verstand nicht, erinnerte sich jedoch an solche
Blicke, welche ihm damals in Prutting auf dem Friedhof entgegengebracht worden waren.

Seine Stirn legte sich in Falten, während er neben
Matthis zu dem Sondereinsatzkommando aufschloss.

Doch der folgende Anblick raubte ihnen den Atem.

Das Tal war verlassen, der alte, litauische Militärtruck verschwunden. Am Boden befanden sich keine
Bohrlöcher. Keine Geräte oder Baumaterialien waren
irgendwo gelagert. Es gab keinen Beweis, dass ihre
Geschichte auch nur im Geringsten der Wahrheit ent-
sprach. Das Einzige, was sich in dieser trostlosen Einsamkeit finden ließ, war ein alter Wohncontainer am
Rande des Tals. Er stand an der Stelle, an der einst das
Mitarbeiterlager gewesen war.

Dieser Container war beim letzten Mal hier noch
nicht aufgebaut gewesen. Denn so ein rostiges, grün
angepinseltes Etwas, verziert mit Bannern, auf denen
sich radikale Parolen von einschlägig bekannten Um-
welt- und Klimaaktivisten befanden, wäre unseren
zwei Spürnasen ins Auge gefallen.

Dieser Charles war ihnen also über Nacht einen
Schritt voraus. Georg konnte diese Tatsache nicht
akzeptieren und forderte die Spezialeinheit auf, mit

ihm ins Tal zu gehen und nach Spuren zu suchen. Der Trupp hatte jedoch schon genug von den Einbildungen zweier Inselaffen. Ihre Erklärungen wurden als Fata Morgana entkräftet.

Georg packte der blanke Zorn, er machte sich allein auf den Weg ins Tal. Fluchend stampfte er den Hang hinunter. Der Einsatzleiter und Matthis schauten ihm hinterher. Der Kommissar wurde bergab immer schneller und rutschte anschließend weg. So purzelte er den Hang herab. Unten landete er in der Hocke. Durch die ganzen Überschläge wurde ihm schwindelig, so blieb er einen Moment am Boden. Von oben erschallte breites Gelächter. Einer rief sogar, dass man, wenn man sein Geschäft verrichten möchte, die Hose herunterziehen müsse. Gut, so freundlich fielen die Worte nicht aus, aber dagegen konnte er aktuell nichts ausrichten. Es geschah, was geschehen musste. Das Sondereinsatzkommando zog ab und Georg und Matthis verweilten einsam im verlassenen Tal. Sie saßen im Sand an jener Stelle, an der noch vor Kurzem eifrig gebohrt worden war.

„Du hast das doch auch gestern alles gesehen, oder?", fragte Georg seinen Revierleiter niedergeschlagen.

„Ja klar. Sonst hätte ich das hier nicht veranlasst."

„I bekomme das alles nicht in meinen Schädel. Die Löcher hatten einen Durchmesser von mehreren Metern. So etwas kannst du doch nicht so schnell und sauber zubekommen, oder?"

„Normal nicht", sagte Matthis sehr angehalten. Seine Gedanken kreisten. Dieser Charles hatte also ihr Spiel durchschaut und war ihnen einen Zug voraus. Aber er hatte nicht viel Zeit gehabt, um alles zu vertuschen.

Vielleicht hatte er irgendwo eine Kleinigkeit übersehen?

Georg stand auf und lief umher. „Hier gibt es nicht
einmal Reifenspuren von dem Militärtruck", stellte er
frustriert fest.

„Mensch, das kann doch nicht sein!", rief Matthis
enttäuscht.

Doch das Gelände wies keine Spur von menschlicher
oder gar industrieller Aktivität auf. Nicht einmal ein
weggeschnippter Zigarettenstummel war in dieser
trostlosen Einöde zu finden.

„Was meinst du, Georg, sollen wir den alten Container öffnen, oder ist das eine Falle?"

„Beides!"

„Was?", fragte Matthis.

„I denk wir müssen da reinschauen, aber das wird
eher eine Falle sein. Der Typ in der Villa wollt mi umgehend abknallen. Der hat keine Miene verzogen. So
handelst du, wenn du einen Auftrag hast."

„Okay", sagte Matthis angespannt.

Sie näherten sich dem seitlich stehenden Container.
Georg neigte seinen Kopf leicht. Mit seiner freien
Hand schob er die Haare hinters Ohr. Behutsam kam
Georg mit seinem Ohr dem Container immer näher.
Matthis bemerkte dies, konnte sich jedoch noch keinen Reim darauf machen. Der Schweiß tropfte nur so
von Georgs Stirn. Wie in Zeitlupe kam der Kommissar
mit seinem sensiblen Lauscher dem rostigen Eisen-
container näher.

„Aaaahhh!", jaulte der pfiffige Kommissar auf, als
sein Gehörorgan an dem heißen Stahl des Containers
auflag. Er zog zwar sofort seinen Kopf von der durch

die Sonne aufgeheizten Seitenwand weg, dennoch war für einen kurzen Moment ein Brutzeln wie in der Küche zu hören.

Matthis schreckte bei dem Schrei ordentlich zusammen. „Mensch, das hätte ich dir sagen können, dass das brennend heiß ist. Wir haben weit über fünfunddreißig Grad, denk doch mal mit. Das macht man doch nicht an der Sonnenseite, du Depp."

Georg schaute mit schmerzverzogener Miene zu seinem Kollegen. „Gehört hab i nichts da drin."

„Oh Mann, stell dir mal vor, da wäre ein Killerkommando drin. Die hätten nur aus dem kleinen Fenster schauen müssen. Der Kommissar hätte sich dann selbst beim Lauschen erledigt. Pass doch mal ein bisschen auf dich auf!"

„Mei, ist ja gut … Was machen wir? Versuchen wir, die Tür zu öffnen?"

„Ja!", bestätigte Matthis. „Komm zu mir. Die Tür geht nach außen links auf. Also stellst du dich nach links und reißt die Tür auf. Ich positioniere mich rechts und sichere sofort den Raum. Nicht, dass du mit deinem nervösen Finger noch einmal zuschlägst."

So positionierten sie sich um die Tür. Matthis zog seine Pistole und Georg zählte an. „3 … 2 … 1 …", bei Null riss Georg an der Tür. Sie war nicht verschlossen. Matthis bemerkte im Augenwinkel eine Schnur, welche von dem Scharnier abging. Als sie die Tür aufschlugen, setzte sich ein Mechanismus in Gang.

Es ging alles so schnell, Georg konnte von seiner Position nichts erkennen, doch das Rauschen und der Schuss ließen sein Blut in den Adern gefrieren. Danach fiel Matthis umgehend zur Seite, als ein Soundeffekt einsetzte, wie bei einem alten Videospiel, welches dem Spieler stolz *Game over* präsentierte. Georg sprang in Windeseile wie ein Torhüter an der offenen Tür vorbei und landete bei seinem Kollegen. „Alles klar bei dir?", fragte Georg besorgt. Matthis antwortete rasch: „Ja, bin nur erschrocken, der Container ist leer."

Der Kommissar seufzte erleichtert auf und begab sich zu der Eisenhütte. Die Tür hatte ein Banner ausgelöst, welches nun von der Decke baumelte. Das große Banner enthielt lediglich die Worte *Game over.* Zusätzlich hatte der Mechanismus das nostalgische Soundfile und zwei kleine Konfettikanonen links und rechts ausgelöst. Der Anblick glich einer Game-Convention von 1987.

Der dunkle Raum bot nun aber auch ein weiteres Highlight, denn Matthis hatte tatsächlich vor Schreck ein Loch in die Wand geschossen. Georg nutzte den Moment. „Stell dir mal vor, da wäre das Patenkind vom Bürgermeister drin gewesen. Dem hättest du die Rübe weggeschossen."

„Ach, Schnauze, Georg!"

Kapitel 43

Nachdem die feurigen Pistoleros die Dünen verlassen hatten, war das Hotel *Zur Friesischen Möwe* ihr nächstes Ziel.

Doch schon von draußen fiel auf, dass die ominösen Herren wohl nicht vor Ort waren, da der dunkle Benz nicht auf dem Parkplatz stand.

Eine Nachfrage an der Rezeption setzte dem Portier ein mächtiges Fragezeichen auf die Stirn. „Nein, eine Firma namens Solution Tech hat hier keine Zimmer reserviert."

Matthis wirkte frustriert. „Dann suchen Sie uns bitte den Gast mit dem Namen Charles du Broit raus!"

Der Portier tippte energisch auf seiner Tastatur, ehe er zu folgendem Ergebnis kam: „Ein Charles du Broit hat hier nicht eingecheckt, tut mir leid. Sind Sie sicher, dass der Herr so heißt? Ich kenne den Nachnamen Dubois, aber du Broit habe ich noch nie gehört."

„Mei, das kann doch net sein!", kommentierte Georg und zückte sein Handy. Er suchte das Foto heraus, welches er bei seiner Observierung geschossen hatte, und zeigte es dem Herrn hinter der rustikalen Rezeption.

„Ah, doch der Herr war hier im Hotel Gast. Das war Zimmer 217, wenn ich mich recht entsinne. Ich habe ihm seine zwei großen Taschen aufs Zimmer gebracht. Er war mit zwei weiteren Herren hier im Hotel. Ich habe sie beim Frühstück heute Morgen jedoch vermisst. Moment, ich schaue mal im System nach." Sofort tippte der Rezeptionist wieder eifrig in seine Tastatur. „Die Gäste haben gestern Abend ausgecheckt. Die Reservierung lief jedoch auf die Kanzlei Holm und Partner. Es wurde in bar bezahlt und die Personendaten bekamen wir durch unseren elektronischen Check-in übermittelt. Einen Moment bitte, die Namen lauteten ..." Wieder wandte er sich seinem Rechner zu, tippte und klickte, was das Zeug hielt, doch irgendetwas schien nicht zu stimmen, er schüttelte immer nervöser den Kopf. Matthis bemerkte dies. „Was ist denn los?"

„Ich kann mir das nicht erklären. Entweder haben meine Kollegen die Angaben nicht überprüft oder jemand hat die Daten manipuliert."

„Warum?", fragte Matthis.

„Sehen Sie selbst", sagte der Portier und drehte seinen Monitor um. „Wenn ich die Zimmerdaten einsehen möchte, blockt das Programm und hängt sich auf. Das gab es noch nie. Sehen Sie, die Anfrage wird vom System partout nicht bearbeitet. Wenn ich aus dem Programm rausgehe, um die Onlinedaten der Reservierung abzufragen, sind die Namen verschlüsselt, oder Ihr gesuchter Charles heißt in Wirklichkeit Kvr8uhx7quex."

„Das ist merkwürdig", sagte Matthis. „Aber warum dürfen wir bei so einem Aufwand dann den Namen der Kanzlei Holm und Partner erfahren?"

Georg schaltete sich in das Gespräch ein. „Entweder sie wurden gestört und konnten nicht alle Daten verschlüsseln oder sie wollen uns mit dem Datensatz auf eine falsche Spur lenken.“

„Das ist gut möglich“, sagte Matthis zu Georg und wandte sich dem Portier zu. „Vielen Dank für Ihre Mühe.“

So stiefelten die beiden zurück zu ihrem Caddy, den sie auf dem Hotelparkplatz abgestellt hatten.

„Was nun?“, fragte Georg und wirkte abwesend. Matthis hatte währenddessen einen Einfall: „Du hast doch den Mann angeschossen. Der ist doch bestimmt ins Inselkrankenhaus gebracht worden. Ohne Versichertenkarte macht so eine Klinik doch keinen Finger mehr krumm. Also, könnten wir vielleicht dort einen Namen ermitteln?“

„Mei, das ist eine brillante Idee!“, entschied Georg und so machten sie sich auf den Weg zur Klinik.

Kapitel 44

„Mensch, das kann doch nicht sein!", polterte Matthis am Krankenhausempfang der uninteressierten Angestellten entgegen. „Mein Kollege hat dem einen glatten Durchschuss in den Oberschenkel geballert. Da verlaufen unglaublich wichtige Arterien, sogar der Ischiasnerv. Diese Verletzung ist nicht ohne. So etwas kann auch zu einer Lähmung führen, wenn es nicht behandelt wird. Also, wie genau soll der Herr dann einfach so gegangen sein?"

Die Dame schnaubte unbeeindruckt. „Ich habe den Patienten selbst im Rollstuhl vor dem MRT abgestellt. Als er dran sein sollte, war der Rollstuhl verschwunden. Mehr kann ich zu der Angelegenheit nicht sagen."

„Auf welche Versichertenkarte lässt sich die Behandlung abrechnen?"

„Ich weiß nicht, ob ich Ihnen das so einfach sagen darf", blockierte die Dame.

Matthis spielte jedoch nicht mit und Georg erlebte zum ersten Mal, wie sein Kollege die Fassung verlor. „Hier geht es um Mord! Wenn Sie mir nicht auf der Stelle …" Georg unterbrach Matthis. „Fahr mal einen Gang runter, die Dame macht nur ihren Job."

„Du hast recht", gab Matthis von sich und schaltete allmählich einen Gang zurück. Die gelangweilte Dame schaute auf ihren Bildschirm. „Gut, das mit dem Datenschutz wäre ohnehin egal. Ich sehe gerade, wir konnten noch keine Daten auslesen. Der Patient hatte keine Papiere dabei, um sich auszuweisen. Aber da er mit starken Blutungen eingeliefert worden ist, hatte die Behandlung Vorrang."

„Hat er sich mit einem Namen ansprechen lassen?", fragte Matthis.

„Das weiß ich nicht, also bei mir sagte er kein Wort."

„Können Sie uns zu der Stelle bringen, an der Sie den Herrn abgestellt hatten?", fragte der Revierleiter.

Die Dame verdrehte die Augen und erhob sich langsam von ihrem Thron hinter der sicheren Glasscheibe. Dann verließ sie vorwurfsvoll das Empfangshäuschen.

Gemeinsam schlugen sie einen langen Korridor ein und wanderten fast bis zu jenem Ende. Georg überprüfte die zahlreichen Glastüren an der Seite des Ganges, welche nach draußen in den Klinikgarten führten. Alle waren jedoch verschlossen und zusätzlich alarmgesichert. So konnte der Gesuchte mit seinem Rollstuhl auf keinen Fall fliehen.

Die Dame bemerkte Georgs Bemühungen und kommentierte: „Aus Sicherheitsgründen haben wir nur einen Ein- und Ausgang offen. Der ist aber rund um die Uhr bewacht. Also, kann er da nicht hinausgekommen sein."

„Und was ist jetzt?", fragte Matthis die Dame.

„Wie, was ist jetzt?", schnaubte sie gereizt zurück.

„Jetzt könnte doch jeder rein ... oder raus ... aus dem Haus?", fragte Matthis.

Die Dame schaute einen Moment irritiert, doch dann gab sie dem jungen Polizisten recht. „Ja klar. Wir sind hoffnungslos unterbesetzt. Selbst ich musste heute ein paar Krankentransporte hier im Haus machen. In der

Zeit, in der ich den Herrn zum MRT geschoben habe, hätte jemand unbemerkt die Klinik betreten können."

„Und was wäre, wenn sich der zweite Herr im Maßanzug eingeschlichen hätte, seinen Kollegen geschnappt, sich mit ihm irgendwo versteckt und jetzt diesen unbewachten Moment ausnutzt …", schoss es Matthis heraus. Er drehte sich um und eilte zusammen mit Georg und der Dame zurück zum Haupteingang.

Zurück am Empfangshäuschen wirkte alles ruhig, niemand war am Eingangsbereich zu sehen. Matthis schaute sich trotzdem genau um und bemerkte eine Überwachungskamera. Er zeigte auf sie und fragte die Dame: „Zeichnet die auf?"

Die Dame nickte.

Nichts weiter geschah für den Augenblick. Die Stille war richtig unangenehm. Die Dame registrierte dann doch ihren Einsatz. „Ach so ja, die Aufnahmen laufen zur Security. Die haben ein kleines Büro im Keller. Nehmen Sie einfach den Aufzug da hinten. Fahren Sie bis *-1* und klingeln Sie rechts an der verschlossenen Tür."

So machten sich die beiden Ermittler auf den Weg zum Fahrstuhl. Matthis schaute zu seinem Kollegen zurück, der dem flotten Schritt heute nicht mehr standhalten konnte. Der Kommissar watschelte hinterher wie eine treulose Tomate. „Du, Georg, wir teilen uns auf. Befrage du mal alle, die den Flüchtigen behandelt hatten. Vielleicht hat er ja zu irgendjemandem etwas gesagt, das uns weiterbringt. Ich schaue mir derweil die Überwachungsbänder an."

„Alles klar, Matthis ... Eine Frage: Kann i vorher die kugelsichere Weste ausziehen und in den Kofferraum vom Caddy legen? Mir ist so heiß, aber i will net wieder Ärger kriegen, weil i drunter keine Uniform trag."

„Ja klar, das geht in Ordnung."

Matthis drückte auf die Taste für den Aufzug und wartete auf den Fahrstuhl.

Georg nutzte seine Chance, sich von der schweren Weste zu verabschieden, und schlug währenddessen den Gang zum Ausgang ein. Etliche schwere, brennende Schritte später sperrte er seine kugelsichere Weste in den kleinen Kofferraum des ehemaligen Golfcaddys und machte sich anschließend auf den Rückweg zur Klinik.

Die Fahrstuhltür öffnete sich leicht quietschend in dem sterilen Untergeschoss. Matthis verließ den Aufzug und schaute sich um. Es gab nicht viele Möglichkeiten für ihn. Links endete der Gang nach ein paar Metern abrupt an einer großen, breiten Tür mit der Aufschrift *Zutritt nur für Personal*".

Rechts entlang endete der Gang ebenfalls nach ein paar Schritten an einer weißen Tür mit der Aufschrift *Security*". Matthis klingelte beherzt an jener Tür.

Ein älterer Herr öffnete. Er wusste schon Bescheid, da die Dame vom Empfang ihn telefonisch angekündigt hatte.

So nahmen die beiden vor einem kleinen Bildschirm in einem noch kleineren, rechteckigen Raum Platz. Der ältere Sicherheitsmitarbeiter bot Matthis freundlich etwas Kühles zu trinken an und spulte das Überwachungsband zurück.

Georg stiefelte währenddessen schwer durch einen langen Korridor in Richtung der Ambulanz. Eine junge, hübsche, blonde Krankenschwester kreuzte seinen Weg. Georg hielt sie auf. „Entschuldigung, i hab da heut' Morgen wen daschossen, wissen Sie zufällig, wer das war?"

Die Krankenschwester wirkte erschrocken auf den klatschnassgeschwitzten, verstrubbelten Lockenkopf und setzte, ohne ein Wort zu sagen, ihren flotten Gang fort.

Wenig später begegnete Georg einem Krankenpfleger. Wieder stellte er seine Frage. Auch dieser Herr ließ ihn wortlos zurück.

So trottete Georg mit brennenden Füßen den Gang entlang und stellte jedem, den er traf, seine Frage. Während er sich immer wieder an sein geschundenes Ohr fasste, da die Verbrennung doch langsam zur Ruhe kam und immer mehr schmerzte.

Matthis folgte aufmerksam dem Video, während das Telefon im Nebenzimmer klingelte. Der ältere Herr verließ das Zimmer und Matthis hörte, wie er ans Telefon ging. Doch Matthis schenkte dem keine Beachtung, da sich auf dem Bildschirm endlich etwas tat.

Der zweite, dunkelhäutige, hochgewachsene Herr im Maßanzug hatte sich vormittags tatsächlich, während der Empfang unbesetzt gewesen war, in die Klinik geschlichen. Matthis folgte ihm konzentriert am Bildschirm.

Der ältere Herr kam gerade zurück. „Wir haben ein Problem mit einem aus der Geschlossenen. Ich fange den schnell ein. Schauen Sie in Ruhe die Bänder an. Ich bin gleich wieder zurück."

Matthis beobachtete den Geflüchteten über den Monitor, wie er sich professionell wie ein Geheimagent durch den Korridor schlängelte. Dann verschwand er komplett aus dem Bild. Es dauerte, Matthis spulte das Band vor, bis sich der Herr mit seinem Kollegen im Rollstuhl wieder dem Eingang näherte. Immer wieder versteckte er sich trotz des Kollegen im Rollstuhl geschickt. Mal schob er ihn aufs WC, mal wartete er gut verdeckt mit dem Rollstuhl hinter einer Säule. Fakt war, dass er den Ausgang observierte. Als die Dame erneut kurz den Eingangsbereich verließ, nutzte er die Gelegenheit und verschwand mit seinem Kollegen im Rollstuhl aus der Klinik.

Na sauber, dachte Matthis. Sie waren den Herren und diesem Charles so nah auf die Pelle gerückt und trotzdem hatten sie nichts in der Hand.

Der Securitymann war bislang nicht zurückgekehrt und so entschied Matthis, die Aufnahme eigenständig zu stoppen und das Untergeschoss zu verlassen. Er stoppte den Medienplayer auf dem Rechner. Als das Programm schloss, schaltete der PC automatisch zu einer anderen Software um. Dieser nahm sofort den ganzen Desktop in Beschlag. Der kleine Bildschirm zeigte nun ein Viereck aus vier kleinen Bildern von vier unterschiedlichen Überwachungskameras an. Eines der Bilder zeigte den Eingangsbereich, eines den Außenbereich der Ambulanz und zwei weitere Kameras zeichneten jeweils einen langen, breiten Korridor auf. Bei dem Bild rechts unten herrschte ordentlicher Trubel. Der alte Securitymann hatte wohl jemanden auf den Boden geworfen und zwei Pfleger stürzten sich ebenfalls auf den Patienten. Mit aller Kraft versuchten sie, dem sich am Boden Windenden etwas wie eine Zwangsjacke anzuziehen. „Alter Schwede, geht's hier rund!", sagte Matthis zu sich selbst, als er von seinem Platz aufstand und die kühle Brause, die man ihm spendiert hatte, weitertrank.

Aber irgendwie konnte er seinen neugierigen Blick nicht von dem Monitor nehmen.

Mühsam gelang es den mittlerweile drei Pflegern, samt des Securitymanns, den Patienten ruhigzustellen. Es sah fast so aus, als hätte jemand dem sich Windenden zum Finale etwas in den Hintern gespritzt. Matthis schmunzelte und nahm erneut einen Schluck aus seiner Getränkedose. Dieser blieb ihm jedoch im Halse stecken, als er erkannte, dass die Herren einen ihn nur allzu gut bekannten Lockenkopf hochhievten.

Kapitel 45

Matthis konnte nicht glauben, was eben passiert war. Wie konnte es ein Mensch nur schaffen, wie ein Magnet Missgeschicke anzuziehen? Es waren meist Kleinigkeiten, die sich bei seinem Kollegen so hochschaukelten, bis sie zu einem fulminanten Showdown führten.

Am liebsten hätte Matthis auf dem Rückweg zur WG mit dem Kommissar eine erneute und vorerst allerletzte Aussprache geführt. Aber der Kommissar war wirklich mit einer Spritze in den Hintern ruhig gestellt worden. Egal, was Matthis dem angespritzten Kommissar mitteilen wollte, es hatte in diesem Moment keinen Sinn. Der Kommissar stellte sich nämlich mehrfach auf der Fahrt zur WG als Professor vor und streckte ihm die Hand zur Begrüßung entgegen. Danach philosophierte er über die zahlreichen Farben vor seinen Augen und stellte sich erneut als Professor vor. So verhielt er sich wie in einer Zeitschleife gefangen. Zur Abenddämmerung erreichten die beiden ihre Wohnung. Matthis beschloss, den Professor in seine Kammer zu verfrachten und ihn umgehend in sein Bett zu befördern.

Einige Stunden später schreckte Georg aus seinem Schlaf auf. Er meinte, ein leises, mechanisches Geräusch zu hören. Doch dann kehrte wieder Ruhe ein.

Diesen Moment nutzte der Kommissar, um sich erst einmal zu orientieren.

Die Wirkung des Mittels, das ihm ein Pfleger in den Allerwertesten gespritzt hatte, war zum Glück verflogen. Er fühlte sich wieder voll auf der Höhe und sogar ziemlich fit. Er drehte sich zur Seite und entdeckte, dass es noch tief in der Nacht war. Der Wecker auf seinem Nachttisch zeigte zwanzig nach drei an.

So drehte er sich wieder gemütlich in sein Bettzeug ein und schloss die Augen, bis ihn ein elektronisches Surren kurze Zeit später erneut aufschrecken ließ. Verdammt, was war das?, dachte er sich und lauschte konzentriert, um die Geräuschquelle zu lokalisieren. Doch es kehrte wieder eine trügerische Ruhe ein. Irgendetwas musste dieses Geräusch doch ausgelöst haben, dachte der Kommissar. Er erinnerte sich zurück an seine Schulzeit und an das Zitat eines Wissenschaftlers, welches besagte, dass es ohne Schwingung, also ohne eine Energiequelle, die einen Gegenstand in Schwingung versetzt, keine Schallwellen gab.

Also, was konnte das sein? Was könnte dieses Geräusch ausgelöst haben?

Georg setzte sich in seinem Bett auf. Er strich seine verstrubbelten Haare zurück, um die Ohren freizubekommen. Er konzentrierte sich. Nichts außer seinem zittrigen Atem war um ihn herum zu vernehmen. Doch diese Ruhe beunruhigte ihn immer mehr. Er schloss die Augen und lenkte seine ganze Aufmerksamkeit auf seine Ohren.

Tic, Tac, Tic, Tac, hörte er deutlich die alte Wanduhr in der Küche. Danach brummte der Kühlschrank und schaltete sich kurze Zeit später wieder ab.

Und wieder ertönte das gruselige Surren. Georg war wie gelähmt. Konnte es sein, dass dieses Geräusch aus dem Treppenhaus kam? Doch noch während er sich diese Frage stellte, vernahm er ein Klicken, gefolgt von einem sanften Knarren. Die Wohnungstür schwang auf.

In Windeseile legte sich Georg wieder hin und verkroch sich komplett unter seiner Decke.

Kaum vernehmbare Schritte schoben sich langsam durch die Wohnung. Georg lauschte angestrengt. Die Schuhsohlen des Eindringlings hörten sich ziemlich hart und glatt an, als er über Fliesen schlich. Georg ordnete die Schritte räumlich der Küche zu.

Der erstarrte Kommissar schielte mit einem Auge unter der Bettdecke hervor. Seine Zimmertür war einen Spalt offen und so fuhr ihm der Schreck in alle Glieder, als er den Schatten eines Eindringlings an seiner Tür vorbeihuschen sah. Als Nächstes lokalisierte er die Schritte auf dem alten Parkett. Er näherte sich also der Zimmertür von Matthis. Irgendetwas musste er tun, nur was? Georg überlegte und schlich sich leise aus seinem Bett. Die Schritte des Eindringlings wurden immer leiser.

Die WG erstarrte in der Ruhe der Nacht.

Georg stand mittlerweile an seiner Zimmertür und versuchte, mit einem Auge aus seinem Zimmer zu schielen.

Doch der Eindringling war nicht zu sehen. Im nächsten Moment quietschte leicht die Schlafzimmertür von Matthis. Guter Rat war nun teuer. Er musste handeln. Wer weiß, was die Person vorhatte?

Georg entdeckte die schwere Edelstahlpfanne auf dem Herd, wenige Meter von seiner Abstellkammer entfernt. Er nahm all seinen Mut zusammen, atmete tief ein, riss seine Tür auf und hechtete zum Herd. Er schnappte sich die Pfanne und sprintete, so schnell er konnte, zum Schlafzimmer seines Kollegen. Er sah, wie der dunkelhäutige Mann eine Pistole aus seinem Holster nahm und auf das Kopfende des Bettes zielte.

Georg schrie wie ein Ninja mit Darmverschluss und zog dem Eindringling die Bratpfanne von hinten über den kahlen Schädel.

Der kräftige Herr in seinem Maßanzug sackte sofort in sich zusammen. Trotzdem löste sich ein schallgedämpfter Schuss, welcher die Nachttischlampe in hunderte Einzelteile zerspringen ließ.

Matthis schreckte von dem Lärm auf, sah nur den Professor und schrie sofort los: „Sag mal, spinnst du? Was ist denn mit dir los? Ich hätte dich nicht aus der geschlossenen Abteilung holen sollen."

„Auch ein Dankeschön", sagte Georg matt und zeigte auf den niedergestreckten Killer vor seinen Füßen.

Matthis erkannte aus seinem Blickwinkel nicht, worauf der werte Herr Kollege zeigte. Deshalb setzte er sich auf und machte das Deckenlicht seines Zimmers an. Matthis brauchte so tief verschlafen einen Augenblick, bis sich seine Augen an das grelle, kalte Licht gewöhnten. Doch als dieses geschah, blickte er fassungslos auf den Killer im Maßanzug, den ihm Charles du Broit auf den Hals gehetzt hatte.

Der Bewusstlose war der Partner des angeschossenen Herrn, den Matthis vor ein paar Stunden auf den

Bändern der Überwachungskamera der Klinik beobachtet hatte.

„Ich glaube, ich muss mich entschuldigen", sagte Matthis baff. „Ich glaube, du hast mir das Leben gerettet!", ergänzte er.

Georg sicherte derweil die Pistole mit dem Schalldämpfer des Angreifers. Matthis wandte sich im Pyjama dem Einbrecher zu, legte ihm Handschellen an und fixierte dessen Füße zusätzlich mit Kabelbindern, um eine erneute Eskalation auszuschließen.

„Was machen wir nun?", fragte Georg ratlos. Matthis wirkte ebenfalls überfordert. „Normalerweise würde ich jetzt die Polizei rufen. Aber das wären dann wir."

„Jup, so weit war i auch schon", erwiderte Georg.

„Schön, dass du wieder bei Sinnen bist", sagte Matthis zu Georg. „Wie hast du die Gefahr neutralisiert?"

Georg zeigte wortlos zur Bratpfanne, welche vor seinen Füßen lag. Die Pfanne hatte schon bessere Tage erlebt. Georg hatte es geschafft, dem Angreifer die teure Qualitätsedelstahlpfanne mit vierzig Zentimeter Durchmesser so auf den Hinterkopf zu schlagen, dass der Stiel abgebrochen war und sogar die Pfanne eine Riesendelle aufwies. Der Kommissar hatte also wirklich alles in seinen Schlag hineingelegt.

Matthis entschied sich deshalb, dem Einbrecher einen Krankenwagen zu rufen. Jedoch war er diesmal schlauer und organisierte von Anfang an eine Überwachung des Patienten, durchgeführt von der Küstenwache.

Noch in den frühen Morgenstunden telefonierte Matthis angeregt mit der ermittelnden Staatsanwalt-

schaft und erwirkte einen Durchsuchungsbefehl für
die Kanzlei Holm. Zusätzlich erwirkte er ebenfalls
einen Durchsuchungsbefehl für das Anwesen von
Freddy Bartsch.

Kapitel 46

Noch vor dem Frühstück, mit den ersten warmen Sonnenstrahlen im Schlepptau, parkte der ramponierte Caddy vor der Kanzlei Holm und Partner.

Doch die beiden waren viel zu früh. Schon vom Wagen aus erkannten sie ein goldenes Schild an dem rustikalen Altbau, welches ihnen offenbarte, dass die Kanzlei erst in einer Stunde öffnen sollte. Matthis nutzte die Chance, um sich noch einmal bei seinem Kollegen zu bedanken. Dieser Augenblick fühlte sich für Matthis so surreal an. Irgendwie auch verboten oder ihm nicht vorherbestimmt. Denn hätte er tatsächlich, so wie geplant, vor zwei Tagen seinen Kollegen vom Hof gejagt, wäre er nun nicht mehr auf dieser Welt. Innerlich geriet er ins Wanken. Natürlich waren die Fehltritte von seinem Kollegen dadurch nicht hinfällig geworden, aber das Wichtigste war ihm eigentlich, einen Partner im Dienst zu haben, dem er bedingungslos vertrauen konnte. Jemanden an seiner Seite, der für ihn über Grenzen ging, da er es auch so tun würde. Konnte er sich also doch auf Georg, der gerade auf dem Beifahrersitz neben ihm saß, verlassen? Gut, das Prachtexemplar par excellence war er definitiv nicht. Auch gesundheitlich überzeugte ihn der Kommissar nicht. Selbst im Ruhemodus pfiff seine Atmung leicht, sein Ohr war von der Aktion gestern immer noch gut gerötet, seine Plattfüße ließen ihn oftmals mehr watscheln als gehen und seine Frisur spielte ihm in diesem autoritären Berufsfeld auch nicht gerade in die Tasche. Trotzdem war er es, der alles auf eine Karte gesetzt und dem Angreifer eine Bratpfanne so über den Schädel gezimmert hatte, dass selbst der Edelstahlstiel brach. Matthis fragte sich für einen Moment, was passiert wäre, wenn der Kommissar nicht so kräftig zugeschlagen hätte, und der Angreifer einfach stehen geblieben wäre. Bei dem Bild in seinem Kopf schüttelte es ihn richtig.

Georg hatte gerade den Caddy verlassen und schaute durch die dunklen Fenster der Kanzlei. Irgendetwas ließ ihn erstaunen, weshalb er nach seinem Kollegen rief.

Matthis wachte aus seinen Gedanken auf und eilte zu ihm. „Hast du etwas entdeckt?", fragte er fast außer Atem nach den flotten Schritten.

„Schau dir mal das Chaos da drin an!", sagte Georg und deutete auf das Bürozimmer hinter der Fensterscheibe. Alles wirkte durchwühlt wie beim Bürgermeister. Akten lagen verstreut auf dem Boden und ein Regal war umgeworfen worden. Sogar ein modernes Kunstwerk, oder was auch immer die Farbkleckse, die auch ein tollwütiger Vierjähriger so hinbekommen hätte, darstellen sollten, war von der Wand gerissen worden.

Matthis ging zur Eingangstür und bemerkte, dass diese aufgebrochen worden war. Hier war jemand nicht so chirurgisch und akkurat wie bei ihrer Tür vorgegangen. Aber gut, diese lag auch direkt an der Hauptstraße, ihre Tür wiederum in einem Treppenhaus, welches von außen keine Einsicht bot.

„Lass uns hineingehen", forderte Matthis seinen Kollegen auf. „Einen Durchsuchungsbefehl haben wir ja, also ist alles gut."

„Ah, wart ein Moment!", sagte Georg. „Bevor das gleich aus irgendeinem Grund wieder eskaliert, wollt i dich fragen, wie du über uns denkst. Also, i mein, die zwei Tage sind rum. Gestern Abend war i ja nicht so ganz anwesend. Darf i trotzdem noch hierbleiben?"

Matthis verharrte für einen Moment auf der Stelle, doch seine folgenden Worte fühlten sich für ihn richtig an. Aus dem Bauch heraus gab ihm diese Entscheidung einfach ein gutes Gefühl. Eigentlich war Matthis ein rationaler Mensch. Eigentlich versuchte er immer, seine Gefühle bei Entscheidungen außen vor zu lassen. Doch diesmal fühlte es sich einfach nur fair an. „Ich verdanke dir mein Leben. Du kannst vorerst bleiben. Ich werde das Ausschlussverfahren stoppen. Ich denke, ich stehe in deiner Schuld."

Georg lächelte zum ersten Mal seit Langem wieder erleichtert auf. Im Eifer des Moments streckte er die Arme aus und drückte Matthis fest an sich.

Die Kanzlei war verlassen. Niemand versteckte sich in all dem Chaos. Es gab kein Zimmer, welches nicht komplett auf den Kopf gestellt worden war.

Laut den Öffnungszeiten, die an der Hauswand hingen, sollte die Kanzlei in fünfzehn Minuten eröffnen.

„Es ist merkwürdig, dass noch niemand von der großen Kanzlei aufgetaucht ist", stellte Matthis fest.

Georg schaute verdutzt zur Uhr. „Ist doch noch a Viertelstund!"

Matthis stichelte dagegen: „Normale Menschen sind eine Viertelstunde vor Eröffnung schon am Arbeitsplatz.“

Georg ignorierte diese Aussage. „Denkst du, das war dieser Charles du Broit?“

„Ach, Georg, je mehr ich darüber nachdenke, umso unsicherer werde ich mir bei diesem Namen. Ich habe schon so viel recherchiert, aber ich habe bis jetzt keinen Menschen auf diesem Planeten gefunden, der so heißt.“

„Das ergibt doch Sinn. So ein riesiges Briefkastenimperium, das über den ganzen Globus verteilt dubiose Energiegeschäfte betreibt, lässt man doch nicht über seinem echten Namen laufen, oder? Also, i würd das nicht tun.“

„Ja, das stimmt schon. Wenn ich mir so eine Mühe geben würde, um ein komplettes undurchsichtiges Netzwerk zu erschaffen, würde ich niemals meinen bürgerlichen Namen verwenden.“

„Erinnerst du di an den Container?“, fragte Georg.

„Das war gestern, dein Ohr ist immer noch rot, so etwas vergisst man nicht so schnell.“

„Was stand auf dem Banner?“, fragte der Kommissar.

„Game over“, erwiderte Matthis.

„Warum sollte ein Erwachsener ein Banner mit dieser Aufschrift aufhängen? Ist das nicht ein Zeichen, dass dieser Charles das alles wie ein Spiel sieht? Vielleicht geht ihm einer ab, wenn er sich einen Zug voraus fühlt …?“

„Oh ja, ich verstehe, worauf du hinauswillst“, unterbrach ihn Matthis. „Vielleicht gehört schon dieser

Name die ganze Zeit zu seinem kranken Spiel, vielleicht ist Charles du Broit ein Anagramm?"

„Das meinte i?", fragte Georg erstaunt und beobachtete, wie sein Kollege einen umgeworfenen Flipchart vom Boden aufrichtete. Er suchte sich in dem Chaos einen Stift und schrieb die Buchstaben einzeln untereinander auf.

CHARLESDUBROIT.

„Das wären also vierzehn Buchstaben. Welchen Namen können wir darin finden?", fragte Matthis nachdenklich.

„Welche Vornamen gibt es mit CH?", fragte Georg. Nach einem Augenblick sagte er: „Wie wäre Chris oder Christian?"

„Chris wäre mir zu einfach, warum sollte er gleich am Anfang seine Anfangsbuchstaben positionieren, das ergibt für mich keinen Sinn. Und für Christian fehlt ein N."

Georg nickte. „I weiß net, mit welchen Buchstaben i kombinieren soll", schnaufte er mühevoll.

„Ich bin gerade beim R."

„Mei, also bei Namen wie Richard, Ricardo, Ruben, Renee, Roland, Robert ..."

„Halt, Stopp ... Robert, das passt. Was bleibt denn dann übrig?", fragte Matthis und strich die verwendeten Buchstaben durch. Übrig blieben: C H A L S D U I

Matthis schaute nachdenklich zur weißen Tafel.

„I seh da koan Namen!", sagte Georg nach einer Weile, doch Matthis schien für den Moment ein Schritt weiter zu sein. „Ich habe gerade frei dem Motto *die*

Letzten werden die Ersten sein, das C an die letzte Stelle gepackt. Es gibt gefühlt Milliarden Menschen, deren Namen auf C enden, gerade im ehemaligen jugoslawischen Raum, aus dem die Tatwaffe stammt."

„Stimmt, die heißen ja oft *-vic* am Ende."

„Richtig, Georg, so weit war ich auch schon. Aber wir haben kein V, also geh ich mal auf *-lic*." Matthis strich die Buchstaben ab. „Vielleicht gehört das D U ja zusammen", mutmaßte Matthis.

„Dann hätt' i an *dulic* für fünftausend Punkte", alberte Georg. Matthis strich erneut die Buchstaben ab und übrigblieben die Buchstaben H A S.

„Hasdulic, das könnte Sinn ergeben, oder?", fragte Matthis.

„Du meinst, an Robert Hasdulic suchen wir?"

„Ja, warte mal", sagte Matthis und zog sein Handy aus der Jackentasche. Er tippte ein paar Sekunden darauf herum. „Schau an, Georg! Ein Robert Hasdulic wird tatsächlich mit internationalem Haftbefehl gesucht, unter anderem wegen Betruges und Ausübung von illegalen Ölbohrungen und Einsatz von nicht genehmigten Fracking-Methoden. Sein letzter fester Aufenthaltsort, bevor er vor rund fünfzehn Jahren abtauchte, war eine kleine Fischerstadt in Kroatien namens Pula. Er betrieb dort eine illegale Immobilienfirma, welche Fischer aus den Häusern trieb, um diese aufzuwerten und teuer als Ferienhäuser zu verkaufen."

„Haben die an Bild von dem Flüchtigen veröffentlicht?"

„Ja, aber das ist schon etwas älter. Aber schau dir den mal an! Könnte das dieser Cowboy sein?"

Georg betrachtete das Bild. Der Herr auf dem Fahndungsfoto trug kurze, braun-graue Haare, jedoch die Augenpartie und die krumme Nase präsentierten eine jüngere Ausgabe des Gesuchten. Zweifelsfrei, Charles du Broit war Robert Hasdulic!

Niemand sollte während ihrer Anwesenheit die Kanzlei aufsuchen. Das war extrem merkwürdig, jedoch in diesem Moment nicht ihre Angelegenheit.
Matthis dokumentierte den Einbruch und Georg schaute sich in dem Chaos um. Sie sollten dennoch keine weiteren neuen Erkenntnisse erlangen. So sicherten sie den Tatort, verschlossen die aufgebrochene Tür und machten sich auf den Weg, Freddy Bartsch aufzusuchen.

Kapitel 47

„Stuhl?"

„Na!"

„Tisch?"

„Na!"

„Sonst sehe ich nichts Weißes hier vor dem Haus, Georg."

„Schau doch mal das Schlauchboot da hinten an der Wand. Siehst du den weißen Schriftzug vom Markennamen etwa nicht?"

„Ah … da muss man erst mal draufkommen … Moment, Schlauchboot! Muss der Täter nicht mit dem Boot zum Tatort gekommen sein, da wir sonst Fußspuren im Sand gehabt hätten, also zumindest welche, die zum alten Steg geführt oder welche, die den Steg verlassen hätten?"

„Tatsache. Das Netz zieht sich immer fester zusammen", Georg grinste während seiner Aussage diebisch.

„Jetzt, wo ich es aus deinem Mund höre, muss ich feststellen: Wir haben nichts."

„Wie meinst du das, Matthis?"

„Ja, soll ich den Staatsanwalt anrufen und sagen, der Freddy war es, denn der hat ein Schlauchboot? Weißt du, Norderney ist eine Insel, hier hat wohl jeder ein Boot, ein Surfbrett oder einen Schwimmreifen mit Schwanenkopf."

„Verdammt, du hast recht", bestätigte Georg.

Mit der Zeit zweifelten sie an ihrem spontan geschlossenen Plan. Eigentlich hatten sie das Gelände von Freddy Bartsch unbemerkt observieren wollen, denn vielleicht nahm Freddy ja zu Hasdulic Kontakt auf. Möglicherweise würden sie, wenn sie geduldig im Caddy verweilten, den Hausbesitzer bei einem Fehler erwischen.

Doch nach einer sehr zähen halben Stunde, in der überhaupt nichts passierte, war es an der Zeit, eine Entscheidung zu treffen. Sie hatten immerhin einen Durchsuchungsbefehl für das Anwesen in der Tasche. Also, warum weiter warten?

Das elitäre Haus, nicht weit von dem alten Fischersteg entfernt, wirkte verlassen. Aus den großzügigen Fenstern erstrahlte kein Licht. Kein Vorhang bewegte sich, keine Schatten huschten an den Fenstern vorbei. Das einzige Lebenszeichen kam aus dem Gartenhäuschen, nicht weit von dem großen Schlauchboot entfernt.

In dem kleinen Kabuff, keine fünf Meter vor der gepflegten Terrasse entfernt, flackerte ein Licht.

Georg und Matthis stiegen aus dem Caddy und bauten sich vor der Haustür auf. Matthis klingelte.

Hinter der kleinen Milchglasscheibe entwickelte sich schwach eine Kontur. Sie wurde immer dunkler und größer, bevor sich ruckartig die Tür öffnete.

Freddy Bartsch blickte in die heiteren Visagen der Inselcops. Matthis drückte ihm wortlos den Durchsuchungsbefehl in die Hand und schlängelte sich an Herrn Bartsch vorbei durch den Eingang des Hauses. Georg folgte kurz darauf kommentarlos.

Freddy stieg die Zornesröte ins Gesicht. Diese dämlichen Inselcops hatten in seinen Augen alles versaut. Nach der stürmischen Festnahme vor dem Rathaus hatte Frau Rüdenstein im Namen des Stadtrates beim Landtag einen Ermittlungsausschuss zur Überprüfung wegen des sich erhärtenden Korruptionsverdachtes gegen ihn und den Kollegen Ataman erwirken können. Somit waren sie vorerst von ihren Aufgaben entbunden. Die Geschäfte der Insel wurden für den Zeitpunkt kommissarisch von einem Gremium aus dem Landtag geführt.

Die beiden Polizisten schauten sich mittlerweile gründlich im großzügig geschnittenen Wohnzimmer um. Georg betrachtete ein unscheinbares Foto, welches gerahmt an der Wand hing. Der Hintergrund zeigte einen eher ungepflegten, steinigen Strand, nicht den gepflegten weißen Sand hier auf Norderney. Im Vordergrund lächelten drei Personen bei untergehender Sonne in die Kamera.

Freddy, der verstorbene Bürgermeister Herr Jensen und ein leicht bekleidetes Mädchen im Bikini. Georg erkannte sofort das zuckersüße Gesicht der jungen Irina. Merkwürdig erschien ihm der vertraute Blick, den das junge Mädchen und der Bürgermeister versuchten, aufrechtzuerhalten. Fiete wirkte auf dem Bild so treuherzig. Seine Gestik gegenüber dem Mädchen an seiner Seite wirkte so innig, vielleicht sogar verliebt?

„Matthis, schau dir das mal an!", forderte Georg seinen Kollegen auf, der gerade damit beschäftigt war, den großen, schweren Wohnzimmerschrank zu durchsuchen.

„Hast du was gefunden?", fragte Matthis bereits auf dem Weg zu ihm.

Freddy Bartsch kommentierte die Situation. „Die Herren Armselig und Stümperhaft interessieren sich jetzt also auch für meine Urlaubsbilder?" Die Missachtung, die ihm die Polizisten entgegenbrachten, machte Herrn Bartsch immer zorniger, bis er Sekunden später losschrie: „Was suchen Sie überhaupt in meinem Haus?"

Matthis drehte sich zu dem schmierigen Herrn um. Musterte ihn abwertend und sagte: „Wir suchen einerseits die Tatwaffe, mit der Fiete Jensen erschossen wurde, und andererseits Beweise, welche Sie mit Charles du Broit verbinden."

„Da können Sie lange suchen", setzte ihm Herr Bartsch entgegen. Er konnte schlussendlich nicht ahnen, dass sie das Geheimnis um den wahren Namen bereits gelöst hatten, und so wog sich der beurlaubte Stadtratsvorsitzende in falscher Sicherheit.

„Wo entstand das Bild?", fragte Georg Herrn Bartsch.

„Das ist der Strand vor meinem Ferienhaus in Kroatien."

„Wo liegt ihr Ferienhaus genau?", fragte Matthis prompt.

„Das ist privat", blockte Freddy ab. „Das geht Sie nichts an!"

„Mei, klar, das kann i schon verstehen. Der Strand wirkt schon eher nach einem recht billigen Gelumpers. Mit so an Haus in der trostlosen Pampa, bestimmt weit weg vom nächsten Ort, da prahlt man nicht gerne rum." Die Provokation ging auf. Freddy ließ diese Worte so nicht stehen. „Das ist keine Pampa, das ist im Hafengebiet von der Stadt Pula. Ich habe keine fünfzig Meter bis zum Yachtanleger oder der beliebten Promenade."

„Geht doch!", kommentierte Matthis mit einem Lächeln. „Das macht sie alles schon einmal ein Stück weit verdächtiger."

„Warum?", fragte der Herr unbeeindruckt. „Wegen des Hauses in Kroatien? Und wegen Irina? Das Aupair-Mädchen ist aus Kroatien. Ich habe ihr den Job vermittelt. Sie wohnte damals nur zwei Häuser weiter neben dem Strandhaus bei ihrer Familie. Ich kenne ihre Eltern schon eine Ewigkeit. Sind die jetzt auch alle verdächtig? Oder was ist mit der kroatischen Fußballnationalmannschaft? Sind die jetzt auch verdächtig? Lag etwa ein Cevapcici neben der Leiche, oder was soll das?"

„Die Tatwaffe stammt aus dem ehemaligen jugoslawischen Raum", offenbarte ihm Matthis.

„Uih, sauber, da leben ja nur zich Millionen Menschen. Ich lasse mir diese Anmaßungen nicht weiter bieten. Durchsuchen Sie mein Haus, nur zu. Schauen Sie sich alles an, durchsuchen Sie ruhig mein Büro, die Küche, das Schlafzimmer, Keller und Dachboden. Tauchen Sie ruhig auch mit dem Schädel in die Toilette, überprüfen Sie, dass nichts im Rohr versteckt ist. Denn mehr sind Sie ohnehin nicht wert. Ich garantiere, dass Sie keine Waffen oder sonstwas finden werden."

„Sie brauchen sich nicht so überschwänglich zu präsentieren, Herr Bartsch. Meinen Sie wirklich, dass man heutzutage so leicht einen Durchsuchungsbefehl erhält? Hier wird ein faules Spiel gespielt und wir haben mehr als Sie meinen gegen Sie und Solution Tech in der Hand", drohte Matthis streng.

„Da habe ich jetzt aber Angst!", schleuderte Freddy sarkastisch entgegen.

Doch Matthis hielt sich den Trumpf noch für das fulminante Finale der Durchsuchung auf. So machten sich die Herren an die Arbeit und überprüften feinsäuberlich jeden Raum. Freddy fühlte sich nach wie vor unantastbar und kam ihnen nicht mehr in die Quere. So verlief dieser Einsatz seriös und zivilisiert, niemand wurde erschossen, nicht einmal der Goldfisch im Glas erschreckte sich. Von der Waffe gab es keine Spur, jedoch brachten zahlreiche Unterlagen im Büro neue Erkenntnisse.

Der feine Herr Bartsch saß im Wohnzimmer vor dem Fernseher, als die zwei mit der Durchsuchung fertig waren. Aufmerksam verfolgte er den Börsenbericht des Nachrichtensenders.

Er lächelte ihnen dreckig entgegen, als er sie im Wohnzimmer bemerkte. „Sind die zwei Scherzbolde endlich fertig? Und was haben Sie alles gefunden? Moment, lassen Sie mich raten ... Nichts!"

„Das würde ich so nicht sagen", offenbarte Matthis. Georg stiefelte zielsicher zur Couch, auf der sich Freddy befand. Er setzte sich neben ihn, griff zur Fernbedienung und machte den Fernseher aus. Danach drehte er den Kopf zu seinem Sitznachbarn. „Mei, das sieht nicht gut aus. Sie sollten wirklich jetzt ein für alle Mal auspacken. Denn das Spiel ist vorbei." Georg begann, dem alten Freddy das Knie zu tätscheln. Doch dieser lachte nur spöttisch auf. „Darauf falle ich nicht herein. Sie haben überhaupt nichts gegen mich in der Hand."

„Das sehe ich nicht so. Der Kollege hat schon vollkommen recht", offenbarte Matthis ihm. Doch Freddy lachte weiterhin derb vor sich hin. „Packen Sie aus oder verlassen Sie mein Haus, ich zähle ab 10 ..."

„Mei, hetzen lassen wir uns schon gar net", polterte Georg.

„Mein Kollege hat recht", sagte Matthis. „Sie haben jetzt die letzte Chance auszupacken. Sie wissen bestimmt, dass sich so etwas strafmildernd auswirken kann. Also bitte, Herr Bartsch, Sie sind dran."

„Okay, also dann lege ich mal los, 9, 8, 7, 6, ..."

„Matthis, wolln ma schaun, ob er es bis zur Null packt, oder legen wir los?"

„Warte noch ein Moment!", sagte Matthis zu Georg.

Freddy schenkte den Worten keine Beachtung. „3, 2, 1 ... 0!"

„Und jetzt?", fragte Matthis. „Haben Sie sich also selbst den Countdown für Ihren Untergang gezählt?"

„Mir reicht es jetzt, meine Herren! Ich rufe sofort die Küstenwache an. Die Herren sind wohl etwas fähiger als Sie!" Freddy versuchte, sich von seiner weißen Couch zu erheben, doch Georg, der eng daneben saß, legte sofort Hand an und drückte den Herrn auf den Sitz zurück. Jetzt war Matthis an der Reihe. „Wir haben in Ihrem Büro einen Kaufvertrag für das Ferienhaus in Kroatien gefunden."

„Ja, und? Das war vor fünfzehn Jahren!"

„Genau, und die Immobilienfirma war die Firma Hasdulic Immobilien. Genau zu jener Zeit, als der Betreiber Robert Hasdulic von der Bildfläche verschwand, kauften sie das Haus. Fünfzehn Jahre später taucht Hasdulic dann hier verkleidet als reicher Texaner auf und gibt sich als Charles du Broit aus. Auf diesen Decknamen hatte Hasdulic ein riesiges Scheinimperium gegründet. Unter dem Netzwerk der Firma *Solution Tech* hat er ein Imperium aufgebaut, das global arbeitet und überall mit illegalen Fördertechniken Rohstoffe fördert. Diese werden dann auf dubiosem Wege dem Energiemarkt zugeführt, um somit die Börsenkurse für Öl, Gas und Strom zu beeinflussen. Selbst in ihren Unterlagen haben wir abgeschlossene Wetten auf steigende oder fallende Kurse der genannten Rohstoffe gefunden. Also hatten sie Insiderwissen, welches Sie mit dem Betrüger Hasdulic zwingend in Verbindung setzt. Wenn man das alles nüchtern betrachtet, macht das mit den abgesperrten Dünen Sinn. Alle Nordseeinseln könnten mit illegalem Fracking eine große Menge unkonventionelles Gas freisetzen. Diese Menge könnte gerade jetzt in den schwierigen Zeiten mit Russland die Marktpreise nach Belieben von Hasdulic auf- und absteigen lassen. Mit den richtigen Spekulationen kommt da ordentlich was zusammen."

Freddy hatte keine Farbe mehr im Gesicht und verharrte regungslos auf seiner Couch. Es dauerte eine Weile, bis der sonst so hochmütige Hausbesitzer wieder zur Sprache zurückfand. „Den Mord lasse ich mir aber nicht anhängen!"

„Ach, nein?", fragte Matthis, bereit, den Spieß umzudrehen. „Beweisen Sie es uns. Der Bürgermeister war Ihr bester Freund seit Kindestagen. Selbst seine Sekretärin sagte, dass er jedes Jahr mit Ihnen ein paar Tage

in den sogenannten Männerurlaub in Ihr Strandhaus
fuhr. Sie konnte uns aber damals nicht sagen, dass
dies in Kroatien war. Also ganz ehrlich, wenn mein
bester Freund ein Strandhaus kaufen und ich jedes
Jahr mit ihm da hinfahren würde, dann wüsste ich,
von welcher Firma er das Haus hat. Also vermute ich,
dass Herr Jensen sicherlich von Hasdulic wusste. Was
ist, wenn er dahinterkam? Wäre das Ihnen nicht eine
Kugel wert? Freunde kann man sicherlich neue finden, gerade wenn man vermögend ist. Aber was nutzt
einem das ganze Geld, wenn man nie wieder aus dem
Gefängnis herauskommt?“

Die Worte saßen. Freddy verharrte erneut sprachlos.

Georg schaute gerade aus dem Fenster, als sich die
Tür der Gartenhütte öffnete und Bernd Holm, Freddys
Anwalt, auf den Rasen trat. Der Anwalt wirkte ver-
ängstigt und schaute vorsichtig in Richtung Straße.
Georg zeigte aus dem Fenster: „Mei, was ist jetzt mit
dem?“

Freddy antwortete nicht mehr und so öffnete
Matthis die Terrassentür, hechtete hinaus, schnappte
sich den Herrn und brachte ihn ebenfalls ins Wohnzimmer.

„Was machen Sie hier?“, fragte Matthis.

Der Anwalt blickte zu seinem erbleichten Mandanten: „Ich mache hier einen kurzen Urlaub, so nah am
Strand. Herr Bartsch vermietet immer wieder einmal
seine Gartenhütte, wissen Sie.“

Matthis blickte zu der offenen Gartenhaustür. Selbst
aus dem Wohnzimmer konnte man den abgestellten
Rasenmäher, den Häcksler und all das andere Werk-

zeug erkennen. Inmitten des Geräteschuppens lag eine aufgeblasene Luftmatratze.

Der Anwalt folgte dem Blick des Polizisten. Schweißtropfen formten sich auf seiner Stirn. Freddy bemerkte das: „Ist schon gut, Bernd, die haben das alles mit Hasdulic herausgefunden."

„Was für ein Glück!", sagte der Anwalt erleichtert. „Seit meinem Versprecher in eurer Vernehmung stehe ich auf der Abschussliste von Hasdulic. Ich verstecke mich seitdem bei Freddy, der Hasdulic gegenüber angab, dass er mich ebenfalls sucht. Seine Männer haben meine Kanzlei auf der Suche nach mir vollständig zerlegt."

„Ah, das macht Sinn!", erkannte Matthis. „Wir haben in dem Hotel, in dem Hasdulic abgetaucht ist, herausgefunden, dass alle Reservierungs- und Zahlungsdaten von ihm gelöscht wurden. Es gab nur einen Verweis, den die Herren nicht entfernt haben. Das war ein Datensatz, welcher angab, dass die Reservierung von Ihnen bzw. Ihrer Kanzlei veranlasst worden ist. So wollte Hasdulic in seinem kranken Spiel sicherlich, dass wir seinen Job erledigen und Sie für ihn ausfindig machen. Somit hätte er nur warten müssen, bis wir Sie festnehmen. Der Staatsanwaltschaft wäre dieser Beweis sicherlich zu wenig gewesen und somit hätten wir Sie wieder auf freien Fuß setzen müssen. Und schon ließe er Sie abfangen und für immer verschwinden. Wirklich raffiniert, der Hund!"

Herr Holm schluckte, als ihm das alles bewusst wurde. Es war an der Zeit, für seine Fehler geradezustehen, dachte sich der windige Anwalt, und packte weiter aus. „Ich weiß, wo sich Hasdulic und seine Männer aufhalten!“

„Na, dann mal los!“, sagte Matthis.

„Nachdem Freddy Hasdulic über meinem Versprecher informiert hat, ließ er alle Spuren in den Dünen beseitigen und verfrachtete alles auf den ehemaligen Bauernhof der Familie Simmen. Ich glaube, das ist jetzt so ein Therapiezentrum. Der hatte sich mit dem Umbau finanziell ganz schön übernommen. Da schaltete sich Hasdulic ein. Er wollte die Dünen weitläufig absperren und die Gebäude, die ihnen zu nah waren, nicht stehen lassen. Also versuchte er, die stillgelegte Baustelle zu kaufen, aber Herr Simmen war zu stur und spielte nicht mit. Er ließ sich dann jedoch unter dem Deckmantel des Naturschutzes von Hasdulic kaufen und so stieg er in das Geschäft mit ein. Die Einnahmen verschleierte er mit der undurchsichtigen Zusammenarbeit der Inselkur. Die arbeiten zwar zusammen, ich habe den Vertrag notariell beglaubigt, aber Simmen zahlt eigentlich der Kur Geld, damit er Patienten von ihnen vermittelt bekommt.“

„Also ist Hasdulic im Kindertherapiezentrum?“

„Nein, hier sind nur seine Arbeiter kurzerhand einquartiert worden, sowie sein Fuhrpark und alle seine Gerätschaften. Hasdulic selbst hat sich in meinem Anwesen mit seinen engsten Handlangern eingenistet und wartet, bis ich dort auftauche, um meine Strafe zu erhalten.“

„Gut, den einen hat mein Kollege angeschossen, der dürfte also keine Gefahr mehr sein, den anderen hat mein Kollege mit der Bratpfanne erledigt, der ist, glaube ich, bisher nicht wieder zu sich gekommen ...“

„Wow, einen tüchtigen Kollegen haben Sie da!“, sagte
der Anwalt erstaunt. „Aber Hasdulic hat noch mehr
Männer, die zwei, die Sie, oder besser gesagt, er, außer
Gefecht gesetzt hat, sind nur die obersten seiner Söldnertruppe. Da gibt es locker noch acht weitere skrupellose, kaltblütige Killer!“

„Oh stimmt, einige von dieser Söldnertruppe haben
wir in den Dünen beobachtet. Da dürfen wir auf keinen Fall etwas überstürzen“, schlussfolgerte Matthis.

Nun war guter Rat teuer. Freddy bestätigte immer
wieder, dass er mit dem Mord an seinem ehemaligen
besten Freund nichts zu tun hatte. Es erwies sich zwar
als richtige Annahme von Matthis, dass der Bürgermeister alldem so langsam auf die Schliche gekommen war. Fiete Jensen war nämlich vor seinem Tod
dem Rätsel um Charles du Broit dicht auf den Fersen
gewesen. Er hatte Freddy am Telefon lauthals beschimpft und ständig nach der dubiosen Immobilienfirma gefragt, welche ihm damals das Ferienhaus verkauft hatte.

Freddy hatte Charles, bzw. Robert Hasdulic, darüber
informiert. Jener tauchte drei Tage vor der Demo bei
Freddy auf und begann in Fietes Privatleben zu wühlen. Er wollte irgendetwas in die Hand bekommen,
irgendein Geheimnis des Saubermannes Jensen ans
Tageslicht bringen, als Druckmittel, wenn der Bürgermeister nicht seine Meinung änderte und seine
geheimen Ermittlungen einstellte.

Freddy erzählte, dass es aber nichts gab, was das Ansehen des Bürgermeisters in ein anderes Licht rücken
würde, außer vielleicht einen Ausrutscher damals in
Kroatien, als er im Urlaub sein neues Au-pair-

Mädchen von Freddy vorgeschlagen bekam. Fiete wollte damals die junge Dame näher kennenlernen und testen, ob sie in seine Familie passen könnte. Dabei passierte abends, nachdem das Bild vom Strand geschossen worden war, und alle einen im Tee hatten, ein kleiner Ausrutscher, und Fiete und Irina landeten in der Kiste. Für Irina, welche eigentlich seit Langem glücklich vergeben war, war diese Angelegenheit ein einmaliger Ausrutscher, und wurde von beiden totgeschwiegen. Fiete hatte so ein schlechtes Gewissen, dass er Irina trotz seines Ausrutschers einstellte. Freddy rückte immer weiter mit der Sprache raus. Er erzählte auch, dass Hasdulic dies zwar für sich nutzen wollte, aber wie, war ihm ein Rätsel. Denn Fiete hatte nichts zu verlieren. Er hatte schon bei seiner Hochzeit einen Ehevertrag aufsetzen lassen, den wiederum Herr Holm ausgearbeitet hatte. Auch er hielt sich an keine Schweigepflicht mehr und plauderte frei aus dem Nähkästchen, dass Karla im Falle einer Scheidung nicht mehr als jenes Vermögen erhielt, welches sie in die Ehe eingebracht hatte. Das waren bei der überzeugten Veganerin exakt 0 Euro. Der Feinkostladen und alles, was sie besaß, lief auf ihren Mann. Sie würde alles verlieren. Also müsste sie über den einmaligen Fehltritt hinwegschauen. Das war zwar nicht gerade schön, aber für sie stand bei dieser Sache mehr auf dem Spiel als für Fiete.

So stellte sich bei unseren Inselcops die Frage, was Robert Hasdulic mit diesem Wissen eingefädelt hatte, sodass am Ende sein Widersacher sogar ausradiert worden war. Auf diese Frage ließ sich leider noch keine Antwort finden.

Freddy und Rechtsanwalt Bernd Holm wurden danach widerstandslos festgenommen. Die beiden wurden zu den Zellen in der Küstenwache gebracht. Bei Rechtsanwalt Holm war diese Maßnahme eher eine freiwillige Schutzhaft.

Freddy würde seine komplette Aussage gegen Robert Hasdulic vor Gericht wiederholen, unter der Bedingung, dass man ihn zur morgigen Beerdigung seines ehemals besten Freundes als freien Mann gehen ließe.

Die Staatsanwaltschaft ging auf den Wunsch des Häftlings ein und beauftragte Matthis und Georg, am nächsten Morgen die Trauerfeier zu überwachen, bei einem Fluchtversuch einzugreifen und Herrn Bartsch vor den Augen der Trauernden gegebenenfalls erneut festzunehmen.

Des Weiteren veranlasste der Staatsanwalt für morgen Mittag die Ankunft von zwei SEK-Einheiten. Eine sollte mit ihnen Robert Hasdulic in Holms Anwesen aufgreifen, die andere Truppe sollte alles, was in dem Kindertherapiezentrum gelagert worden war, sicherstellen und die Arbeiter festnehmen.

Kapitel 48

Die ganze Insel war auf den Beinen und fand sich an dem großen Friedhof nahe dem Busbahnhof ein.

Freddy machte einen geschafften Eindruck. Zum ersten Mal wirkte er wie ein echter Mensch. Seine dicke Hülle war gefallen. Seine Augen glänzten im feuchten Antlitz der Tränen.

Matthis und Georg begleiteten den Herrn im schwarzen Traueranzug bis zu seinem Platz in der Friedhofskapelle. Danach verließen sie die kühle Trauerhalle und positionierten sich außerhalb, zwischen Hauptausgang und Kapelle. Alle weiteren Zugänge zu dem riesigen quadratischen Areal waren abgesperrt. Trotz der großen Menschenansammlung, die eigentlich eine vielversprechende Möglichkeit zum Abtauchen bot, waren sie sich sicher, dass Freddy eine Flucht nicht in Betracht ziehen würde, denn diese wäre für ihn schon im Vorhinein zum Scheitern verurteilt gewesen.

Freddy war einfach stadtbekannt wie ein bunter Hund. Den langjährigen Stadtratsvorsitzenden hatte jeder Inselbewohner durch seine Wahlplakate oder die etlichen öffentlichen Auftritte mehrfach gesehen. Es würde auf der Insel keine Möglichkeit zum Verstecken für den Herrn existieren. Früher oder später würde er an jedem ihm zugänglichen Ort erkannt und gefasst werden.

Eine Flucht von der Insel über die Fähre war ebenfalls nicht möglich, da sein Ausweis für eine Abreise von der Insel gesperrt war. In Fällen, in denen die Staatsanwaltschaft Sperren für straftätige Einwohner der Insel verhängte, war die Küstenwache aufgefordert, jeden Abreisenden an der Fähre zu kontrollieren. Mit diesem ganzen Wissen im Hinterkopf war es einfach eine tolle Idee von Georg, den Trauergottesdienst von außen zu verfolgen.

Da die Kapelle schon im Vorfeld als viel zu klein befunden worden war, hatte die Kirche Außenlautsprecher aufgebaut. So konnten alle Anwesenden, die keinen Platz in der Kapelle ergattert hatten, von draußen Abschied nehmen und die trostvollen Worte der Pfarrerin empfangen. So wie nun Matthis und Georg. Doch irgendetwas passte dem Kommissar anscheinend nicht. Er wirkte unruhig in dem schmalen Gang zwischen den Gräbern. Matthis schielte mit einem Auge zu seinem Kollegen, der sich immer weiter von seiner Seite entfernte.

Der Kommissar wirkte immer hektischer mit seinen Handlungen. Er versuchte, den perfekten Stand auf dem unebenen Grasboden zu finden, doch er fand nichts zum Anlehnen oder Hinsetzen, außer einen großen, schweren Marmorgrabstein. Es knackste und der Stein verlor seinen festen Halt und wackelte fortan leicht mit dem wehenden Wind. Danach schaute der Kommissar sich fragend um. Matthis hatte den Kollegen immer noch fest im Blick, als sich dieser zur östlichen Friedhofsmauer schlich. Er schwang sich graziös über die Mauer, huschte durch den Garten des benachbarten Anwesens und borgte sich ungefragt einen roten Gartenklappstuhl.

Zurück an der Mauer warf er den Klappstuhl hinüber und schwang sich gazellenhaft hinterher.

Seine Beute klappte er schweigend unter dem Klang eines rostigen Quietschens auf und setzte sich zwischen den Gräbern in den Stuhl. Nun saß er gemütlich zwischen dem wackligen Grabstein und seinem perplexen Kollegen.

„Du machst mich doch immer wieder fassungslos", flüsterte Matthis.

„Ja, das tut mir leid, aber da war leider nur ein Klappstuhl."

„Aber … Ach … Mhm", Matthis ließ es gut sein. Er war von Georgs Ansicht geplättet.

Ein wenig später war es Georg, der die Stille brach: „Du Matthis!"

„Nein, hier gibt es kein Catering und auch keinen Ausschank. Ich hole dir auch nichts zu knabbern, du befindest dich auf einem Friedhof, wie wäre es da mit ein wenig Respekt?"

„Mei, das ist es nicht, aber danke für den Tipp. I hab noch an Schokoriegel in der Jackentasche … I wollte di eigentlich fragen, ob du dir nicht auch manchmal Gedanken um die schwarzen Gießkannenaufsätze von den Friedhöfen machst."

„Nur, Georg, nur!", schallte ihm purer Sarkasmus zurück. Doch Georg verstand dies nicht und sprach heiter weiter. „Ja, i mein, wer macht denn sowas? Da hängen sie acht Gießkannen auf den Friedhof, alle mit den schwarzen Aufsätzen dran, und ständig werden die geklaut oder sagen wir, die verschwinden auf mysteriöse Weise ... Weißt du, in Puchheim bei München haben sie mal einen Feldversuch gestartet und Eisengießkannen angeschafft, die Aufsätze waren fest angeschweißt."

„Ja, und?"

„Da haben sie dann sogar die kompletten Kannen geklaut!"

„Mysteriös, Georg", Matthis rollte genervt mit den Augen. Doch Georg hatte Feuer gerochen und plapperte unaufhörlich während der Trauerfeier weiter: „Genau, weißt du, das ist eine Angelegenheit von nationalem Interesse ... Das kann nicht der Herbert von nebenan gewesen sein, einfach weil er den Aufsatz verlegt hat und sich sagte: Egal, nehm i den vom Friedhof, beschwert sich ja keiner mehr. I vermute eher, dass das Ökoterroristen waren, weil die nicht wollen, dass die Blumen von oben nass werden? Also, die Sorte von Spinnern, die immer behaupten, die Blumen müssen von der Seite gegossen werden, bloß niemals von oben ... Also, die Sorte von Menschen, die nicht geblickt hat, dass Regen genau das nicht macht, und die Evolution der Blumen es trotz Millionen Jahre an Regen bis heute überstanden hat."

„Skandal, Georg! Und jetzt lass mich bitte der Pfarrerin weiter zuhören!"

„I sag nur noch, da müssen wir einmal unbedingt ermitteln. Am Ende ist das eine Riesenverschwörung, womöglich spannt sich das Netz aus Intrigen und Korruption global um den ganzen Ballen rum, vielleicht Mafia, oder nein, eher Aliens, diese Gaudi dürfen wir uns nicht entgehen lassen."

Matthis wirkte sehr genervt und wollte dem Kollegen umgehend diesen Zahn ziehen. „Was sollen die Aliens denn mit Gießkannenaufsätzen machen?“

„Da denke i schon seit Jahren, immer wenn i auf einem Friedhof bin, drüber nach.“

„Und dann wunderst du dich, dass ich dich betäubt aus der Geschlossenen herausholen musste.“

Die Trauerfeier fand ihr Ende und die Pfarrerin folgte dem Sarg auf dem Weg zum Grab.

Matthis und Georg musterten alle Anwesenden, die hinter der Pfarrerin diesen schweren Weg beschritten.

„Schau mal, Matthis, da ist Freddy Bartsch!“

„Wo?“, fragte Matthis, während er die trauernde Meute genauer in Augenschein nahm.

„Der Sargträger vorne links, der so weint.“

„Ach du Scheiße!“, kommentierte Matthis fast nicht hörbar. „Das wäre doch krank, wenn der als bester Kumpel und Mörder jetzt als Sargträger sein Werk vollenden würde, oder?“

Georgs Nicken stimmte Matthis zu.

„I glaub, der merkt mittlerweile, was für einen großen Mist er angestellt hat. Hätte er sich auf die krummen Spiele von Hasdulic nicht eingelassen, wäre der Bürgermeister wohl noch am Leben.“

Matthis wirkte zu diesem Zeitpunkt nachdenklich, während er das Feld der Anwesenden weiter beobachtete.

Das Leben kann einen in so schreckliche Tage führen. Matthis gingen die ganzen Eindrücke doch ziemlich unter die Haut. Einige Bilder brannten sich schmerzend direkt in sein Herz. Etwa der weinende

Ex-Vizebürgermeister, der immer mehr seine Mitschuld zu begreifen schien.

Matthis erkannte immer mehr vor Schmerz und Trauer zerrissene Gesichter, auch die der kleinen Kinder des Bürgermeisters. Welch ein grausames Kapitel doch das Buch des Lebens wieder schrieb.

Georg bemerkte den schweren Blick seines Kollegen nicht, als er fragte: „Schau mal Irina, das Au-pair-Mädchen, in der Reihe hinter Karla!"

„Psst. Das ist jetzt nicht der richtige Zeitpunkt", unterbrach Matthis den unbeeindruckten Kommissar. Dieser verdrehte die Augen und kommentierte: „Wenn du meinst!"

So beobachteten sie wortlos die Geschehnisse um sie herum. Die Menschenmenge, die sich zur letzten Ruhestätte von Fiete Jensen schob, hörte und hörte nicht mehr auf. Die komplette Insel hatte sich um die trauernden Angehörigen versammelt. Es waren tatsächlich alle auf den Beinen, um dem Bürgermeister einen ehrenhaften Abschied zu geben.

Als Georg, während die Pfarrerin die letzten Worte am Grab sprach, mit seinen unbeholfenen Wurstfingern seinen Schokoriegel aus der Jackentasche fingerte und mit einem nervösen Rascheln versuchte zu öffnen, sollte für ganz kurz ein dumpfes Klatschen die Pfarrerin irritieren.

Wenn Fiete vom Himmel aus zusah, wäre der rote Handabdruck auf Georgs Backe wohl in seinem Sinne.

Kapitel 49

Am Nachmittag war es soweit und das Sondereinsatzkommando saß erneut in der kleinen Wache, um sich von Matthis alle Einzelheiten schildern zu lassen.

Robert Hasdulic war eine große Nummer im organisierten Verbrechen und schon seit Jahren mit internationalem Haftbefehl gesucht.

Für die Beamten des Sondereinsatzkommandos wirkte die ganze Geschichte sehr paradox, welche ihm der junge Revierleiter in dem Gartenhüttchen, welches als Inselwache eingerichtet worden war, auftischte. Trotz aller Zweifel war der Einsatz jedoch von der Staatsanwaltschaft genehmigt und dringend angeordnet worden.

Die Truppenführer teilten sich für ihre Aufgaben ein. Eine Einheit mit vier Mann würde mit Matthis und Georg das abgeschiedene Landhaus des Anwalts Holm stürmen. Die andere Einheit, bestehend aus fünf Beamten, sollte zur selben Zeit alle Beweise der illegalen Bohraktivitäten bei dem Kindertherapiezentrum sichern, die Arbeiter festsetzen und überprüfen.

Der Einsatz von scharfer Munition wurde allen Beteiligten strengstens untersagt, somit durften sämtliche Waffen lediglich mit Betäubungsgeschossen geladen werden. Dies schmeckte unserem pfiffigen Pistolero zwar ganz und gar nicht, aber trotzdem ordnete er sich diesem Befehl unter.

Die Bäume tanzten im Abendlicht der Sonne. Ihr Lied glich einer sanften Melodie, die dezent über die Felder und Wiesen um das einsame Landhaus im toskanischen Stil ertönte. Das Anwesen wirkte wie gemalt hinter den robusten Steinmauern, welche das Grundstück vor jeglichen Blicken schützten.

Das vollautomatische Eingangstor erschien mit seinen elitären Gitterstäben wie aus einem Filmset.

Die Einheit um Georg und Matthis spähte konzentriert auf das Gelände. Hinter den Vorhängen des Erdgeschosses flackerten viele bunte Lichter. Es war anzunehmen, dass diese von einem Fernseher stammten. Sonst wirkte das Anwesen nicht gerade so, als würde es einen gesuchten Verbrecher und seine Söldner behausen.

Der Einsatzleiter setzte seine Truppe in Bewegung und alle schlichen geduckt zu dem großen Tor.

Georg staunte nicht schlecht, als der unscheinbar wirkende Herr neben ihm unter seiner Rüstung ein kleines Gerät vorzog und mit nur zwei schnellen Knopfdrücken das automatische Hoftor öffnete.

Zwei Herren preschten aus der Einheit hervor und sicherten den Eingangsbereich. Als sich dieser als gesichert und leer aufwies, signalisierten sie über das vereinbarte Handzeichen, dass alle nachrücken konnten.

Es ging geduckt auf leisen Sohlen weiter zu dem Landhaus. Je näher sie dem Fenster, hinter dem sich die bunten Lichter verbargen, kamen, umso deutlicher wurden die zahlreichen Stimmen, welche ihnen aus dem Raum entgegenschallten.

Georg erhaschte einen kurzen Blick durch das Seitenfenster und erkannte, dass der Schein tatsächlich von einem Fernseher fabriziert wurde. Vielmehr sah man aus diesem Winkel jedoch nicht.

Der Trupp schlich sich weiter und schwang sich um die Ecke des Gebäudes. Nach wenigen Schritten stoppte die Kompanie auf einem kleinen, gepflasterten Platz. Dieser gemütliche Bereich war die Terrasse, welche mit einer großen Glasschiebetür den Raum mit dem Fernseher verband.

Die Tür war einen Spalt offen, so entschied der Einsatzleiter, diesen Eingang zum Stürmen zu nutzen. Die Mannschaft positionierte sich um den Türspalt. Einer zog etwas aus seiner Tasche, das wie eine Spraydose aussah. Der Einsatzleiter hob die Hand wie ein Fußballer bei der Ecke. Mit den Fingern zeigte er Variante drei an ... dann zwei ... Georg verstand, das war keine Taktik, sondern ein Countdown. Die Hand des Einsatzleiters signalisierte die Eins. Doch plötzlich zog sich unerwartet der Vorhang weg, die Tür schob sich zur Seite und der bekannte, groß gewachsene Herr mit Maßanzug rollte sich mit einer Zigarette im Mund in seinem Rollstuhl auf die Terrasse. Er hatte die Augen auf den Boden gerichtet und hievte sein Gefährt über die Schiene der Glastür. Als er dann sein Feuerzeug Richtung Mund führte und dabei den Kopf hob, schaute er in ein Dutzend verblüffter Augen.

Die zweite Einheit hatte die Lage vollkommen im Griff. Die Scheune des Kindertherapiezentrums diente als Lagerplatz für die zahlreichen Gerätschaften und den alten litauischen Militärtruck. Bewacht wurde das

Gebäude lediglich von zwei Söldnern, die nicht so schnell reagieren konnten, wie die Einsatztruppe sie außer Gefecht setzte.

Ohne Widerstand marschierte die Truppe zu dem Gebäude mit den zahlreichen Unterkünften weiter. Sie entdeckten, dass die Türen verschlossen waren. Dies sollte aber nur ein kurzes Hindernis darstellen. Unter der Verwendung eines elektrischen Dietrichs öffnete einer der Truppe die Tür. Sie stürmten das Gebäude und versammelten die zahlreichen Arbeiter draußen vor der Scheune. Noch konnten die Beamten nicht ahnen, welches Geheimnis sich vor ihnen verbarg.

Mit einem kurzen Aufschrei schreckte der groß gewachsene Herr auf. Dieser Schrei sollte ihm jedoch im Halse stecken bleiben. Trotzdem ging von diesem Game-Changer eine unglaubliche Geschwindigkeit aus. Ein Beamter des Sondereinsatzkommandos schoss umgehend ein Betäubungsgeschoss auf den Mann im Rollstuhl. Dieses zeigte jedoch auf Anhieb keine Wirkung bei dem stämmigen, verletzten Herrn. Doch bevor der Mann selbst zur Waffe in seiner Jackentasche greifen konnte, warf Georg seine mit den nutzlosen Betäubungsgeschossen beladene Pistole mit voller Wucht dem Herrn an die Stirn. Touchdown! Der Mann verlor umgehend das Bewusstsein und wurde gesichert.

„Ihr immer mit eurem neumodischen Gelump", meckerte der feine Herr Kommissar und erlebte, wie von einem Beamten eine Spraydose in das Wohnzimmer geworfen wurde. Die Dose stellte sich als Rauchgranate heraus. Der Einsatztrupp aktivierte seine Gasmasken und stürmte den Raum.

Georg und Matthis hatten keine Masken und warteten draußen auf der Terrasse. Wenn auch dieser Moment nur wenige Sekunden dauerte, fühlte es sich für die beiden wie Stunden an.

Die meisten Arbeiter wirkten unterernährt und völlig verwahrlost. Deutsch verstand niemand aus der Gruppe. Die Einheit Zwei versuchte jegliche Sprachen, jedoch blieb jeder Versuch ohne Ergebnis.

Mittlerweile zählten sie fünfzehn Personen, welche sich verängstigt im Freien versammelten. Krankenwagen rauschten an und tauchten das Anwesen des Kindertherapiezentrums in blaues Licht. Die Einheit überprüfte jedes Zimmer, bis sie einen stattlichen Herrn aus einem Kleiderschrank zog. Dieser wirkte nicht wie ein Arbeiter, schon alleine seine Körpersprache wirkte kontrollierter und autoritärer.

In angrenzenden Zimmern konnte das Einsatzkommando fünf weitere Personen sichern, sowie die geknebelte Familie Simmen aus einer Waschküche befreien.

Selbst in Handschellen hinterließ Charles du Broit einen einschüchternden Eindruck, als er später auf der Terrasse vorgeführt wurde.

„Na, da schau an!", sagte er mit seiner eiskalten Stimme zu den beiden Polizisten. Doch seine Miene gefror in jenem Augenblick, als Matthis ihn mit den Worten, „Das Spiel ist aus, Hasdulic!" begrüßte.

„Abgang, Hasdulic!", forderte der Einsatzleiter den gesuchten Schwerverbrecher auf. Doch Hasdulic drehte sich nach ein paar Schritten noch einmal zu Matthis und Georg um. „Das Spiel mag vielleicht in diesem Moment verloren scheinen, doch vorbei ist es noch lange nicht. Nicht für mich und nicht für euren Fall. Oder meint ihr, ich sei der Mörder des Bürgermeisters? Weder ich noch einer meiner Männer hat diese Tat begangen. Überprüft das Flughafenhotel Hamburg. Wir waren zu der Tatzeit nicht auf der Insel!" Hasdulic grinste verwegen. Er ließ sich zu den Einsatzfahrzeugen führen, als er noch einmal stoppte und sich den Inselcops zuwandte. „Manchmal ist es die Liebe, die explosiver als jede Bombe ist."

Das waren seine letzten Worte, die er den Polizisten an den Kopf warf.

Der Einsatz war geglückt und die Staatsanwaltschaft war mehr als zufrieden mit den Leistungen der zwei Inselcops. Doch nun galt es, die Geschehnisse aufzuarbeiten und das letzte Rätsel um Hasdulic und den wahren Mörder von Fiete Jensen zu lösen.

Kapitel 50

Am Abend klirrten die Gläser auf dem Balkon der Beamten-WG. Die beiden wirkten erleichtert, dass alles gut beendet war, auch wenn sich der Mörder von Herrn Jensen weiterhin auf freiem Fuß befand.

Bis tief in die Abendstunden knabberten die jungen Polizisten an den letzten Worten von Hasdulic. Was wollte er ihnen, ehe er in den Einsatzwagen verfrachtet worden war, damit sagen? Warum wählte ein Schwerverbrecher diese Worte, bevor er den Behörden vom deutschen Festland überstellt wurde?

Irgendwann übermannte die Müdigkeit sie und ein erfolgreicher Tag fand sein abruptes Ende.

Nach einer kurzen Nacht standen die beiden Polizisten voller Tatendrang viel zu früh auf der Matte ihres Reviers.

Matthis hatte kaum hinter seinem Schreibtisch Platz genommen, als sein Telefon klingelte. Er erkannte sofort die Nummer der Staatsanwaltschaft auf dem Display.

Robert Hasdulic war die gesamte Nacht ordentlich in die Mangel genommen worden. Durch ihre Entdeckungen hatten die Beamten vom Festland genug in der Hand, um Hasdulic einknicken zu lassen. So brachte der Staatsanwalt Matthis auf den neuesten Stand.

Matthis stellte das Gespräch laut, damit Georg von seinem Platz aus mithören konnte. Beide lauschten angespannt den Worten des Staatsanwaltes.

Nachdem Robert Hasdulic seine illegalen Bemühungen im kroatischen Immobiliengeschäft eingestellt hatte und abgetaucht war, nahm er all sein Schwarzgeld und baute ein neues Netzwerk auf, um den Energiemarkt zu manipulieren. Überall, wo staatliche Behörden einen Abbau für nicht zumutbar hielten, kam Hasdulic auf den Plan. Er ging immer mit der gleichen Masche vor. Er bestach die Behörden, sperrte das Gebiet ab und ließ seine Techniker und Zwangsarbeiter den Rohstoff fördern. Die gewonnenen Mengen hielt er für den Weltmarkt zurück. Wenn die Börsenkurse so standen, dass er mit seinen Mengen den Handelspreis und den Aktienkurs beeinflussen konnte, schlossen er und seine Männer die passenden Spekulationen ab. Kurz danach gab er seine Rohstoffe über ein dubioses, verschleiertes System in den Weltmarkt ein und verdiente sich mit den Rohstoffen und den Spekulationsgewinnen ein gewaltiges Vermögen. Mit diesem beachtlichen Gewinn erkaufte er sich einen immer größer werdenden politischen Einfluss, ohne dass dies überhaupt jemand bemerken konnte.

Die Arbeiter, die zwischenzeitlich im Kindertherapiezentrum eingesperrt worden waren, waren Zwangsarbeiter aus Bangladesch, welche ihm eine Personalvermittlung aus Katar beschafft hatte. Diese Firma gehörte ebenfalls zu seinem Netzwerk und arbeitete unter einem sauberen Deckmantel. Jedoch herrschte hinter verschlossenen Türen in diesem Büro nichts außer abscheulichem Sklavenhandel. Die Arbeiter wurden nicht einmal bezahlt.

Jede Firma in seinem Imperium wurde nebenbei zur Geldwäsche genutzt. Fast überall bezahlte Hasdulic Fake-Rechnungen an sich selbst, um große Mengen Geld von der rechten in die linke Hand wandern und somit vor jeglichen Behörden verschwinden zu lassen. Da er nie mehr als eine Firma in einem Land betrieb, zahlte er immer seine eigenen Aufträge ins Ausland, bis das Geld irgendwann zigmal gewaschen auf seinem Privatkonto auf einer Südseeinsel landete.

Bei den beiden großen Herren im Anzug handelte es sich um seine südafrikanischen Leibwächter, welche die Söldnertruppen vor Ort organisierten und leiteten. Die beiden Herren dienten jedoch auch Hasdulic als Handlanger und erledigten jeden Job, den er ihnen anordnete. Beide wurden ebenfalls seit Jahren mit internationalem Haftbefehl gesucht. Deshalb hatten sie sich auch damals von Georg an der Fähre nicht kontrollieren lassen.

Die einzige schlechte Nachricht war, dass Hasdulic und seine Männer tatsächlich zum Zeitpunkt des Mordes nicht auf der Insel gewesen waren. Hasdulic hatte mit dem bekannten litauischen Militärtruck kurz vor der Tat die Insel verlassen. Auf der Ladefläche hatten sich Ingenieure versteckt, um neue Baumaterialien einzukaufen. Während Robert Hasdulic und seine Handlanger einen Geschäftstermin in Hamburg hatten, bei dem sie nach neuen Abnehmern bzw. nach neuen Verteilwegen für die unkonventionelle Gasproduktion suchten.

Anhand der Ermittlungen konnte man Robert Hasdulic alles zur Last legen. Selbst die Rollen der korrupten Inselbewohner, Freddy Bartsch, Bernd Holm und Ali Ataman, konnten nun vollständig bewiesen werden. Alles war somit aufgeklärt, außer dem Mord an Fiete Jensen.

Wie entmutigend das alles sein musste. Nach der ganzen Arbeit standen sie wieder fast bei Null. Matthis und Georg rekapitulierten den ganzen Fall von Anfang an. Immer wieder sprachen sie über die letzten Worte von Hasdulic. Immer wieder fragten sie sich, was sie übersehen hatten. War dies eine Finte oder verbarg dieses Rätsel die Lösung?

„Sag den Spruch noch einmal, Matthis!"

„Manchmal ist es die Liebe, die explosiver als jede Bombe ist", wiederholte Matthis geduldig.

„Wen könnte der Bürgermeister geliebt haben, sodass es ihn das Leben gekostet hat? I versteh es einfach nicht."

„Ich glaube mittlerweile, dass uns Hasdulic zum Abschluss noch einen Knochen vor die Füße geworfen hat. Irgendetwas, damit wir etwas haben, an dem wir zerbrechen, und uns so verrennen, dass wir die Wahrheit nicht mehr sehen können."

„Okay, Matthis, du denkst also, dass wir etwas übersehen haben?"

„Genau, also zum x-ten Mal zurück zum Anfang. Wir wissen jetzt, wer in dem Militärtruck saß, als du ihn bis zur Fähre verfolgt hast."

„Mei, Matthis, i glaub, i habs. Auf der Fähre wurde doch Irinas Handy geortet!"

„Ja, das stimmt."

„Also hatte wahrscheinlich Hasdulic das Handy, welches ihm seine Handlanger während der Demo aus der Bürgermeistervilla geklaut haben, weshalb die Handlanger sich dann, als sie den Bürgermeister aufsuchten, so gut in dem Haus auskannten. Aber egal, Hasdulic hat dann auf der Fähre Irinas Freund in Kroatien angerufen. Die Sprache kann er ja. Wahrscheinlich hat Hasdulic dem armen Kerl irgendetwas aufgetischt. Deshalb reiste der Junge aus Kroatien an und erschoss den Bürgermeister."

„Und deshalb hast du damals Irina gesehen, wie sie einem jungen Mann Lebensmittel in den Stadtpark brachte."

„Richtig, Matthis, der wird hier nicht wegkönnen und hält sich deshalb versteckt."

„Dann lass uns mal Irina mit den Vermutungen konfrontieren", sprach Matthis abgeklärt.

Die Sonne brutzelte erbarmungslos vom Himmel. Trotz des seitlich offenen Caddys, schien es, als stünde eine heiße, trockene, unbewegliche Wand aus Luft zwischen ihnen und ihrem Ziel. Beiden glitt der Schweiß nur so über das Gesicht. Georgs Backe bot in dem gleißenden Licht der Mittagssonne einen coolen Farbeffekt, mit der Schwellung und dem roten Handabdruck.

Matthis war sehr stolz auf sich, dass man diese Watschen selbst am nächsten Tag noch so deutlich und detailliert erkannte.

Karla war zu Hause und versuchte, die schweren Tage zu verdauen. Sei es die Ungewissheit der nahen Zukunft oder die eigenen traumatisierten Kinder, welche die letzten Tage nicht so einfach abschütteln konnten. Zum ersten Mal seit Tagen sollte für einen kurzen Moment Ruhe einkehren. Sie setzte sich auf die Couch und starrte einfach regungslos aus dem Fenster. Die Ruhe sollte jedoch keine drei Minuten anhalten, als es an der Tür schellte.

„Guten Tag, Frau ... na ... sag ä mal ... MATTHIS!“

„JENSEN, du Depp, ich sagte doch, warte mal kurz auf mich!“ Matthis kam sofort nach seiner Ansprache um die Ecke und übernahm das Wort. „Wir müssen mit Irina sprechen!“

„Was, warum denn das, meine Herren?“, fragte die Hausherrin irritiert.

„Es gibt da etwas zu klären.“ Matthis ging nicht weiter auf ihre Frage ein.

„Wenn es sein muss“, schnaubte Karla, drehte sich um und rief: „IRINA, KOMM MAL BITTE!“

„Ja?“, hörte man eine zögerliche, fast verängstigt wirkende Stimme aus dem Obergeschoss antworten. Ein paar Augenblicke später kam Irina vorsichtig die Treppe herunter und schaute verdutzt auf die beiden Polizisten.

„Die Herren möchten dich etwas fragen.“

„Mich?“, fragte Irina erstaunt.

„Ja, spreche ich Spanisch?“, fuhr die Hausherrin ihr Au-pair-Mädchen an.

„Vielleicht“, sagte Matthis, „ginge das unter uns, Frau Jensen?“ Doch auf die freundliche Aufforderung, sie aus dem Flur zu bitten, erwiderte Karla forsch: „Irina gehört zur Familie, ich wüsste nicht, was sie zu verheimlichen hätte."

„Es tut mir leid, Frau Jensen, aber ich muss jetzt leider meinen Kollegen von der Leine lassen."

Verblüffte, fragende Blicke wanderten durch den Raum, als der Kommissar das Wort ergriff. „Schauen Sie mal, Irina! I hab da heimlich ein brisantes Foto von Ihnen geschossen."

„Sie Perversling!", preschte Karla vor und versuchte, sich schützend vor Irina zu stellen.

„Danke, Karla", sprach der pfiffige Kommissar. „Aber schauen Sie selbst, was da darauf ist! ... Wer ist der Kerl auf diesem Foto und warum bringt Irina ihm Lebensmittel? Und warum haben Sie sich auf dem Bild davor sogar geküsst? Das Bild stammt aus dem Stadtwaldparkgelumperts do um die Ecke. Also wissen Sie, Karla, wer das ist? I sags euch, Fietes Mörder!"

Seine Worte ließen die zwei Frauen sprachlos auf dem weiten Flur zurück. Karla schaute ganz genau auf das Display, welches Georg so hielt, dass beide eine optimale Sicht auf die Bilder hatten. Karla drehte sich fragend zu Irina. „Ist das nicht Andrej? Was macht er hier auf Norderney?"

Flatsch!!!

Es ging alles unglaublich schnell und Irina nahm die Beine in die Hand. Gekonnt gab sie Georg einen mit dem Ellenbogen mit. Matthis erwischte es schlimmer, ihn schubste sie mit voller Wucht aus der Bahn. Matthis hatte diese explosive Handlung so nicht erwartet und fiel nach hinten auf den Hosenboden.

„Mensch, Georg, was ist? Hinterher!", rief er seinem Kollegen zu. Dieser zog jedoch sein Hemd hoch und

begutachtete in aller Seelenruhe seinen abbekomme-
nen Treffer und rührte sich dabei keinen Millimeter
von der Stelle. Als er erkannte, dass nichts blutete,
schaute er zu Matthis. „Mei, wir san auf einer Insel,
wo soll sie denn hin? Ruf doch noch mal die Küstenwache an, die sollen wieder die zwei Fähren, die heute
noch fahren, kontrollieren."

„Na ja, hast ja recht", schnaubte Matthis. „Jetzt wird
sie uns wohl zu Andrej führen, und dass die Vermu-
tung richtig sein könnte, beweist immerhin die
Flucht."

„Hab i so net auf dem Schirm gehabt, könnte aber
klappen!"

Matthis schüttelte den Kopf und wandte sich Karla
zu. „Haben Sie eine Ahnung, wo sich dieser Andrej
aufhalten könnte?" Karla schaute angestrengt, ihre
Stirn legte sich in Falten. Das fahle Licht im Flur offenbarte ihre geschwollenen Tränensäcke unter den
müden Augen. „Ich dachte, der ist in Kroatien, deshalb
telefonierte sie ja täglich mehrmals mit ihm."

„Warum haben Sie den jungen Mann auf dem Bild
dann erkannt?", fragte Matthis erstaunt.

„Irina hat ein Foto von ihm in ihrem Zimmer stehen."

Der Kommissar murmelte gedankenverloren vor
sich hin: „Verdächtig, verdächtig, verdächtig." Er wurde dabei immer leiser, drehte sich um und lief in Richtung Caddy. Matthis verabschiedete sich bei Karla und
folgte ihm.

Gemeinsam fuhren sie alle Straßen der Insel ab. Sie
durchsuchten den Stadtpark und das zugehörige

Wäldchen, doch Irina und Andrej waren wie vom Erdboden verschluckt.

Kapitel 51

Die Insel war abgeriegelt, niemand konnte Norderney ohne Vorzeigen eines gültigen Ausweises verlassen. Hotels und Unterkünfte waren dazu angewiesen, alle Gäste zu kontrollieren.

Flugblätter hingen an den Straßenlaternen. Selbst nach ein paar rastlosen Tagen gab es weiterhin keine Spur der beiden Flüchtigen, welche wie einst Bonnie und Clyde vor dem Gesetz auf der Flucht waren.

Matthis und Georg waren müde von den ganzen Ermittlungen und erfolglosen Untersuchungen. Sie konnten es sich nicht erklären. Wie konnten die Flüchtigen nur so lange, so erfolgreich abtauchen? Norderney war eine überschaubare Nordseeinsel und bot bei Weitem nicht so viele Möglichkeiten zum Verstecken wie das Festland. Sie waren einfach von der Bildfläche verschwunden. Es gab keine Hinweise. Kein Angestellter des Supermarktes oder eines anderen Lebensmittelgeschäfts hatte die beiden gesehen. Was wirklich seltsam war, denn von irgendetwas mussten sie sich schließlich ernähren.

Alle Hotels, Pensionen, Ferienwohnungen, Campingplätze, Restaurants und Kneipen waren überprüft worden. Doch überall ergab sich dasselbe Bild. Kein Treffer. Keine Spuren und keine Indizien, welche sie auf die Fährte der Flüchtigen brachten. Den Park hatten die Inselcops mittlerweile an die zehn Mal komplett durchkämmt. Sie fanden nichts, was ein Versteck bieten könnte. Es gab keine Höhlen und auch keinen Zugang zum Abwassersystem, welches groß genug gewesen wäre, als dass sich die beiden hätten unterirdisch verstecken können. Die Strände wurden ebenfalls mehrfach überprüft. Eigentlich war es denkbar, dass die beiden in einem Strandkorb übernachteten. Deshalb untersuchten sie jeden einzelnen mehrmals täglich. Doch außer verschreckten Touristen und ein paar gestörten Liebschaften brachte diese Aktion nichts Neues ein.

Zur Bürgermeistervilla war Irina nicht mehr zurückgekehrt. Die leeren Häuser von Freddy Bartsch und Bernd Holm wurden ebenfalls überprüft. Jedoch gab es auch hier kein Indiz, dass einer, oder beide, sich auch nur zwei Minuten hier versteckt hatten.

Mit dampfenden Sohlen betraten die müden Polizisten an jenem Tag zur Mittagsstunde die Wache.

„Mensch Georg, wie können zwei Personen auf einer kleinen Insel so verschwinden?"

Georgs Miene verzog sich schlagartig, als wäre der Groschen endlich gefallen. „Gibt es hier auf Norderney einen Luftschutzbunker?"

„Moment, Georg, ich recherchiere mal eben."

„Oha, recherchieren tut der feine Herr, nicht mehr googeln, ist googeln heute schon nicht mehr hip?"

Doch Matthis war zu müde, um sich auf Georgs Witzelei einzulassen, deshalb lächelte er nur schwach zurück.

Die Suche nach einem Luftschutzbunker ergab exakt einen Treffer. Im Osten der Insel gab es tatsächlich einen Bunker und dieser sollte ihr nächstes Ziel werden. Doch auch dieser Einfall sollte keine neuen Ermittlungsansätze liefern.

„Ich habe noch eine Idee!", sagte Matthis ein wenig später im Wagen. „Ich habe vorhin bei der Recherche auf den Satellitenbildern ein kleines Schiffswrack am Oststrand gesehen."

„Wos is jetzt des?"

„Laut Eintragung heißt diese Touristenattraktion *Wrack am Ostende*. Das sagt mir zwar nichts, aber wer weiß, vielleicht ist das eher unbekannt und bietet den beiden eine provisorische Unterkunft.", erklärte Matthis dem abgeschlagenen Kommissar. So geschah es, dass die beiden ein paar Minuten später vor dem Wrack standen.

„Mei, was soll das für eine armselige Attraktion sein? Dagegen ist ja ein echter Schrottplatz Kirmes. I kenn da Leut, die haben mehr Schrott in der Einfahrt stehen, als hier liegt!"

Tatsächlich sah das kleine Wrack eines Fischerbootes, beschmiert mit krakeligen, beschämenden Graffitis, so vor sich hin rostend, sehr lächerlich aus. Aber vor dem Bug waren deutliche Spuren von einem Lagerfeuer zu erkennen. Die beiden schauten sich gründlich um und fanden immer mehr Indizien, welche von den Flüchtigen stammten.

„Hast du gesehen, welche Zigarettenmarke Andrej von Irina gebracht bekam?", fragte Matthis.

„Ja, aber auswendig weiß i den Namen der Sorte net."

„Schau mal, was da auf dem Boden liegt."

„Ja, das war die Sorte. Aber wo san die hin?"

Matthis stieg durch ein zerbrochenes Fenster in das kleine Wrack. Einen Moment herrschte Stille. Georg wartete vor dem Fenster und schaute nachdenklich in die Ferne. Schon wieder war es Sand, soweit das Auge reichte. Georg schreckte leicht zusammen, als Matthis nach ihm rief und ihm einen kleinen Flyer durch das Fenster in die Hand drückte. „Mei, ein Touriflyer für Wanderungen mit den Zeiten von Ebbe und Flut. Was soll i damit jetzt anfangen?"

„Wir gehen Wandern!"

„Warum?", fragte Georg, während es ihm so langsam in den Sinn kam. „Mei, das da vorne san nicht schon wieder diese depperten Weißen Dünen, richtig?"

Matthis nickte. „Das hier ist das Wattmeer, mein Lieber, und eine Wattwanderung ist eine sehr beliebte Touristenattraktion. Von hier aus sind es keine drei Kilometer bis nach Baltrum."

„Dann san die zu Fuß auf die andere Insel gewandert? Da muss man auch erst einmal draufkommen. Lass es uns versuchen. Auf nach Baltrum!"

Die Zeit hatte den beiden gerade so noch gereicht, um den Weg nach Baltrum anzutreten. Natürlich wurde es bei so einer spontanen Aktion knapp, natürlich war es Georg, der knietief kurz vor Baltrum im Watt versank, natürlich in jenem Moment, als die Flut immer näher kam.

Doch Matthis zog den jammernden Kollegen aus seinem sicheren Grab und so erreichten die zwei nass und schmutzig die Nachbarinsel Baltrum.

„Dann schauen wir uns hier mal die ganzen Hotels, Ferienanlagen, Supermärkte und so weiter an. Ich kenne mich hier ja super aus, Georg.“

„Warum das?“

„Ich habe hier früher die Verkehrsüberwachung geleitet.“

„Steht da vorne auf dem Schild nicht autofrei?“

„Ja ... deshalb war es dann irgendwann auch an der Zeit, die Zelte abzureißen.“

„Das hätte i wohl auch gemacht.“

Matthis hatte es einfach auf der kleinen Insel. Er entschied, dass sie ihrer neuen These zuerst in dem Inselmarkt, dem einzigen Lebensmittelgeschäft auf der kleinen Insel, nachgingen. Georg begrüßte diese Entscheidung.

„Mei, nach meiner Nahtoderfahrung plagt's mi nach einem Snack!“

„Nahtoderfahrung? Du warst zu schwer und bist im Watt eingesunken. Eine Diät wäre da wohl die nachhaltigere Wahl. Aber egal, du warst ja nicht allein, dann hol dir eben deinen Snack, wenn es sein muss. Ich befrage solange Dieter, den Marktleiter. Wenn jemand etwas gesehen hat, dann er. Er lebt quasi in dem Laden. Gefühlt ist er immer vor Ort ... Gib mir mal dein Handy!“

„Warum?“

„Da sind die Bilder von den Flüchtigen drauf.“

„Ach so, klar, hier bitte!“

Schon wieder sollten die zwei auf der richtigen Spur sein. Dieter erinnerte sich an den Herrn. Erst heute

Morgen hatte er den Laden mit Bäckereiprodukten und Getränken verlassen. Doch wo der Herr hauste, das wusste er leider nicht.

Georg kaufte sich währenddessen seinen Snack und knusperte ihn genüsslich.

Nach einem langen Fußmarsch entschieden die beiden, ihre Suche abzubrechen und den Spieß einfach umzudrehen. Da es schon bald dunkel werden sollte, nahmen sich die beiden ein Hotelzimmer und planten, den Inselmarkt am morgigen Tag zu observieren, bis jemand von den Flüchtigen auftauchte.

Da im Hochsommer viele Menschen die Ruhe der Nordsee suchten, waren die Hotels fast komplett ausgebucht. Die beiden bekamen im dritten Anlauf geradeso noch ein Doppelzimmer im letzten Eck des Obergeschosses.

Georg moserte den gesamten Weg von der Rezeption bis zu ihrem Zimmer. „I schwör dir, Matthis, i säg das Gelumps durch!"

Matthis war zwar auch nicht gerade erfreut, sich mit Georg ein Doppelbett zu teilen, aber was sollte er tun?

Erst nach langem Zanken und Meckern gab Georg auf und klein bei. Er wählte ein wenig später im Zimmer die Bettseite, welche zur Zimmertür gerichtet war, und legte sich auf das Bett. Sein Körper versank in der weichen, durchgelegenen Matratze. Georg schloss entspannt die müden Augen. Die salzige Meeresluft ließ seine Augen brennen, wie schon seit Langem nicht mehr. Doch die Ruhe sollte nicht von endloser Dauer sein. Ein Streitgespräch aus dem Nachbarzimmer ließ Georg aufschrecken.

„Mei, was soll denn das?“, moserte er in Richtung seines Kollegen. „Matthis, was ist das für 'ne Sprache, in der die da im Nachbarzimmer rumstreiten?“

„Bin mir nicht sicher, warum?“

„Weil's vielleicht nervt!?“

„Wir sind halt nicht alleine im Hotel. Die werden sich schon einkriegen“, sagte Matthis tiefenentspannt.

Doch das Poltern und Gezeter von nebenan wurde immer intensiver.

„I schätz mal, er heißt šupak, so oft wie sie den Namen plärrt.“

„Mir egal, lass mich jetzt einfach schlafen, ich bin wirklich sehr müde, und morgen müssen wir kurz nach sechs Uhr los, um ein geeignetes Observierungsversteck zu finden, damit wir um sieben, wenn der Inselmarkt öffnet, vorbereitet sind.“

„Kurz nach sechs?“, fragte Georg verwirrt, doch er bekam von seinem Kollegen keine Rückmeldung mehr. Matthis war einfach so eingeschlafen.

Kapitel 52

Was für einen wunderschönen Morgen sollte die Insel Baltrum erleben! Alles wirkte so idyllisch bei aufgehender Sonne. Das Meer war spiegelglatt. Vögel sangen, Hähne aus der Ferne krähten und die ersten Rentner zankten sich um die Strandkörbe. Es war also eine gute Zeit, seinen Plan in die Tat umzusetzen. Auch wenn Georg auf Matthis sehr müde wirkte, machten sie sich frühzeitig auf den Weg zum Inselmarkt.

Georg schaute sich in aller Seelenruhe im Laden um, während Matthis außerhalb von einem guten, abgelegenen Punkt den einzigen Zugang zum Markt observierte.

Alles, was das Herz begehrte, sollte dieser Laden bieten.

Georg studierte alle Gänge auf jede noch so kleine Kleinigkeit. Doch an der Wursttheke hatte das Schicksal andere Pläne für ihn vorgesehen. Die Wurstfachverkäuferin hatte gerade keine Kundschaft und verschwand hinter einer kalten, schweren Eisentür, während Georg einen Kittel erspähte. Wäre dies nicht die beste Tarnung, um unbemerkt zu bleiben? Der Kittel hing direkt am Seiteneingang der Wursttheke an einem Haken. Georg nutzte all sein Geschick und stibitzte unbemerkt das Kleidungsstück. Eine bessere Tarnung konnte er für eine Observierung nicht bekommen. Als er sich den Kittel umlegte, entschied er, dass sich seine Verkleidung noch weiter optimieren ließe. So zog er weiter in die Zeitschriftenabteilung und entwendete eine rustikale Lesebrille mit sehr dicken, runden Gläsern. Er setzte sich das Modell auf die Nase und tat nun so, als ob er zu den Mitarbeitern gehörte. Er suchte sich einen guten Platz in der Konservenabteilung, als würde er ein Regal einräumen.

Mit dem Schädel halb im Konservenregal hatte er eine Top-Aussicht auf die Bäckereiabteilung des Ladens. Denn es waren Backwaren, mit denen Andrej hier regelmäßig gesehen worden war.

Matthis hatte den Laden nach wie vor fest im Blick. Immer noch gab es keine auffälligen Personen, alles war ruhig. Das war so früh am Morgen auch kein Wunder. Der Laden hatte noch keine zwanzig Minuten geöffnet.

„Entschuldigung! … Hey, Sie da! Ich finde die Erbsen nicht!", pflaumte eine Dame mittleren Alters den getarnten Kommissar an. Die Kundin hinterließ einen sehr gestressten Eindruck in ihrem spitzen Gesicht.

„Selber schuld!", brummte Georg aus dem Regal, in welchem er immer noch seinen Kopf stecken hatte, um konzentriert das bunte Treiben vor den Backwaren zu verfolgen.

„Wie bitte? Ich glaube, ich habe mich verhört!"

„Na, das war scho so!", grummelte es wieder aus dem Regal. Die Dame reagierte erzürnt. Ihre Worte wurden spitzer. „So geht das nicht, ich werde mich beschweren!", drohte sie abschließend.

„Mei, aber das klappt, oder was?", brummte es aus dem Regal. „I mein ja nur, die Erbsen find ma net, aber beschweren da find ma wen?"

Die Dame seufzte lauthals auf. „Ha, das ist doch eine bodenlose Frechheit", schimpfte sie, als sie wutentbrannt den Gang verließ.

Georg witterte die Gefahr. Er könnte auffliegen und seine gute Tarnung verlieren. Deshalb entschied er, seine Position aufzugeben und ein neues Versteck mit Einsicht auf die Backwarenabteilung zu suchen.

Matthis lag weiterhin auf der Lauer, wie eine Löwin, allzeit bereit, eine Antilope zu reißen, doch weiterhin waren die Zielpersonen nicht in Sicht. Der Revierleiter beobachtete, wie Dieter, der Filialleiter, einen Sonderpostenaufbau vor der Eingangstür mit seinem Hubwagen schob, als sich eine Dame mittleren Alters mit feuerroter Birne näherte. Sie redete und redete vor dem beschäftigten Filialleiter. Die Dame gestikulierte dabei wild mit ihren Händen. Dieter wandte sich der Dame zu und folgte ihr zügig zurück in den Laden.

Der große Kommissar im Verkäuferkittel mit seiner viel zu starken Lesebrille versteckte sich währenddessen im Kühlregal. Halt, Moment, kann das stimmen? ... Ja, Sie haben richtig gehört, der große, ehrfürchtige Kriminalist versteckte sich nicht am, sondern im Kühlregal.

Keiner weiß, was sich der Kommissar in jenem Augenblick dachte, als er den freien Platz hinter einer Plastikflügeltür erblickte, öffnete und hineinstieg.

In dem Kühlregal an der Stirnseite der Abteilung hatte er einen ausgezeichneten Ausblick auf die Backwarenabteilung. Trotzdem war dieser Platz nicht gerade vorteilhaft für einen Mann seiner Statur. Da wegen seines dicken Bauches die Plastikflügeltür nicht richtig schloss, begann das Kühlregal zu piepsen, und genauso fanden Dieter und die angepisste Erbsenlady Georg vor.

„Kommen Sie sofort da raus!", forderte ihn der Marktleiter auf.

„NEIN!!!", wehrte sich Georg.

„Oh, doch … Raus mit Ihnen!" Dieter riss die Plastiktür auf und zog den Herrn mit all seiner Kraft aus dem Kühlregal.

„Hey!", kommentierte Georg. Doch Dieter blieb abgeklärt. In seinem Job hatte er schon einige krumme Dinger erlebt, aber so etwas war selbst ihm neu. „Nichts da! Wer sind Sie?", fragte er den Mann mit der fensterscheibendicken Lesebrille auf der Nase. Der Kommissar hatte dadurch Augen so groß wie Golfbälle.

„Mein Name ist …", Georg schielte verzweifelt mit einem Auge auf sein Namensschild. Allmählich erkannte er die Aufschrift. *Dieter Jürgens Marktleiter*. Nun war er noch verzweifelter, deshalb sagte er ratlos: „Mei, i bin dann wohl Sie aus einem Paralleluniversum, ob Sie es glauben oder nicht."

„Hä?" Herrn Jürgens standen die Fragezeichen ins Gesicht geschrieben. Doch er versuchte, die Situation anders zu klären. „Warum beleidigen Sie meine Kundschaft?"

„Mei, die Sumsel fragt mi direkt bei den Erbsen, wo die Erbsen sind, so ein Verhalten lass i mir als Marktleiter hier net bieten. I bin doch nicht der Depp vom Dienst oder Blindfischs Inseläffchen!"

„Marktleiter? Das wüsste ich!"

„Mei, geht das schon wieder los?", fragte Georg und tat dabei so, als sei sein Gegenüber, also der echte Marktleiter, nicht ganz dicht.

„Was?!?", schrie Dieter Jürgens auf. „Sie arbeiten hier nicht und deshalb spreche ich Ihnen hiermit einen Platzverweis aus!"

Es war soweit! Matthis war sich zu einhundert Prozent sicher. Andrej, der gesuchte mutmaßliche Mörder, betrat den Markt. Es gab keine Zweifel, Matthis erkannte das Gesicht des Jungen sofort. Da der Flüchtige allein auftauchte, lautete der Plan, die Füße stillzuhalten und ihn weiterhin zu observieren. Somit könnten sie ihn verfolgen und abwarten, bis er sie zu Irina führte.

Doch plötzlich herrschte ein wilder Trubel im Markt. Zuerst hörte Matthis seltsame Schreie aus der Filiale und umgehend danach stürmten die Herren der Küstenwache Baltrum mit schnellen Schritten den Laden. Jetzt war guter Rat teuer. Die Situation eskalierte. Matthis wusste nicht, was um ihn herum geschah. Er verharrte auf seiner Position. Seine Gedanken kreisten. War Georg etwa von Andrej erkannt worden? Sollte er seine Position aufgeben und ebenfalls den Markt stürmen? Oder wäre es klüger, die Füße stillzuhalten und sich nicht einzumischen? Die Herren und Damen der Küstenwache waren ja Profis in solchen Situationen.

„Na, i mag net! I hab hier noch zu tun!", murrte der Kommissar. Danach drehte er sich um und huschte in einen Gang voller Konserven. Die Horde aus Marktleiter und Küstenwache folgte ihm. Selbst die Erbsenlady hatte sichtlich Spaß und verfolgte neugierig den flüchtenden, falschen Verkäufer. Georg griff im Rennen nach einer Konservendose. Die Erstbeste, die er zu packen schaffte. Es waren natürlich Erbsen. Diese warf der Kommissar, ohne zu schauen, nach hinten. Die Dose traf die Dame an der Stirn. Sie fiel sofort rückwärts um, als hätte eine germanische Gottheit ihren allmächtigen Hammer geschwungen. Die Einsatzkräfte der Küstenwache sahen rot. Nun ging alles sehr schnell. Die Horde kesselte den Flüchtigen im Handumdrehen in einem Regalgang ein. Sie stoppten ihn, wuchteten ihn hart auf den Boden und legten dem Kommissar Handschellen an. Der frustrierte Kommissar jammerte zwar noch, dass das Eisen unfassbar kalt sei und das Handgelenk nun bis rauf zum Ellenbogen zwicke, doch das war der Küstenwache egal. Sie führte ihn ab.

Matthis staunte nicht schlecht, als die Schiebetür des Marktes aufging und Georg mit Verkäuferkittel samt Lesebrille auf der Nase in Handschellen abgeführt wurde. Just in diesem Moment verließ Andrej mit einer großen, braunen Bäckereitüte den Markt.

Matthis verfolgte nun natürlich Andrej und nicht Georg.

Während Matthis Andrej mit gutem Abstand folgte, kreisten seine Gedanken um das Geschehene. Wie konnte ein Mensch es nur schaffen, bei einer einfachen Marktobservierung in Handschellen abgeführt zu werden? Er hätte doch nur die Bäckereiabteilung im Auge behalten sollen. Wie um alles in der Welt schaffte man es dabei, als Polizist abgeführt zu werden?

Matthis kannte den Weg, auf dem er Andrej ungesehen folgte. Dieser lief direkt zum Strandhotel, exakt dasselbe Hotel, in welchem auch sie untergekommen waren. Sogar denselben Stock meinte er, ihn im Aufzug am Bedienfeld drücken gesehen zu haben.

Matthis fasste gedanklich für sich noch einmal alles zusammen: selbes Hotel ... selber Stock ... oh nein!

Er fischte sein Handy aus der Hosentasche, öffnete einen Universalübersetzer, drückte auf das Mikrofonsymbol und sprach das einzige Wort, welches er sich von dem streitenden Pärchen nebenan gemerkt hatte. Und es stellte sich heraus, dass *šupak* kein Name war, sondern auf Kroatisch *Arschloch* bedeutete.

Kapitel 53

„Mensch, das ist mir egal!", plärrte Matthis erzürnt in sein Handy. „Hol mir den Affen da sofort raus, ich brauche ihn umgehend hier bei mir! Zur Not notiert ihr es als Kugelfutter!"

...

„Das ist mir jetzt egal. Ich brauche den Kollegen, um den Mordfall Jensen aufzuklären!"

...

„Dann wäre das aber eine Behinderung der ..."

...

„Geht doch! Warum nicht gleich?"

Matthis legte sein Handy auf den Nachttisch seines Hotelzimmers zur Seite. Nachdem Matthis den Aufenthaltsort der Flüchtigen ausfindig gemacht hatte, war er zurück in sein Hotelzimmer gegangen. Die Minuten nach dem Telefonat fühlten sich wie eine Ewigkeit an.

Georg kam eine gute Viertelstunde später ganz außer Atem durch die Tür geschlappt. „Solche Idioten, Matthis, die haben mir den ganzen Einsatz versaut ... Das wird ein Nachspiel ..."

„Tatsache", unterbrach ihn Matthis. „Du hast eine Frau mit einer Erbsendose ausgeknockt."

„Ja, und? Die wollt Erbsen, jetzt hat se Erbsen!"

„Die sagten mir am Telefon, du warst im Kühlregal!"

„Mei, das war wohl nicht meine beste Tarnung, muss i eingestehen!"

„Was hast du dir dabei nur wieder gedacht? Aber egal jetzt. Ich weiß, wo die zwei Flüchtigen sind!"

„Na dann mal los, wo sind sie?", fragte der Kommissar voller Tatendrang.

„Also *šupak* ist kroatisch!"

„Was hat das jetzt ... Mei, warte ..." Matthis nickte ihm zu, während bei Georg die Münze fiel. „Was bedeutet das Wort dann?" Der Kommissar schaute fragend zu seinem Vorgesetzten. Matthis hatte jedoch auf die passende Erklärung keine Lust und antwortete zügig: „Das kommt dir schon recht nah."

„Mei, so was wie i?"

Matthis nickte. Den Spaß wollte er sich dann doch nicht entgehen lassen. So griff er zu seinem Handy und öffnete den Universalübersetzer. „Deine Vorstellung auf Kroatisch wäre dann ... *moje ime je šupak!*"

„Cool, danke, das merk i mir."

„Aber jetzt konzentrieren wir uns auf den Fall. Mein Plan lautet wie folgt ..." Matthis hielt sich die Hand vor den Mund, als wäre er ein Fußballtrainer, und flüsterte direkt in Georgs Ohr. Leider ließen sich nur Bruchstücke der Anweisungen verstehen. „... Die sind bestimmt bewaffnet ... also ich gehe davon aus, wenn die es waren, dann hat er die Tatwaffe garantiert noch ... daher teilen wir uns auf ... und du kommst dann dazu ... aber erst, sobald ich das Zimmer gesichert habe."

„Alles klar, Matthis, so wird es gemacht!"

Matthis ging auf den Flur und schaute, ob die Luft rein war. Er wollte unter keinen Umständen Zivilisten in Gefahr bringen.

Es war niemand im Gang anzutreffen. Am Ende des Ganges neben dem Aufzug stand ein Wagen vom Zimmerservice mutterseelenallein, das war seine Chance, seinen Plan noch realistischer in die Tat umzusetzen. Er nahm den Wagen an sich und rollte zum Nachbarzimmer und klopfte an die Tür. „Aufmachen, Zimmerservice!", rief der Revierleiter mit leicht verstellter Stimme.

„Nein, danke", hallte ihm eine weibliche Stimme mit Akzent entgegen. Matthis erkannte die Stimme sofort. Jegliche Restzweifel waren somit verflogen. Matthis blieb energisch und hielt an seinem Plan fest. Erneut wählte er die verstellte Stimme und klopfte an die Tür. „Bitte öffnen Sie, ich muss hier sauber machen!"

Doch die Dame in dem Zimmer blockte die Bemühungen erneut ab. „Ich sagte: NEIN DANKE!" Die letzten beiden Wörter hallten ihm ziemlich laut entgegen.

Matthis brach gefrustet ab, das hatte keinen Sinn mehr, sein Plan war gescheitert. So ging er nachdenklich zu Georg zurück auf ihr Zimmer.

„Wir brauchen einen neuen Plan!", forderte Matthis seinen Kollegen auf. Georg nickte entschlossen. Er wusste schon im Bruchteil einer Sekunde, was zu tun war.

Ohne auch nur ein Wort zu sagen, schritt er zur Tat. Seine Schritte in dem langen Gang wirkten entschlossen. Matthis hatte solch einen Blick in seinen Augen noch nie gesehen. Zum Reagieren blieb dem Revierleiter keine Zeit mehr, als er seinen Kopf hinaus auf den

Gang streckte. Die nächsten Sekunden spielten sich vor seinen Augen wie in Zeitlupe ab.

Georg setzte einen Fuß vor den anderen. Rechter Fuß, linker Fuß, jeder Tritt wirbelte Staub von dem roten Läufer des Flures auf.

Eine Wolke schob sich langsam vor die brennende Sonne. Der Gang wurde deshalb etwas dunkler. Georg hatte mittlerweile den Servicewagen erreicht. Er zog ihn langsam an sich heran und bewegte sich rückwärts von der Tür weg.

Matthis bemerkte erst, dass dies ein Anlauf war, als Georg blitzschnell mit dem Wagen als Rammbock auf die Tür zurannte.

Unter dem tosenden Lärm von splitterndem Plastik und geborstenem Holz schoss Georg mit voller Wucht durch die verschlossene Tür. Dabei schrie er wild entschlossen: „Moje ime je šupak!" (Mein Name ist Arschloch!) und ging von der unterschätzten Wucht des Aufpralls vor den zwei Flüchtigen zu Boden.

Matthis war sofort in Alarmbereitschaft, als Georg durch die Tür schoss. Draußen hatte sich die Wolke mittlerweile an der Sonne vorbeigeschoben und somit stand Matthis im gleißenden Licht, direkt hinter der zerteilten Tür. Dabei hielt er unfreiwillig die Arme in die Hüften gestemmt, als wäre er ein Superheld.

Der Revierleiter sah eine Pistole auf dem Nachttisch neben dem Bett liege, machte geistesgegenwärtig einen Satz nach vorne und schnappte sich die Waffe.

Es war eine alte Zastava CZ-99 und so rief er: „Hiermit verhafte ich Sie wegen Mordes an Fiete Jensen!"

„Was?!", schrie Irina schockiert auf. Doch es wirkte laienhaft geschauspielert.

Matthis und Georg setzten die beiden zügig in Handschellen.

„Warum musste Fiete sterben?“, fragte Matthis, während er sich Andrej zuwandte.

„Ich musste das tun!“, verteidigte sich der Angeklagte.

Irina preschte in diesem Moment vor. „Andrej, sag nichts dazu!“

Andrej zögerte einen Moment, ehe er sich den beiden Beamten zuwandte. „Das Schwein hatte mich verarscht und mit mir gespielt.“

„Von wem reden wir?“, fragte Matthis.

„Hasdulic!“, schallte es ihm entgegen.

Irina war in der deutschen Sprache versierter und übernahm für ihren Freund das Wort. „Andrej hat von Hasdulic einen Anruf von meinem geklauten Handy bekommen. Der Mann gab sich erst als ein Freund aus, der helfen wollte, und tischte ihm falsche Vergewaltigungsvorwürfe auf. Doch als Andrej nach kurzer Zeit misstrauisch wurde, erzählte er ihm, dass er mich in seiner Gewalt hätte. Von alten Videos auf meiner Speicherkarte hatte er Andrej eine Aufnahme vorgespielt, sodass er meine Stimme im Hintergrund hören konnte. Hasdulic forderte Andrej auf, ein Spiel mit ihm zu spielen, und ich sei sein Einsatz. So lockte er Andrej nach Deutschland und befahl ihm, Fiete Jensen, den vermeintlichen Vergewaltiger, zu ermorden. Als der Auftrag erledigt war, war Hasdulic zufrieden und sagte ihm, dass ich in der Bürgermeistervilla und nie in seiner Gewalt gewesen sei. So kam Andrej am frühen Morgen nach dem Mord zu mir. Er erzählte mir alles und ich schickte ihn sofort weg, damit er sich ein Versteck suchen konnte. Seitdem sitzt Andrej hier mittellos in Norddeutschland fest.“

„Ich hatte so eine Angst um Irina!“, unterbrach Andrej.

„Aber warum hast du nicht die Polizei alarmiert?“, fragte Matthis den Täter.

„Aus zwei Gründen“, antwortete er. „Zuerst sagte Hasdulic, dass mein Mädchen von Herrn Jensen gequält und mehrfach vergewaltigt worden sei. So reizte er mich immer mehr, bis sein richtiges Spiel begann. Und zweitens sagte Hasdulic immer, wenn er anrief und von seinem Spiel sprach, dass er Irina auf der Stelle töte, wenn ich mit irgendjemandem über das Spiel rede. Ich hielt mich dran.“

„Mei, dann hätten wir es ja!“, stellte der Kommissar, schon bereit zu gehen, fest. „Nenn mich ab jetzt immer Kommissar šupak!“

„Also hat Kommissar Arschloch den Fall gelöst?“, fragte der Mörder.

Georg erstarrte irritiert. „Was? Matthis, hey!“

Doch ein paar Fragen brannten Matthis noch auf der Seele, als die Verhafteten von den Kollegen der Küstenwache aufs Festland abgeführt wurden.

„Halt, Andrej! Wie bist du zu dem Tatort gekommen und geflüchtet? Hast du ein Boot verwendet?“

Andrej schüttelte den Kopf. „Nein, ich bin ein paar Seitenstraßen vorher an den Strand gelaufen und dann durch die Brandung zu dem alten Steg gelaufen, wie Hasdulic es mir befohlen hatte.“

„Ach, und noch was: Wieso hat euch das Hotel nicht verpfiffen? Ich hatte euch zur Fahndung ausgeschrieben."

„Das Hotel kannte uns nicht. Wir hatten uns zwei Ausweise am Strand geklaut. Die Leute passen zum Glück nicht auf ihr Zeug auf und da überall Personalmangel herrscht, ist dem Azubi an der Rezeption nicht aufgefallen, dass wir laut Ausweis eigentlich beide schon über siebzig sein sollten."

„Oh Mann, typisch Deutschland! Momentan klappt aber auch nichts mehr. Aber warum seid ihr nicht von Baltrum mit der Fähre aufs Festland geflohen? Dann hätten wir euch nie mehr gefunden."

„Wir hatten das Geld für zwei Tickets noch nicht zusammen. Die Fähre ist ziemlich teuer. Backwaren und Getränke konnten wir uns auch nur durch kleine Diebstähle am Strand leisten. Wir hingen für den Moment fest. Wir hatten nie mehr als zwanzig Euro gestohlen. Hätten wir mehr gestohlen, wären wir irgendwann sicherlich aufgefallen. Aber so waren wir sicher, denn wer geht zur Polizei und stellt Anzeige wegen zwanzig Euro?"

Das sollten ihre letzten Worte gewesen sein. Die Einsatzkräfte der Küstenwache gingen mit den Häftlingen an Deck ihres angelegten Schiffes und legten ab.

Kapitel 54

Wache Norderney

Wenige Stunden später, zurück in der Wache Norderney, saß Georg an seinem Schreibtisch. Er lehnte sich in seinem klapprigen Bürostuhl sehr weit zurück, während er seine Füße auf den Tisch legte. Mit seinen Schultern fixierte er das Handy an seinem Ohr.

„Herzlichen Glückwunsch, mein Junge, ich habe gerade von Felix Braun gehört, dass ihr euren ersten Mordfall gelöst habt. Ich bin ja so stolz auf dich, mein Sohn!"

„Danke, Vadder! Wo seid ihr eigentlich? I hab euch übers Festnetz nicht erreicht."

„Wir genießen den Ruhestand und sind aktuell auf den Malediven, mein Junge ... Stell dir vor, Mutter war heute sogar reiten!"

„Auf was? 'Nem Elefanten?"

„Ach, Georg!"

„Woher weiß eigentlich der alte Braun schon darüber Bescheid?"

„Mei, Georg, die Welt ist ein Dorf. Du warst eigentlich nie komplett allein! Wie geht es jetzt weiter? Wird gefeiert?"

„Vielleicht ein wenig", schmunzelte der Kommissar. „I wart jetzt noch auf den Kollegen und dann wollen wir an der Strandbar den Tag ausklingen lassen."

„Da habt ihr recht. Genießt das Leben! Die schönsten Augenblicke sind eh immer so schnell vorbei. Ich muss dann weiter, Mutter kommt!"

„Siehste, Vadder, so schnell kann's vorbei sein!" Beide lachten und legten auf.

Georg und Matthis ließen den Tag an der Strandbar ausklingen. Während die Sonne im Meer versank, hoben beide ihre Gläser an und stießen zur Feier des gelösten Falls an.

Tage und Wochen zogen über die Insel und für Norderney und alle Beteiligten dieser Geschichte brach eine neue Zeit an.

Karla und die Kinder mussten aus der Dienstvilla ausziehen. Der vegane Feinkostladen ging pleite und so verließen sie die Insel und fingen in Hamburg noch einmal komplett von vorn an. Manchmal ist es einfacher, die Zelte neu aufzubauen, anstatt gegen die Spuren der Vergangenheit anzukämpfen.

Hasdulic und seine Männer wurden für eine lange Zeit eingebuchtet. Seine Zwangsarbeiter wurden befreit und nach Hause gebracht.

Freddy Bartsch, Ali Ataman und Bernd Holm wurden unter anderem wegen Korruption und Steuerhinterziehung verurteilt.

Freddys illegal erlangtes Ferienhaus wurde zur Zwangsversteigerung freigegeben.

Der weitläufige Zaun um die Dünen wurde abgebaut und das Naturschutzgebiet somit für die Bevölkerung wieder frei begehbar.

Irina wurde von jeglicher Schuld freigesprochen.

Andrej wurde des Mordes an Fiete Jensen für schuldig befunden, zu einer lebenslangen Freiheitsstrafe verurteilt und zurück nach Kroatien abgeschoben. Dort war das jedoch der Justiz egal. Was von Deutschland kam, interessierte dort niemanden auch nur die Bohne. Außerdem waren die Gefängnisse ohnehin voll. Von daher ging es für Andrej und Irina zurück nach Pula. Ein schönes, kleines Ferienhaus von einem Deutschen mit extrem hohen Steuerschulden wurde zwangsversteigert – und das genau in der Nachbarschaft von Irinas Eltern. So sollte sich der Kreis schließen.

Norderney wählte eine neue Bürgermeisterin, welche gemeinsam mit ihrer Partnerin nun die Geschicke der Insel lenkte.

Das Verfahren gegen Georg wegen unterlassener Hilfeleistung wurde anhand einer Zahlung von dreißig Tagessätzen à fünfzig Euro eingestellt.

Der Inselmarkt stellte Georg, nachdem er seine Taten aufgeklärt und sich bei dem Marktleiter entschuldigt hatte, keine Strafanzeige gegen den Kommissar.

Die Klage der Dame wegen des Dosenwurfs hatte keinen Erfolg. Stattdessen bekam die Erbsenfrau eine Ermahnung, da sie einen laufenden Polizeieinsatz gestört hatte. Die zerstörte Zimmertür des Baltrumer Strandhotels, sowie der zerbrochene Servicewagen, mussten von Georg ersetzt werden. Dadurch erhöhte sich Georgs monatlicher Haftpflicht-Beitrag auf 246,74 Euro. So sollte doch alles seine Ordnung finden.

*Die Inselcops kehren zurück mit ihrem zweiten Fall auf
Norderney!*

Danksagung

Ich weiß, dass es schwer ist, hinter mir zu stehen. Ich weiß, dass das Leben alle meine Träume und Ideen wie Luftschlösser zerplatzen ließ. Doch ich weiß nicht, ob ich ohne deine Unterstützung je wieder einen Halt unter den Füßen gefunden hätte. Dankeschön, Mama! Doch es gibt da noch viel mehr Menschen, bei denen ich mich bedanken möchte. Ein Riesendank geht an meinen neuen Verlag dp DIGITAL PUBLISHERS und meinen Verleger Marc Hiller. Ich möchte mich bei meiner Projektmanagerin Anne Peisler bedanken. Danke, dass du an das Projekt geglaubt und mir eine Chance gegeben hast. Das Gleiche gilt für mein Team aus dem Verlag, bestehend aus Yasmin Lehmann, Annika Pech und Carina Krug. Vielen Dank an die Grafikerin Christin Peulecke für das schöne Titelbild und den passenden Buchumschlag. Bei meiner Lektorin Daniela Pusch möchte ich mich nicht nur für die tolle Arbeit bedanken, sondern auch für ihre unfassbare Geduld, die sie bei meinem ersten Roman aufbringen musste. Des Weiteren möchte ich mich bei meinen Bandkollegen Hannes und Moritz dafür bedanken, dass sie mich von Anfang an bei meiner neuen Tätigkeit unterstützt und mir nie einen Stein in den Weg gelegt haben. Dasselbe gilt natürlich auch für meinen Musikverlag Part Records, sowie für Andy Widder, das komplette Team von Rockin' Rollin' Products und den Rockabilly Onlineshop. Aber der größte Dank geht an euch, meine Leser. Vielen Dank, dass ich euch mit den Inselcops ein Stückchen auf eurem Lebensweg begleiten durfte. Ich hoffe, ihr habt beim Lesen genauso viel Spaß und so viele Tränen gelacht wie ich beim Schreiben.

Christian Hofbauer